U0105982

香港陶然新概念小说

# 走出迷墙

走出迷墙

陶然 著
马俐 插图

现代都市的爱情神话，在灵与肉之间徘徊，时空的无奈，青春的老去，留下的只有满怀真情，一腔忧伤。

上海古籍出版社

**图书在版编目(CIP)数据**

走出迷墙/陶然著.—上海:上海古籍出版社,2004.10
(香港陶然新概念小说)
ISBN 7—5325—3824—9

Ⅰ.走...  Ⅱ.陶...  Ⅲ.中篇小说-作品集-中国-当代
Ⅳ.I247.5

中国版本图书馆CIP数据核字(2004)第074165号

香港陶然新概念小说
**走出迷墙**
陶 然 著
世纪出版集团
上海古籍出版社 出版、发行
(上海瑞金二路272号 邮政编码200020)
(1)网址:www.guji.com.cn
(2)E-mail:gujil@guji.com.cn
(3)易文网网址:www.ewen.cc
新华书店上海发行所发行经销 上海古籍印刷厂印刷
开本850×1156 1/32 印张9.875 插页2 字数244,000
2004年10月第1版 2004年10月第1次印刷
印数:1—5,100
ISBN 7—5325—3824—9
I·1730 定价:19.50元
如有质量问题,请与承印厂联系 T:64063949

# 导　言

# 颠来倒去：陶然的都市情话

王　绯

陶然并不是香港土著，年轻时代曾经历过印尼—北京、北京—香港的放逐。多年后，他在散文诗《归程》中以“残留的梦境依然在眼前颠来倒去地闪现”，描写自己从北京返回香港的心情。如今，在一国两制的这一头儿和那一头儿，陶然被诸多评者作为一个重要的香港作家论来论去，已不单纯是因为他有着近三分之一世纪的“老香港”身份，更在于他笔下的故事已深深植根香港。

本册收录的“都市情话”和“都市传真”，就是关于香港的“情话”与“传真”。前者，可谓都市男女爱情/恋情/私情的小说剖露；后者，则是商业社会世相人心的文学呈示。在这两方面，陶然可算是操笔老手了。

曾有“城市无故事”的说法。的确，这个世界过去和现在有太多的人在都市一隅煞费苦心地经营故事，使得所有的模式几乎在文学生产中被用尽、用滥，真正的好故事便如凤毛麟角，让现代小说家不得不绞尽脑汁对付都市故事的老化。终于有人发现，抵抗故事老化的最有效的对策，莫过于用个人化的方式讲述自己内心经历的过程，从此有了五花八门现代叙述技巧的昌盛。本册的五个中篇，就体现了这样的内心经历过程，展示出陶然以随心所欲的倒错性来处理各种类型时间的个人化叙事特征，让人看到了他在《归程》里描绘的那种"颠来倒去"的实在情境：被热奈特称之为"时间倒错"的叙述，将陶然"内心的故事"完全浸于超线性的时间之流里，作品主人公或在"现在时"中回首与经历，或在"过去时"中经历与回首；第一、二、三人称叙述视点"颠来倒去"的自如转换，不仅带来超现实/超客观的时空弹性，更使并置或交错的不同叙述层次浑然成一体；于是，人物复杂且细腻的心理过程，潜隐又私密的生命原态，真实可信地呈现出来。

在陶然的"都市情话"中，你会感受到一种极为纯粹的东西。这纯粹是什么呢？它就像词典里注释和标明的那样是一种"单一，不搀杂质的"情感，是一种"完全"彻底的投入。陶然就是凭借这样的纯粹，最大可能地贴近人性之美的情怀，最高程度地疏离反（非）人性的精神。如此的纯粹之于爱情，即使在金钱主宰的香港也是看不到人性异化痕迹的，不为人间邪念恶根玷污的。回过头来打量陶然，在香港作家中可算得上写情的行家里手，他笔下的爱情一度曾作为社会批判的转喻，具有批判现实主义小说共有的非纯然爱情意旨：一旦，爱情在陶然的小说中不再作为附加物而存在，还原到其本身的纯粹形态，便嵌入到唯美境地，中篇小说《天外歌声哼出的泪滴》（1995 年）当是这唯美一路的代表作。

在这部作品中，陶然的个人化叙述风格，大大突破了以往仅仅在过去时和现在时——两种性质的时间里"颠来倒去"的那种时间标准的无确定性，而是把过去时、现在时和将来时——三种性质的时间里，不同时态特有的确定时间标准及叙述层次之间的区别，完全瓦解了。由于这样的瓦解，陶然同时摧毁了横亘于作品的实在时间与虚幻时间——历史时间与未来时间的本质界线。这也意味着，以上的任何一种时间，都可以任意当作叙述依托的确定时间标准，陶然他可以随心所欲地把自己的笔探进任何一种性质的时间，去触摸那个叫萧宏盛的男人，还有叫袁如媚、洪紫霞的女人——或经历或回首或梦呓的脉动，从中拈出有关他们过去的现在的将来的，实的虚的真的假的有的无的一些或一点什么，再把这样的东西同在另一种完全不同性质时间里拈出的东西随手连缀在一起，如此，陶然的这个关于萧宏盛的“情话”，就仿佛一直不停地向不同性质的时间伸着手，不断从不同的时间中摄取结构其“内心的故事”信息，再依照不同时间标准所确定的男主人公的叙述视点与层次，把这些信息从第一节到第八节慢慢缀接起来，乃至使这个人物的“情话”虚虚实实扑朔迷离地跨进21世纪的未来(1995＋20＝2015年)。在我看来，最富有自我意识的现代文本，不仅是在玩弄叙述视点与层次，同时也在瓦解时间的性质，所以，在现代主义小说家那里，过去的和将来的完全可能被当作现在的来出示，历史时间与未来时间也可以同时具有实在的与虚幻的性质，要注意的是：在这种因丧失了“确定性”而带来的时间性质的颠倒、错乱、混淆中，陶然先生只让一种东西永远不失其固有的确定性——那，就是萧宏盛对袁如媚的爱情。不管是过去是现在是将来，不管是在历史时间里还是在未来时间中，不管是对实在时间里的袁如媚还是对虚幻时间里的洪紫霞(在小说中，她只是以代码形式闯入男主人公电脑，在神秘联网下显现的一种意向模糊的电脑指令，因而，被萧宏盛认定“是袁如媚以脑子联网的形式输入到他脑子里的讯号”。)——萧宏盛的爱情，都是“不搀一点杂质的”“完全”的执守。这恐怕就是人类再纯粹不过的爱情了。当然，将这篇小说嵌入唯美境地的，还有陶然浸染着诗化情绪的叙述本身，尤其是作品对人物独白或直接引语标点符号(引号)的取消，将行为者的个人语言情境同叙述者话语符号相互交叉，构成了一种叙述者和行为者的语感、语流互渗交融的文本形式，从而赋予作品特别的心理暗示张力与指向。除了人物的直接引语不使用标点外，陶然还喜欢取消在叙述或聚焦转换过程中起着重要提示及过渡作用的语言转换标记（如“他说”、“他记得”），使其文体形式变得模棱两可，既可以当作人物对话的直呈，也可以视为人物内心的独白，再加上阅读时没有标点（引号）及语言转换标记做障碍，很容易使人直截沉入作品语感的潜流，从中体味人物隐匿的内心活动及作品蕴涵的意旨。这样的文体特点，也决定了陶然的中篇“情话”并不靠故事性取胜，而是以复杂细腻的情绪、心理内容夺人。

编辑“香港陶然新概念小说”的熊扬志先生告诉我：“本册的主体是五个中篇”。读者一看就知道，这五篇中“都市情话”部分收录了四篇，“都市传真”仅有一篇，由此可见陶然绵绵“情话”的长歌诉求了。四个中篇“情话”，虽然表现出同样“颠来倒去”的叙述风格，同样纯粹的情怀，但是，所呈现的心理/情绪的意旨却各不相同，比如《走出迷墙》，旨在权力怨恨的意义上剖示男人的性别意识与心理。这让我联想到萨特的一篇写监禁的小说《墙》，如果萨特之“墙”是人类悲剧境况的一种象征的话，那么，陶然的“迷墙”至少包含爱情＋（老板）权力＋压抑＝个人怨恨这一象征暗寓公式。主人公赵承天就是一个在（老板）权力压抑下郁结了怨恨的人，他有着所有的个人尊严被强权伤害却又无力自卫的怨恨者特征，只是，这怨恨还不是男人所特有的权力怨恨，因为与赵承天有着同样怨恨的还有爱恋着他的女友玲莹。当年，正是这两个有着共同权力怨恨的男女的相互抚慰，成为赵承天爱情的起点与支撑，建立起抵御老板权力的同盟：而这“墙”对人性的禁锢、压抑和伤害，也还没有把他逼到非走出不可的地步。可是，随着玲莹升迁到老板权位，赵承天与女友间原本的恋情和“同盟”关系之上，又增加了一重被领导（被统治）者/领导（统治）者的权力关系，对于男人赵承天来说，这便是让他倍感难受的爱情＋权力的“迷墙”了。这迷墙，把赵承天置于一个与过去在另一面权力之“墙”下截然不同的地位和感受，他不仅要使自己成为女友（老板）权力功能得以有效发挥的援手，还要无条件地把自己化作让玲莹权力扎根的土壤。作为权力的体现者，玲莹实际上已成前老板存在的重复或轮回，上下对峙的地位必然使她背弃曾与男友同仇敌忾的权力怨恨立场，从而对处处不尽人意的赵承天日益不满。这样，在玲莹权力的“迷墙”下，执著于爱情的赵承天所感受的压抑与禁锢非同一般——那不仅是作为人，更作为男人的尊严被女友手中老板权力的贬损和伤害。作为弱者，赵承天在强权面前曾有的渺小与自卑，又狠加了一层男人在所爱的强女人面前的无奈、反感、乃至敌意。在权力关系上，玲莹与赵承天对男权文化所建立起的特定结构的颠倒（女人领导男人），必然使其爱情关系中固有的性别权力内涵发生异变，严重威胁根深蒂固在男权文化传统中具有相对自律性的性别统治关系，在此，陶然细腻的笔触直抵权力关系对爱情关系的吞噬——赵承天最终带着男人特有的权力怨恨“走出迷墙”，摆脱悖逆性别自律传统的玲莹的权力统治。在女权/女性主义要求平等、权利/权力的呼声甚盛的时代背景下，陶然的这篇小说表现出的鲜明男性意识与立场，让我想到为男人们鸣不平的美国著名心理学家哈伯·哥登伯格的发言——“男性是在我们社会中最后一个被明显地否定和歪曲而没有任何反抗的亚社会团体”，他要是看到陶然的这个“走出迷墙”的故事，会怎么说呢？

还有另外两个中篇“情话”，《记忆尘封》和《岁月如歌》,亦有不同的意旨:前一部,可以看作是中年沧桑,中年心理与情怀的写真;后一部,按陶然自己的说法——“很多人说(它)是中年人婚外恋的故事。当然框架是这样的,但实际上,我借这个框架主要表明,时空的一种间隔,人对时间的无奈,比方说人跟人相遇,可能在时空方面错过了,如果十年前相遇的话,会有一种结局,十年后相遇的话又是一种结局,这个是人不能控制的,是很宿命的。除了爱情之外,自然界那个风云变幻,这些东西也是,人以为科学是很先进的,但实际上你是不能阻挡大自然的一种突如其来的袭击的,人其实是很无力、很渺小”,这番颇具哲理意味的话,让我们知道了陶然小说中那许多如歌的岁月,始终伴随着他“对于岁月的敬畏感”,而把“都市情话”置于如此感觉下书写,实在不多见。

和“都市情话”相比,陶然的“都市传真”少了些温婉与缠绵,笔调中多了几分开朗与洒脱,笔底亦不时泛出小幽默、小讽刺,表明陶然透视香港社会世态人心时的审美观。在这方面,陶然作为“隐含作者”,已经明显地从早期——如写《冬夜》、《海的子民》时——的创作主体代入/融入感,发展到情感的零度介入。

《没有帆的船》独篇列于“都市传真”部分“殿后”,可见陶然中篇创作的一个例外。这篇小说,曾在香港《文汇报·世说》连载,虽然在叙述方法上与前面谈到的几个中篇有异曲同工之妙,但男主人公已不再是频频出没于陶然笔端的小人物,而是身为商界精英的港都大款儿。赫赫有名的精英如何,腰缠万贯的大款儿又如何?当陶然把汤炳麟如“没有帆的船”般困惑的人生和内心剖露出来,所有关于他们的神话都被粉碎了。

在本册中,还有许多短篇小说及小小说,因为短小,可以让你读到精到又精巧的港味故事。在这样的故事里,陶然的叙述话语很少“颠来倒去”,他只是在那里清清爽爽、顺顺当当、诚诚恳恳地给人讲故事，从中映现出他涉笔都市的另一副面孔。

2004年6月于北京

王绯：中国社会科学院文学研究所研究员，中国社会科学院研究生院教授。

# 目　录

## 导言



## 一、都市情话



## 二、都市传真

## 后记

# 一

# 都市情话

# 空　降

杰克要回来了。

方雅兰好像是不经意地那么一说，竟如一颗炸弹似的，把黄德明的心房轰出一个洞。在刹那间，他的脑海一片空白，只见雅兰往老板椅靠背上一靠，怎么啦你？不说话了？

那很好呀，他忙说。心里千头万绪，不知道心口是不是有汩汩的血流出？

即使雅兰没有说得很明白，但他却也已经断定，杰克的"回来"，不是仅指回流香港，而且回流公司。如今经济低迷，香港经历金融风暴、科技爆破之后，家家公司都在瘦身，人人都要增值，年过四十想要找份理想的工作？即使你资历不差，只怕也是没有人肯请。那个杰克回流，除了此处，哪有其它出路？

沉默。空气好像凝住了，有一股压抑的难受感觉。

德明无话找话：他不是追随太太去美国，过得很好吗？怎么又回来了，这样的环境？

雅兰笑了一笑，家家有本难念的经。

听起来她好像很了解内情。莫非这十年来，她与杰克有热线联系，只不过他自已懵然不知罢了？

他回来也有好处，他熟悉中国大陆市场，加上工作热诚，我相信他可以有一番作为……

他忍不住说，杰克已经离开香港那么多年，跟中国大陆基本上也脱节了，我怕他……

那也不能这么说，他毕竟有基础，虽然这几年离开了，但他在美国也还一直追踪中国市场的动向，要捡回来并不难。

既然你那么说，我再说什么也是废话了！他想这样说，但终于没有出声。他十分明白自己扮演的角色，表面上，雅兰是在征询他的意见，她总是说，公司有重大事情，总会先找你商量的。但实际上，她每次都已经有了决定，才循例知会他；不管他意见如何，根本都不会影响她的取舍。雅兰刚刚成为“阿一①”的时候，听从杰克的意见，要炒掉一个女同事，他以为不妥，那同事并没犯错，只不过是在工作安排上和杰克争执了几句，杰克便眼睛一瞪，你是不是不想捞了？不想捞我就跟老细②说！他对雅兰说，这样太跋扈了，大家恐怕不服。但雅兰却不以为然，两个人火并，我当然要支持职位高的那个，不然他以后还有什么权威，还怎样发号施令？也许安妮并没有错，错的是杰克，但有时不是对错的问题，而是如何处理更加有利的问题。也就是在这一次，德明领教了她的办公室政治手腕，既然反对不会有效，他又何必枉做小人？

但有时就是忍不住。比方提起杰克。难道你忘了，那个时候，他是拿你一手的呀！

是有点挑拨的味道。他看到雅兰的脸上闪过一丝不快的阴影，这句话该勾起她遥远岁月的记忆了吧？

那个时候，雅兰刚接掌这电脑公司的大权，位置还没有坐稳，杰克一纸辞职信便递了过来。雅兰对德明说，也不知道他是什么意思？德明冷笑，那还不明白，不跟你合作呗！他本来以为该他上台，哪里想到跑出你这匹黑马！雅兰哼了一声，我也不晓得呀！要怪，他该怪大老板，关我什么事！他笑，你压在他头上，他不怪你怪谁？

真该怪大老板，三个副总经理，原本杰克排名第一，雅兰第二，德明第三。忽然找一个扶正，雅兰超越杰克，叫杰

① 阿一：香港口语，老大。

② 老细：粤语，老板。

克这个大男人面子上怎么受得了？但他摆明采取抵制行动，又令雅兰面子上难堪。她愤愤地对德明说，这个杰克·李，不是当众剃我眼眉吗？

是啊，现在你请他回巢，不也是剃我眼眉吗？他心里这么想，但却说不出口。

雅兰高升至董事局任执行董事，德明以为他是唯一的副总经理，升任并非拥有生杀大权的总经理位置，也是顺理成章的事情；不料竟没有，雅兰让已辞职多年的杰克从纽约空降，坐上这个位置。眼看到口的肥肉平白无故地飞掉，他心里说有多不平衡便有多不平衡。但他还不能说，说了显得自己小家子气，一个大男人，能屈能伸，打落牙齿和血吞。

女秘书悄悄指着总经理的房间，刺探着说，黄副总，本来那个位置应该是你坐的……

他的心好像给剜了一刀，连忙强笑，谁说的，我很本份，我不是帅才，我知道我自己。

但躺在床上辗转反侧，他一夜不能成眠。

次日上班只见满面春风的杰克远远便向他伸出手来，笑道，世界真小，兜兜转转，我们的同事缘份还没完呢！

这便是老臣子的下场了。总以为多年媳妇终究可以熬成婆，哪里料到不是你的便不是你的，有什么话好讲？

雅兰叹了一口气，那个位置不好坐呀！我以后会超脱一点，拼老命干吗？让他去干吧，他也有能力。

不是正式向他解释，但从她的言语之间，他明白她的意思。他忍不住问了一句，难道我没有能力？

她瞟了他一眼，有，怎么没有？

他知道她在打岔。

但这种微妙的关系，剪不断理还乱，他既然不想失去她，有时便只好装傻。

装死躺下，其实心还不死，一有机会，他必须把钉子锤进她的心里去。

雅兰黑掉的脸很快又恢复常态，笑了一笑，好像刹那间便挥掉了一切不快。唉！人生在世，不必那么执著，办大事的人，哪里理得了那么多鸡毛蒜皮的小事？我给他钱，他给我办事，就这么简单，过去的事情，一笔勾销！

这个雅兰，当了执行董事，怎么一下子就这么男子气起来？那个时候，她依偎在他怀里，咻咻地说，女人再强，也需要有个港湾歇息……她的万种柔情，于今哪里去了？只见她风风火火，他也弄不清哪个才是真正的她了。

雅兰倒也还罢了，最可气的是杰克·李，他俨然以雅兰的代表自居，跑到德明的面前，居高临下地说，今天晚上你陪我去见客吧！

想着他在雅兰面前谦卑的脸孔，他就怒火万丈。雅兰也真是瞎了眼，怎么会欣赏这一个离婚男人！

是有心魔。这个家伙，既然已经离开香港，干吗又要巴巴地滚回来？

每当他远远看到雅兰和杰克谈笑风生的时候，他便恶意地闪出这么一个念头："九·一一"时这家伙身在纽约，怎么不顺便也把他给炸了？

雅兰哼道，你可不要那么邪恶，说话像阿尔盖达组织①成员似的！那是恐怖袭击呀！难道你支持伤害无辜平民？

不是支持不支持的问题，只是精神发泄而已。又不是我想怎样便怎样，说说也不会真的叫他回到"九·一一"去！

那可不一定，恐怖袭击到处都有，没有"九·一一"，还有"十·一二"峇里夜总会的汽车炸弹恐怖袭击。你不是希望这种袭击也发生在香港，就为了杰克？

那你也把我想得太恐怖了。我只不过是意念一闪，我又不是恐怖分子，我怎能操纵？

一言不合，不欢而散。

想想雅兰说的也不是没有道理，他话一出口，就觉得自己的心理有问题，看看峇里岛的惨案，报纸刊出巨幅照片，但见衣服破烂的男女尸体堆叠在一起，到处一片瓦砾。他们只是歌舞升平寻欢作乐罢了，哪里想到一声巨响之后，便死无全尸地告别这个世界，连一点思想准备也没有。这些手无寸铁的平民何罪？

---

① 阿尔盖达组织：即本·拉登的"基地"组织。

那夜总会就在库塔海滩附近，那年他和雅兰去过。到峇里度假，好像已经是久远的事情了，那时雅兰还没有高升，他们住进库塔镇酒吧街的"十四朵玫瑰"酒店，但这酒店不见有玫瑰，只有爬满围栏的九重葛。他笑道，可惜，不然我就摘一朵玫瑰给你。我不要玫瑰，她回身抱住他，只要你。晚上漫步至同一条街的那家"沙里"夜总会，进进出出的大多是西方游客，他们在那里消磨了浪漫的热带之夜。不料，消息传来，那家夜总会"轰隆"的一声，便被夷为平地，叫他痛感人生的无常。他想打电话给雅兰说，你看看，那是我们当年去过的地方呀！多危险！但转念一想，如果她已经不在乎，怎么去提醒也没有用。他叹了一口气，坐在刚结束夜间新闻报道的电视机前发呆。

后来雅兰也没向他提及峇里的爆炸案，好像在他和她的生命历程中，峇里就不曾存在过一样。

曾经发生过的事情，难道就可以像黑板上的粉笔字一样擦得一干二净吗？

不知道。雅兰却问他，你紧张什么？

他也不知道。不是他觉得有潜在的威胁。他和雅兰的关系，从来就没有公开过。他曾经幽幽地对她叹了一口气，我们好像在搞地下情！开始的时候，雅兰为了事业，不愿让人知道；到了她的地位稳如泰山，她更加避忌，而他也不愿意让人笑话，女朋友是自己的上司！

公司里人人都说：黄生，你是优皮①！

公司里人人也都吱吱喳喳地说：方小姐是单身贵族！

甚至有人在私下说他们是金童玉女。雅兰充耳不闻，德明却慌忙制止，可别乱说！犯上呀！

---

① 优皮：英语的粤语音译，指高收入高消费、追求生活享受的一族。

没有想到这种秘密状态，竟让杰克有了可乘之机。尽管还没有确实证据，但德明却隐隐感觉得到，这个杰克总是往雅兰的房间跑，表面上是说公事，实际上醉翁之意不在酒。他听着从房里传出一男一女的笑声，他便为一种酸楚的味道所折磨。

雅兰却说他神经过敏，不像男人。

但他认为并不是他草木皆兵，男人又怎么样，男人难道就没有感觉？

那个周末晚上，他上她家吃晚饭，夜已深，他瞟了她一眼，有点心虚，算了，我今晚就留在这里……

但她却笑着从后面推他走，回去回去！你在这里，你睡不好，我也睡不好。

他觉得是托词，真的睡不好，明天也是星期日。

他说：你不是说，今天是我的生日，我大晒①么？

她笑，要不我怎么会请你上来撑台脚？

好像一餐饭便已经是皇恩浩荡了。

以前不是这样。以前总是她开口，别走……

是不是杰克回流了，她对我便这样淡下来了？

但这样的问号，只能埋在心底，免得自讨没趣，他推开房门，头也不回地走了。虽然他想留下是个预谋，但他能不能留下，心中却没有把握，毕竟今时不同往日，他也记不清有多久没在雅兰的家里留下了。他只能试探，用迂回的方式，假如给硬生生地拒绝，那他也太没有面子了。比方牙刷和电动剃须刀，他就藏在裤袋里，不让雅兰看见，否则一旦被拒，太难下台了！亏雅兰还是笑吟吟地说，男子汉大丈夫，不要那么敏感！

敏感！无事生非干什么？他恨不得在情路上风平浪

---

① 大晒：粤语，最大。

静，和雅兰风雨同路。只是，树欲静而风不止。那个杰克，明明像徘徊在她旁边的狼，那眼睛闪着噬人的寒光，难道她真的一点也看不出来？

不过，不论是杰克压在他头上也好，还是杰克在窥伺雅兰也好，他都不能明明白白地表示怨气，不然的话，雅兰会说，你看你看，你怎会这样喋喋不休？

雅兰现在说话也拐弯抹角了。他生日那晚，吃完饭，便一起看影碟。是《劫后馀生》。雅兰说，男人就该这样，即使是身处绝境，也不该放弃。

他抑制不住回了一句，那是。不过也难说，就算是汤汉斯终于从荒岛重返闹市，但现实生活已经翻天覆地地变化，至少他的爱妻已经成为别人的太太。

雅兰斜眼瞟了他一下，都说是"劫后馀生"了，如果生活中没有什么改变的话，就不叫"劫后馀生"了。

四年的隔绝，足以令做太太的认定丈夫已然死去，并且改嫁他人，叫影片中的汤汉斯沉重；而他和雅兰这十多年来日日相对，却似乎也不能保持最初谈情的感觉。人心的真正差距，是不是难以测量？

如果说他以前一直朦朦胧胧的话，那末，这个生日过后，他忽然觉得有什么已经完全不同了。

雅兰说，你不要老是抱怨，你想想看，杰克会驾车，又会交际，懂得打点，我出去应酬，不找他陪找谁陪？

是啊，唱歌跳舞喝酒吹牛，杰克全都在行，有他在，保证不会冷场；哪像我这个闷蛋？当初喜欢热闹的雅兰竟会看上他，连他也感到有些奇怪。但雅兰那时却说，爱是没有理由的，说得出理由就不是爱了。那也就是缘份了，他喜孜孜地想道。

但缘份是这样的虚无缥缈，来无影，去无踪，不知不觉便消散了。雅兰也并没有明确对他说分手，但他都可以感觉到她的热情不再，一个不再有热情的恋情，已经名存实亡，他知道已经无力阻止事态的发展，就像没有办法阻止太阳下山那样，他目送那绚丽苍茫的黄昏景色逐渐发黑，以至消亡，连一句话也说不出来。那个傍晚，他和雅兰在峇里的金巴兰海滩露天餐厅吃烛光晚餐，只见赤道橙红的太阳在海平线的尽头处那么一跳，便消失在视野之外，西边只留下漫天彩霞，雅兰举起那盛着红酒的高脚杯，跟他碰杯，祝你生日快乐！那是他的三十岁生日吧！三十岁生日太过甜蜜快乐，根本不会想到三十八岁生日已是另外一番光景。他记得那时他感叹了一句，夕阳无限好，只是近黄昏。雅兰笑道，管它呢！只要我们在一起，那便是永远面对妩媚的夕阳，它不会下沉。

不会下沉只是心理作用，夕阳注定西下，月亮注定东升。如果没有了夕阳，却有一轮圆月明晃晃地挂在天边，那又是另一番醉人的风景，就像那晚金巴兰海滩的月亮，温柔妩媚，海风轻轻拂来，桌上玻璃罩内的烛火飘忽，他轻拥着雅兰照了一张相，但愿刹那永恒。如今相片依在，但他看着那片风景却已朦胧不清。在心理上它已失去光彩，在视觉上它也已破烂不堪。咦，这是否因为新闻相片而异化？美丽的峇里、美丽的库塔、美丽的沙里夜总会，怎么一下子就变成满目疮痍？

天有不测之风云，人有旦夕之祸福。

雅兰竟会变得这般若即若离，他当初怎么想得到？

朦朦胧胧间，他竟在黄子华主持的电视游戏节目“一触即发”的现场，只剩下他和杰克对决。他一直领先，心中有无限欢喜，如果领到那笔奖金，他便可以改变负资产的命运。但他在关键时刻答错了，黄子华笑吟吟地说：现在你脚下的保险掣解封，六个洞有五个会打开，就看你的运气了！六分之五的可能性？他一面拉杆，一面暗想，还没有想清楚，他突然失重狂喊一声便跌了下去。醒来一头是汗，原来是一场梦。他犹记得梦中的杰克在他掉下去的刹那，似笑非笑……

负资产的身份还是不能改变。他本来曾经设想，就豪气地那么把手一挥，辞职！但现在看来还得在冰冷现实的面前低头。如今这个市道，家家公司都在瘦身，不给人炒鱿已经万幸，哪里还有本钱说走就走？志气始终也抵不过欠银行二百万的事实，一走了之当然痛快，但银行追数派人上门，手法就不会那么斯文了，他能躲到哪里去？

原来他以为惟有自尊可以与权势相抗衡，如今看来人要拥有自尊，也并不是可以毫无条件。

天亮依旧上班去，见到雅兰他笑着说了一声早安，见到杰克他笑着说一声早安，见到所有的同事他都笑着说一声早安。春风满面，惟有他的心在抽搐，没有人看见。

2002 年 10 月 15 日

# 黄 玫 瑰

他感觉得到,云妮近来的态度似乎有些微妙的变化,尽管他每次约会,她都始终没有推辞,可是每回都没有以前的热情了。电话中他问:“在哪里见面?”她懒洋洋回答:“随便啦!”他再问:“怎么安排节目?”她还是用一样的腔调回答:“随便啦!”过去她可不是这样,不等他开口,她便热心地安排:“去尖东吃烛光晚餐,然后到海旁散散步啦!”“去看周星驰的那套电影,然后去 DISCO 啦!”

那晚看完《整蛊专家》,从电影院出来,原本笑得前仰后合的云妮便只顾低头走路,一言不发。他赔着笑逗她:“……很好笑啊,周星驰……”她“嗯”了一声,也没有接口。他忍不住问道:“你最近好像不大开心,有什么话,你说出来,大家好商量。”可是她抬头望了他一眼,强笑道:“没有哇,我还不是这个样子?”

当然不是这个样子啦,如今却只有他打电话给她了,甚至每晚临睡前的长电话,也变得越来越短,因为她老是问一句答一句。

不论他如何冥思苦想,也都无法破解这个谜团,只得去请教李察,自从他与云妮恋爱之后,李察是最接近他们的人:“喂,你知不知道,云妮最近怎么啦?”

李察怪异地扫了他一眼,耸耸肩膀:“有没有搞错呀?你都不知道,我怎么知道?”

“你跟她是同事。”他叹道,“我以为她会说给你听……”

“看你愁的!”李察撇撇嘴,笑了笑,“我给你出个高招吧,情人节快到,你赶紧送玫瑰花吧! 女孩子嘛,多多讨她的欢心,没理由不行的!”

“玫瑰? 往年深红的、粉红的、白的……都送过,有什么新奇?”他不以为然。

李察横了他一眼:“可以送黄色的嘛!”

黄的?高!今年情人节碰上大除夕全香港都放假,他决定提前一天叫花店送到她的办公室。岂知中午便接到电话,她朝他直吼:“十三号又送黄玫瑰,好哇,吹便吹!”

他不知发生了什么事情,旁边的女同事望望他,哼道:“黄玫瑰代表别离,你不知道吗?懵佬①!”

① 懵佬:粤语,糊涂佬。

# 三十五岁生日

洁娟躺在床上，夜渐渐深沉，她却双眼大睁，一点睡意也没有。

三十五岁了。

好像只不过一眨眼的工夫，她就已经三十五岁了。

真是时光一去永不回。

今天是她的生日。生日，又有什么好庆祝的？人人到了这一天，好像都非得庆祝不可，其实还不是老了一岁？而人是不能够从头再来过的。时光倒流七十年？那只不过是电影罢了，现实生活中哪有可能！如果可能的话，我温洁娟还可以从容把一切重新安排过……

一直拖到今天依然还是小姑独处，她不知道是自己太过挑肥拣瘦，还是命运不好。那时拥有大把青春，总是不把这等事情放在心上。即使有异性明显大献殷勤，她也不假辞色，冷冷地拒绝了。

那个头一个追求她的男孩，是叫大卫吧。那时她刚在一家洋行当秘书，大卫腼腆着凑近她，觑了个空，便说："温小姐，今晚有没有空？我想请你吃饭看电影……"

来了来了！她浑身细胞警惕起来，也没有再细想，便已脱口而出："哦，不行。晚回去阿妈会骂我的……"

语气生硬，直把大卫轰得差一点抱头鼠窜。

看着他那狼狈的模样，她心里竟莫名其妙地浮起一种恶意的快感。

男人？男人有什么了不起？一抓就是一大把，就看本小姐有没有兴趣！

以后呢？以后也有好几个，她都不加考虑，连眉眼都不曾动一下。

于是她便有了"冷面女杀手"之称，但一直过了许久，她才风闻。

回到家里，她对着镜子左照右照，想看看自己如何“冷面”，但却始终找不到答案。心狂傲地一想，管他呢！冷面就冷面，女杀手就女杀手，他们爱怎么说便怎么说，何必介意！但岁月却从来不曾留步，她想要不介意，也已经不可能了。一过三十，她就有了一种危机感，她常常想起一句话：“女人三十烂茶渣”。加上再也没有什么男人向她表示好感，使得她更加惶惶然。

多么后悔那时的倔强！

不然的话……

而实际上，自己却仍是独身女郎，也就是他们口中的“老姑婆”吧？要多难听有多难听。不过也不要理睬他们吧，他们说我“老姑婆”，我还说我自己是“女强人”哩！

老姑婆也好，女强人也好，也都只不过是一种称号而已，假如不想独身终生，总要还我女儿身。男人嘛，总是喜欢依人小鸟。

决定烟视媚行。

不料看惯了她泼辣作风的男同事们，好像被吓呆了似的，甚至比以前更加逃避她。

表面上毫不在乎，但内心的愁苦，又有谁清楚？自己又不能跳出来去追男人！

却没想到无意中会认识安迪。莫非这也就是缘份？

那天下午茶时间，接线生告诉她说：“……有位柴先生找你……”

柴先生？她迅速地搜索她的记忆系统，好像并没有一个姓柴的是她所认识的人。

纳闷，但又好奇。

立刻赶到会客室去。

是个陌生的男人。

他站了起来，伸出手，自我介绍：“不好意思，温小姐，占你一点点时间，我姓柴，是保险公司经纪……”

原来是来招生意的。

她立刻说：“对不起，我对保险不感兴趣。”

但这个柴安迪却绝不退缩，看到她有送客的味道，仍死缠住不放。

她想要断然拒绝，但看他那有些稚嫩却又热切的脸孔，竟然有些不忍。

只好听他滔滔不绝地说下去。

他的嗓音低柔，好像一股缓缓的水流，只听得她眼睛发困，好像随时都要睡去。是一种不设防的感觉吧？

算了算了，保就保吧，反正也不要太多的钱，乐得给他一个人情。

“谢谢你，”柴安迪喜形于色，“温经理……”

也不知道怎么一来二往，由喝喝茶发展成逛街看电影，她迷迷糊糊地堕入情网。

在情到浓时，安迪便在她耳畔哀哀地说：“……你是经理，我只是一个小经纪，配不上你，我担心……”

她也好担心。安迪比她小五岁，职位又不如她，她不在乎，但他是男人，能够没有别的想法吗？

年龄是不可改变的事实，但职位却事在人为。特别是做保险这一行的，谁的客人多，谁便是英雄，职位、金钱便随着滚滚而来……

既然真的爱他，当然要拼命为他着想了。

她决心动用她的一切关系，从朋友到亲戚甚至家里的人。

人人都笑她：“好哇，人家大义灭亲，你倒好，为了哥哥仔搜捕所有的人……”

她笑。心里却在哭。“哥哥仔”？我叫他“小弟弟”还差不多。不过也没办法了。迟早是我的老公了。不给他卖力，给谁卖力？

安迪的客人果然越来越多，钱包肿胀。同时她也发现，他不再像从前那样对她千依百顺了，有时甚至一脸不耐烦，叫她难堪。

比方今天是她三十五岁生日，她并没有想要庆祝的意思，但他柴安迪也该有点表示吧？没有。连个电话也没有。

等到晚上十点钟，她忍不住去电话传呼他，不一会，他回了电话，气哼哼地说："……大姐呀，我在谈生意……"

她知道这该是个不眠之夜。捱过今夜，明天的阳光是否就灿烂了呢？

她怀疑。而梦却迟迟不肯来。

# 女人四十五

云生苦笑:"我真服你了!可惜当年我娶不到你做老婆,我没有那个福气……"

她连忙把话岔开,不然的话,这个云生又该醉话连篇了。

她总以为自己最冷静精明,哪里料到到头来积奇却强硬地说:"……把房子卖掉……"

积奇背书似地说,"……生意上需要现金周转……"

她叫道:"我手上都没有现金了,这房子是我唯一有份的财产,我不卖!"

他冷冷地扔下一句:"如果你不卖,就是不让我好过,你不让我好过,我最多跟你抱住一起死!"

她悚然一惊,呆呆地望着他,以为自己在梦中。

但并不是。他又重说了一次:"……把房子卖掉,生意上需要现金周转……"

说得很坚决,但那眼光却游移不定。

她梦游般地问了一句:"为什么?你手上没有钱了吗?"

一向以来,她把在商场上赚到的钱,全数交给他;除了房子是联名之外,她可以说已经一无所有。

只不过是两年工夫罢了,两年前她退出商场,自以为赚到的钱已足够令一家三口一世无忧。那时他半开玩笑地说:"你放在我这里,简直是最佳的投资!"

她知道他一向爱面子,那回一群人上酒吧喝酒,云生指着她说:"积奇,你就好啦!有个有钱的老婆真好,艾丽丝简直就是一座挖不尽的金矿……"

哄笑声中,她瞥见他的脸色阴沉下来了。她忙说:"喂喂,你喝醉了可不要胡言乱语,我老公是一家之主,我吃饭

穿靓衫都靠他，你是不是想要断了我的财路？”

女人始终不需太过高调，她不想让他觉得她压在他头上。从商场上激流勇退，为的便是使得聚光灯照在他头顶，自己宁愿退下做他背后的女人。

她认为这才是维持婚姻之道。

不料，跟她同床共枕二十年的丈夫，竟是这个样子。

但儿子波比却劝她：“算了吧，妈咪，事到如今，你就认命，跟他了断……”

她觉得全世界的人都遗弃了她。

再问儿子的立场，儿子一副置身事外的表情：“你们大人的事情，你们自己解决，我做儿子的，没什么发言权。”

十九岁的儿子，神情冷漠，连一句安慰的话也没有。

她不甘心，只有找做私家侦探的云生帮忙。

查来查去，真相终于大白：积奇包了“二奶”，准备双宿双栖，而波比获得他老爸保证，只要售楼成功，他就可以分得他老爸份下百分之二十的金额。

怪不得这两个混蛋狼狈为奸！

两个男人，一老一少，一个为色一个为钱，生生把已经四十五岁的女人挤出去。

天呀！她想哭，却哭不出声来。她跌入混沌的梦中，春雾迷茫中，她望见两个搂腰搭肩的背影远去，分明是一老一少，但她却弄不清到底是积奇跟波比，还是积奇跟一个妙龄女郎……

# 遗　产

你觉得有些委屈，但却实在无话可说。

只不过因为接受查理的求婚，你立刻成了吱吱喳喳议论的中心话题。年纪相差二十五岁呀，都可以当父女了，怎么能够结成夫妻？真爱？算了吧！真爱都死掉了，现在是什么世界？没有钱，免谈。查理是千万富翁，她嫁他，不是为了钱，骗谁？真不明白这些女人，是我嫁人，又关你们什么事了？要你们那么紧张，那么激动干吗？你慨叹着，却也无可奈何。

你知道你自己，不管外人怎么想的，但你却认定你确实喜欢查理。

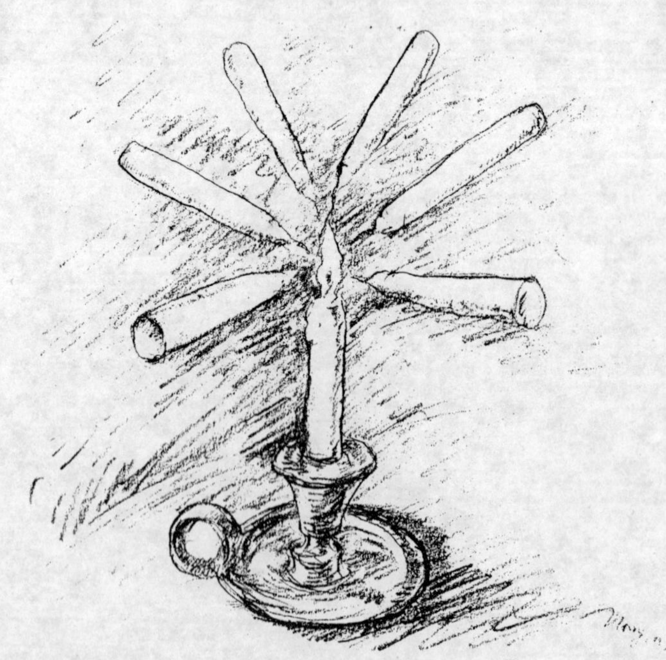

查理有五十岁成熟男人的魅力，他不像那些与你年纪相仿的男孩，刚展开追求攻势，送过一两次花，吃过一两次饭，便满口甜言蜜语，快餐式地立刻要去开房。

他决然不是这样的，他一直保持着绅士风度，约会了多少次，连吻都没有吻过你。那晚去“卡萨布兰卡”餐厅吃饭，你多喝了一点酒，不觉醉了，次日醒来，才听你妈妈说，查理驾车把你送了回来，你还把秽物吐在他那白色西装上。

你大奇，要是查理想要乘人之危，那正是千载难逢的绝妙机会，但他连动也没有动过你一根毫毛。你觉得他是君子，你甚至有点怀疑他是不是不近女色了。

你问他，他却哈哈大笑：“你嫁给我吧，看我是不是真的不行？”你明白了，他是不屑于那样偷袭。也是啊，强扭的瓜不甜，查理是聪明人。可惜天妒良缘，新婚不到一个月，查理竟然在毫无预兆的情况下，猝然去世了；于是那些吱吱喳喳的女人又再次议论纷纷。

当然啦，年纪差那么多，怎么受得了？简直就是夺命！不过现在好啦，留下巨款，让她一个人独享，实在是因祸得福！真不明白这些女人，是我丧夫，你们何必说三道四，那么残忍？你哀哀地哭了。

你一直觉得你爱查理，直到这时，在悲痛之余回心一想，假如查理并非那么有钱，以她“名模特儿”的身份，到底会不会下嫁？她竟不敢正面回答了。

查理的后事办完之后，律师点算家财，你才知道，他只剩下空架子了，连房子都已抵押给银行；你当场作声不得。

# 身份悄悄转移

她以为她深爱着阿基。

阿基涎着脸对她说："……你非得出马不行……"

她一愣："我？"

"没办法啦，"阿基耸了耸肩膀，"我也不想。不过这可是大好机会，一次那么多啦！"她开始发呆。

"你以为我不难受呀？不过没办法，钱喎！"阿基哭丧着脸，"我们也不能无钱饮水饱呀……"

她开始觉得阿基实在太过份，动脑筋竟然动到同居女友身上来！当初她跟上他也不是不知道他游手好闲，而她的死党都叫起来："你找谁不好，找他？又没钱，又没长相，你贪他什么？有宝哇？"

她当然比她们清楚。

一朵鲜花插在牛粪上？也许。

但是他的好处，大概只有她才能深切体味到。

可是阿基竟要她"用天赋本钱去赚大钱"！

阿基还絮絮叨叨地劝说："……那个傻佬早就看着你流口水啦！只要你肯，他说钱不是问题……"

那个傻佬我也认识，我怎么不知道？莫非阿基与他早就合谋着窥测我好久了？

她叹了一口气，既然阿基都说出口了，她也觉得没有什么话可说了。把心一横："那好吧！既然你要我去，我就去一次……"

阿基捧起她的脸，使劲亲了一下，"这才乖呀！全靠你了！"

靠我？靠我还你的赌债吧？她暗想。结果还是默默地跟着他上那家酒店去。也就是一咬牙闭着眼睛干的事情罢了，没料到那个傻佬却对她说："阿娟，你不如跟了我罢！我不会像阿基那样不疼惜你……”

“傻佬”有钱，阿基没有钱。而且“傻佬”长得也比阿基好看。一年来她对于阿基的依恋感在迅速溃退。

相拥着走出酒店，迎面碰上阿基，她冷冷地对他说：“叫我阿嫂！”

# 护花使者

他知道阿美有英雄崇拜感，所以，当他带她在街上乱走的时候，也总是显露狂野的一面，阿美大力搂住他说："我钟意①！"

阿美也跟他一样无心向学，才读中二，便退学了，整天跟一群差不多背景的少年厮混。当他把她搞到手的时候，也曾经问过她："你喜欢我什么？"她笑道："喜欢你够威猛啰！"

他也不知道她说的是真是假，但他知道，她很喜欢郑伊健主演的电影《蛊惑仔》。他在她面前，也就扮成那般地

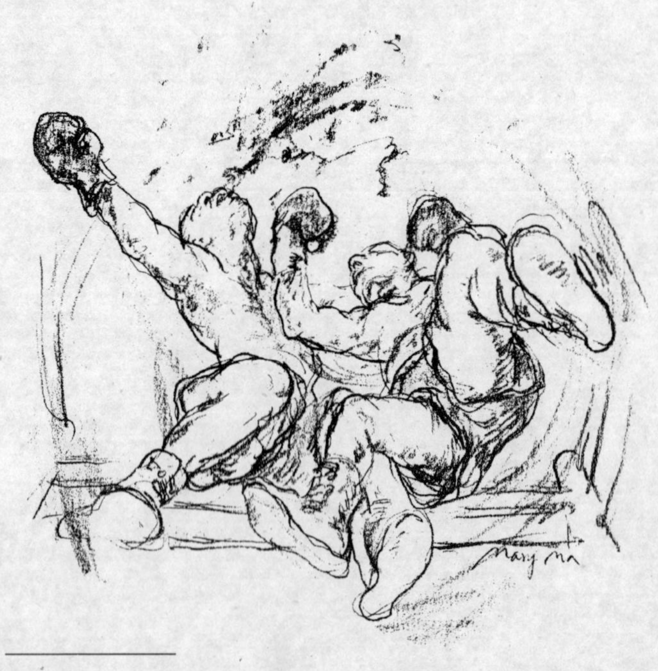


① 钟意：粤语，喜欢。

有“英雄气概”。阿美总是说：“像郑伊健那样，才是男人！我们找条仔[1]，当然要找个可以保护自己的人！”

这一晚看完电影，他带着阿美去喝冰水，忽然进来一对男女。阿美盯着他们不放，那女的把视线横了过来，喝道：“望什么望？没见过阿姐我呀？”

阿美立刻反唇相讥：“是没见过。眼睛是我的，我愿意怎么望就怎么望，关你什么事？你不愿意人家望你，你不如关在家里不要出来啦！”

那男的把台子一拍，喝道：“喂，死靓妹！你是不是活得不耐烦了？你再多说一句，看我不把你打扁才怪！”

阿美吃了一惊，忙用求助的眼神望着他，低声道：“龙哥，你看看他那么恶……”

他明知对方绝非善男信女，但却不能低声下气求和，面子攸关，在阿美面前如果硬不起来，以后只怕会被她看扁了，阿美大概也会舍他而去；他甚至知道，阿美会恨恨地说：“你没鬼用！一点也不像郑伊健……”

他硬着头皮站了起来：“兄弟，你别出口伤人，有话好好讲。”

那女的冷笑：“哦，帮条女[2]出头呀？”

那男的喝问：“你是不是要揽上身？”

他一愣，出来行走一年来，他还没有遇到过这样尴尬的场面，但那情势已经容不得他退让了，只得说了一句：“当然。”

那男的一声呼啸，顿时便不知道从什么角落拥出几条大汉，不由分说围着他拳打脚踢，他只听到阿美的尖叫声，却不知道阿美是不是给人非礼了。

---

① 条仔：市井粤语，男朋友。

② 条女：市井粤语，那女人。

好不容易爬了起来，他但觉全身疼痛，下意识地用右手往嘴角一抹，竟全是血。

那带头的大汉叫道："死靓仔！你都未死过！没有本事就不要学人家拖条女出来行走！如果你不服，尽管去叫你的兄弟帮拖，我们在这里等着！"

这一口气如何能够咽得下？他立刻从口袋里拿出手机搬救兵来。他的"大哥"在电话的那一头斥道："这么没用，我们的脸都给你丢尽了！你等着，我们马上就杀到！"

大哥成果然很快就带着几个兄弟赶来，他正自洋洋得意，不料大哥成一见到对方，便立刻上前打躬作揖，连声陪罪。回过头来直望着他喝道："你吃错药啦？堂口大姐你都撩？"

说着一挥手，他就被自己的"兄弟"团团围住，又吃了第二遍的拳打脚踢。

# 情隔万重山

那天晚上看电视，偶然看到旧片《情隔万重山》，他的心忽然一跳。

是经典影片。通常经典影片都不会太流行，难怪放在“深宵影院”播映了。

如今，几乎没有人会看黑白影片了。

安东尼奥尼？阿伦狄龙？只怕年轻一代也都不认识了。

那时的阿伦狄龙，说不尽的年轻，说不出的英俊潇洒；如今这位冷面杀手也抵抗不住年华老去，而他也一样不再是青年。

时光一去永不回……

重温这部电影，那种深沉的悲哀，止不住在他心中流泻。

跟阿仪去看这部电影，到底是十五年前，还是二十年前的事情，他也记不清了。总之，岁月已经褪色，记忆已经模糊。

他只记得是在“利舞台”的晚上九点半场。

如今每次路过利舞台广场，他便会记起那一幕。这让他有些惊异，其实他跟阿仪在利舞台看过的电影也不知道有多少部了，他甚至连片名也都不记得，唯独这部《情隔万重山》，不时就会在他脑海中闪耀。

但是利舞台也终于不保，在滚滚商潮中，它灰飞烟灭，代之而起的是十几层的商厦利舞台广场。

他不知道是为了缅怀过去，还是为了凭吊已往，他独自走过利舞台广场一回。

时装店他视而不见，电影院也已经没有旧日的利舞台那么宽敞，他上到十六楼，在“大舞台”京菜馆独自吃晚饭。

玻璃窗外，便是铜锣湾的夜色，闪闪烁烁，一直叫他的思潮不能止息。

那个时候还没有这个“大舞台”，他记得他在铜锣湾的一家川菜馆跟阿仪吃晚饭。

一直吃着闷饭。

结账的时候，他才叹了一口气：“那末，你明天早上就走了？”

阿仪点了点头，以愉悦的声调说：“世界越来越小，温哥华也并不太远……”

问题不在远近，而在于他感觉到她的热情似乎已经提前离去。

但他没有努力阻止她去加拿大留学。

阿仪问道：“你怎么不挽留我？”

“有用吗？如果我现在跟你说，你不要去了，你会听我的吗？”他问。

“如果你提出来了，我会考虑也说不定。”她说，“你不说出来，我怎么知道？”

他愣了好一会，才应了一句：“算了。我知道你。就算你暂时留下来了，将来也一定会后悔，那时你肯定要怪我了。”

本来以为即使分隔两地，也并非就是世界末日。两情若是久长时，又岂在朝朝暮暮？

但是，阿仪远走高飞之后，显然逐渐在疏远他。

而他再也不能振作起来，如今已经五十岁了，他依旧孑然一身。

能够重温的，莫非也只是这个在电视中播放的《情隔万重山》？

而阿仪，他听说阿仪早已儿女成群，恐怕根本也记不起她生活中曾经有他阿超这个人。

# 光碟明星

今夜她感觉到他心事重重，虽然他在床上好像很卖力似的。

"什么事？"她乍然睁开眼睛。

他停了下来，"什么什么事？"

"你心知肚明啦！"她哼了一声。

"我不是跟平常一样努力？"他滚到一边，"你又发什么神经了？"

"我很清醒。你知道我很清醒啦！"她说，"你不要以为我迟钝，投不投入，女人的感觉是最敏感的了！"

他不出声，翻过身去，抽出一枝香烟，点上火，抽了一口。满室立刻弥漫着烟味，她咳了一下，伸手在鼻子边搧了搧。

他叹了一口气："我输了。你确实看穿我了，我有事。"

她立刻紧张起来，"什么事情？小事你向来都不在乎，是不是发生了什么大事？"

"我需要钱。"他的视线望向天花板。

"多少钱？"她问。

"二十万。"他说，"只要有这二十万，我就可以翻身，不然的话，死无葬身之地！"

原来是欠了高利贷。

她不知道他去了澳门狂赌，他对她说，他只是去拍照。

她问他："为什么要这样做？"

他说："为了筹钱跟你结婚。没有钱我怎么跟你结婚？"

她说："我从来没有嫌弃过你没钱呀！我也从来没有说，非得要大摆筵席才嫁给你……"

"我知道，"他用拳捶了一下床，"你肯我也不肯啦！我娶你,也都希望你好啦!”

她有些感动。

事情已经落到如此地步,光是责怪他,也不是办法,最重要的,还是面对问题,看看应该怎样解决。

“多少期限?”她问了一句。

“三天。”他哭丧着脸,“三天之内还钱,便太平无事。超过三天……”

他叹了一口气,摇了摇头。

她再恨他不长进,也只是一时之气,毕竟她还是深深爱着他的,她期望着跟他天长地久,可不想他被人斩成几块。

他陪着笑脸:“我也只是一时之间行差踏错,你想想看,我过去的记录一直良好……”

她想想也是。人谁无过?过而能改,善莫大焉。既然如此,且原谅他这一回。

但二十万却必须筹足,少一分钱也不行。三天之内赚二十万,有哪一行那么好赚?

好在天无绝人之路,走在闹市,便有星探把她拦住,请她拍光碟。

老板说:“你那么青春,那么漂亮,那么好身材,我们才破例,愿意出二十万……”

当然是色情光碟。只是独演,无须对手。

已经走投无路了,即使很难克服心理障碍,她也双眼一闭,签了!她安慰自己说,反正他是电脑盲,不会有什么机会看到。

哪里想到偏偏就给他看到了,他指着她的鼻子怒喝:“贱人!你叫我怎么能够在那些 friend 面前抬得起头来?我们各走各路!我不要一个给千千万万人欣赏过胴体的女朋友!”

# 有眼无珠

突然间，汉明便失明了。

也只不过是才结婚一年的少年夫妻，甚至连蜜月期也还没有过去。她陷入极大的痛苦之中，也不知道日子该怎么过。

汉明更是捶胸顿足："我前世造了什么孽，今世要受到这样残忍的报应？"

她只能垂泪，强忍悲痛安慰他："不要紧的，现在医学这么昌明发达，一定有办法把你治好的，你相信我啦！"

安慰他其实等于安慰她自己，因为她自己也有些绝望了。

每次挽着他去看病，她总是满怀着希望，但是医生也都默不作声，然后摇了摇头，表示无能为力。

每次去，都抱着一个希望，但每次回来，也正是希望破灭的时候。

是一种绝望的循环。

汉明说："算了，我想我已经完了，你也不要奔走了，我认命……"

她笑道："连我都还没有放弃，你怎么可以放弃？你千万要坚持住！"

汉明的眼泪，从那空洞的眼眶里流了出来："我也不想，但现实太残酷……"

"不管怎么样，你失明也好，能够医好也好，我总会陪你度过这一生。"她抱着他说。

汉明说："我都全靠你了。"

他确实什么都靠她了，靠她带他上街，靠她带他治病，靠她煮饭、洗澡甚至穿衣服，靠她出去打工赚钱维持家用。

看不见了，但他仍然有情欲。也才二十三岁罢了，精力旺盛，每天无所事事，晚上接触一个温柔软玉的女性肉体，他血气方刚怎么能够抑制得住？

唯独在床上，不用她引导，他闭着眼睛也可以轻车熟路地达到他的目的地。

剩下的便是由她去处理后事。

她认为这也是应该的，就算在他失明前，她也这样做了，只不过现在就做得更加尽心尽力，她不想他有什么自暴自弃的心理。

汉明长长地呼了一口气，忽地幽幽地说："我真不甘心呀！我们结婚才一年，我还年轻，我还没有享受人生。我甚至连你的容貌你的身体也都还没有看得够看得清楚，上天一下子就叫我看不见了。天呀，这是什么世道？为什么我那么命苦？"

伴随而来的，便是近乎虐待地大力揉捏她的肉体，即使疼痛，她也拚命忍住不作声，唯恐令他发怒。完事之后在灯下一看自己的裸身，只见青一块紫一块，她唯有自艾自怜。

她对他说："无论如何，只要有一点可能，我都会让你重见光明。"

终于，她获得好消息，但条件是她必须捐出一只眼睛。

她当然不愿意，以她的美貌，变成独眼龙，该如何恐怖，但是汉明却哀哀地说："……你献出一只眼睛还可以看到，换到我有一只眼睛能够看到，也算补偿我的终生遗憾……"

既然做夫妻，也就有难同当吧！

哪里想到，当汉明看到独眼的她，便大叫一声，转身逃出，从此便在外面包二奶。

# 情人节广告

情人节又逢周末，安琪想了许久，都没有什么办法摆脱她的丈夫。

西蒙曾经可怜兮兮地说："我们已经很久没在一起过情人节了……"

她当然也知道，只不过她找不出什么理由独自出门。平时可以随便找一个借口，但今晚不行，周末晚上，还能有什么公事？

本来她也设想了一下：丈夫经常周末晚上出去应酬，或许这个晚上他也会出去？不管他去干什么，甚至去会情人，她也不管了，在内心里她甚至期望他彻夜不归。

但也只不过是一种幻想罢了，一厢情愿。

她的丈夫一早就对她说："我们很久没有一起度过情人节之夜了，今天晚上该去庆祝一下了，过一个浪漫的晚上……"

尽管她心里很想反问一句："你那些情人都一走了之了吗？"但她不能。

一向以来，她都装作什么也不知道，她不想摧毁这个婚姻。

她丈夫可能以为她会惊喜不已，见她沉吟，便说了一句："喂，你不愿意吗？情人节喎，一年一度……"

她强笑道："我欢喜还来不及呢，我还以为你早就忘记有个情人节了！"

她丈夫瞟了她一眼，说："生活艰难呀！我要养你这个靓太太，不努力赚钱怎么行？人在商场，身不由己。今年我好不容易排除一切干扰，为的就是和你一起过个浪漫情人节呀……"

她唯有答应下来。

如果她不答应，她的丈夫肯定会起疑心，她不能够意气用事。

但西蒙却不理解："……你是不是不愿意跟我过呀？你老公这样待你，你却呼之即来，你把我放在什么位置上？"

她不知该怎么说了。

其实她心里真的爱上西蒙，在她对丈夫完全绝望的日子里，西蒙的出现，令她感到一丝丝的暖意。而她也知道，西蒙并非只是跟她玩玩而已，他是认真的。

但她不知道应该如何应付局面。

西蒙盯着她的双眼，哀哀地问道："你不是只把我看成一个替代品吧？"

她有心碎的感觉，半晌不语。

西蒙离去之前，她只说了一句："请你记住，我不是一个无情无义的人。"

即使在烛光晚餐后，她跟她丈夫手拖着手在铜锣湾闹市漫步，她的心还是惦记着西蒙。孤独的西蒙，此刻莫非躲在家里啃公仔面？

她立刻有一种痛心的感觉。

她丈夫问了一句："你怎么好像心不在焉？"

她胡乱答道："太开心了嘛！"

抬头忽见街头大型屏幕上打出字眼："安琪，不论怎么样，我都一样爱你。西蒙。"她吃了一惊。她老公笑道："喂，好像给你的……"她掩饰道："同名吧！"泪却蓦地涌了上来。

# 母 子 团 聚

福婶躺在轮子床上，被推进手术室时，只来得及对外甥女阿倩说一声，“等我……”

手术室的灯光苍白耀眼，但那焦点却模糊。

这老年性的白内障，非常讨厌，非常可怕。

福婶一向怕看医生，最怕进医院开刀。她一直拖着，有些讳疾忌医的心理。可是，眼睛越来越不成，看什么都朦朦胧胧的，连她最爱看的香港电视节目，也只闻其声，不能真切看清那影像。她只能凭着听觉，询问阿倩：“……是黎明吧？哦，不是，是刘德华吧？……郭富城在跳劲舞？可惜，可惜我看不清，来来去去只是一团影子在乱动……”

阿倩说：“舅母，你不如去动手术啦！”

福婶一惊：“我不去！我这一生，从来不开刀。眼睛呀，万一开不好，不是成了瞎子？什么都看不见，在黑暗中生活，有什么人生乐趣？”

阿倩还是劝她：“不要紧的，舅母，小手术而已。而且香港在这方面的水平也不低，保证没问题。”

福婶一味拒绝：“别搞……”

阿倩急了：“舅母，说真的，你现在这个样子，跟失明有什么分别，有眼睛也看不见，等于没有眼睛。再不动手术，拖得太久，想动的时候，怕也来不及了……”

福婶吃了一惊，半晌才说：“我不熟悉香港，你怎么说就怎么办好啦，反正阿明又不在。”

说着说着，两滴浑浊的泪水便从她眼眶中滚了出来。

儿子也有儿子的难处呀，为了生活。

也怪那时环境不好，自小将阿明送给别人，自己改嫁到美国去了。四十年后孤身一人重回香港，为的就是寻回自己的亲生骨肉团聚，重享天伦……

四十几岁的阿明，用一双很陌生的眼睛望着她，久久都不肯吐出“妈咪”两个字。但她也明白，四十年不见，怎么可能轻易叫“妈咪”呢？事实上，自己也的确没有尽到做母亲的责任。

但慢慢的，阿明也殷勤起来了，给她跑东跑西，办这个手续办那个手续。反正她只要给钱就行。

她暗想，到底是自己的亲生儿子，不论怎样，也都有一种血缘上不可分割的联系。

晚年可以寻回天伦之乐，她老怀大慰。

她对阿倩说：“……你呀，干吗要避孕？不想有孩子？嗨！你们这些年轻人呀，也不知道你们怎么想的，只要什么二人世界，不要孩子。无后为大呀！你赶快要个孩子吧，你看我阿明……”

在她的眼里，全世界最好的，也就是她这个独生子了。

但阿倩只是笑着，也不答话。

“可惜你不是我的女儿……”福婶忽然说了一句。

虽然不是她的亲生女儿，但阿明不在香港，细心照顾她饮食起居的，还是这个外甥女阿倩。

“阿明实在太忙，你看，他又要去大陆跑生意了。”福婶叹道，“可惜我没有很多钱，不然的话，我就不要他这样辛苦奔波了。”

阿倩真是个好孩子，可惜不是我的女儿……福婶重重复复地想着，忽地身上一疼，原来护士打麻药。她的眼皮渐渐沉重，后来什么都不知道了。

等到恢复知觉，眼睛给绷带蒙着，她真怕从此便再也看不到外面的花花世界，看不到她的阿明了。

但手术很成功。她以为第一眼看到的，该是她的儿子，但不是。坐在她面前的，是阿倩。

“阿明还没回来？”她问。

阿倩犹豫了一下：“他不是去做生意，他去澳门。”

“去赌？”福婶大吃一惊，“他哪里有什么钱？”

“事到如今，我也不能不告诉你了。”阿倩叹了一口气，“他给你办事买东西，从中克扣了不少钱……”

# 重获自由

被囚禁两年后，他一脚跨出监狱大门，但见天空湛蓝，阳光格外灿烂。重获自由真是太好了，也只有在失去自由的时候，才特别感觉到自由原来是这般可贵。

这几天随着刑满日期的逼近，他一直在思前想后。为了一时的意气打架，把姑爷明打到重伤，出了一口恶气，那又怎么样？自己又有什么好处了？两年的自由啊，这代价惨痛。出去后，再也不能那样鲁莽了，就算是为了阿贞也好。

想起阿贞，他的心便充满了柔情。

已经多久没见阿贞了？刚入狱时，她常常来探监，我不忍心她哭得死去活来的样子，便说："你以后不要来了，太辛苦。反正很快就捱过去了，你在外面等我出去的那一天好了！"

她也不说话。我又说："姑爷明也不知道有没有残废？其实我跟他也没有什么深仇大恨，一言不合打起来，我不该出手那么重。你有空就代我去看看他吧！"

阿贞低头走了，这一走，就再也没有来探他，起初他也不大习惯，但慢慢地便心安理得起来，至少我不必再面对她的眼泪，他想。但他没料到阿贞不接他出狱。是她忙？还是忘了这日子？不管它，我就直奔家里，让她有个意外的惊喜；意外惊喜也是一份厚礼呢！

敲开大门，露出房东那张惊愕的脸。"她？早就搬走了！"说完，"砰"的一声把门关上。

再按电铃。"又有什么事呀？"他看到房东的神情既怒且惊，"我都说了，她早搬走了！"

"搬到哪里？"他按下心头怒火，又问。

"我不知道！"木门又再次大力关上。

罢了罢了。他下楼在一家快餐店借电话打给他的死党阿修，他听到电话线那头的支支吾吾声，益发使他心急火撩。兜了半天的话题，他终于逼得阿修吐出实情："……算了吧强哥，女人哪里找不到？只要找到钱，我们还年轻，还有大把世界捞……"

他几乎不相信自己的耳朵。什么？这算什么？我才二十五岁，是还年轻，那又怎么样？

惊醒过来，耳畔的听筒，传来阿修焦急的声调："……强哥，你出声呀！强哥！你不要吓我！"

"我没事。"他尽力平静地说，"阿修，你带好家伙，跟我找姑爷明算账！"

"可是，你刚出来，再犯事……"阿修吃吃地说。

"你不去我不怪你，但姑爷明不顾同门兄弟名份，不讲义气，把嫂子占为己有，我吞不下这口气！"说完，他把电话筒一摔，买了一把水果刀，揣进怀里。

他抬头望了望，天空依然蔚蓝，阳光依然灿烂。

# 岁月如歌

## 1

人山人海。

只不过是晚上八点钟左右，时代广场已被情绪高涨的人群挤得水泄不通，没有五万也有四万人吧，大家挤在这么一小块地方，节日气氛是够热烈的了，但万一有人失控，也容易造成灾难，比如兰桂坊1993年元旦倒数，便酿成死伤惨剧。好在这时代广场不像兰桂坊那样有陡路，危险度大减。或许，全城"倒数热点"从中环的兰桂坊转移到铜锣湾的时代广场，除了因为时代广场新起，也因为安全系数更高？

人群涌动，陆宗声给猛然一碰，这才跌回现实中。明星在临时搭起的台上表演歌舞节目，掌声喝彩声响成一片。时针滑向十一时五十五分，几万人都安静下来，凝神静气让那时间一秒一秒地过去。只剩五秒了，全场倒数："五、四、三、二、一！"只听得"梆"的一声，七彩彩纸从高处喷出，那大型的电视屏幕打出"2001"的字幕，又一阵排山倒海般的欢呼声爆出，将节日气氛推至最高潮。大会主持人带领在场的人们高唱《友谊万岁》……

二十一世纪就这样降临在香港的大地上。

只是，在这样的一个时刻，宗声却孤零零地一个人游荡。看着成双成对的红男绿女绽开如花的笑颜，他有一种说不出来的感觉。

要是竹瑗在身边就好了……

但耳畔回荡的只是《友谊万岁》，温馨中带着一点怅然的意味。

那常常是舞会中的最后一曲吧，舞会倒不要紧，那总会有曲终人散的时候，但要跟竹瑗告别，不免心痛落寞。他轻托她的腰肢，灵魂飘然只可意会不可言传。中年的心思是不是这样浓如酒？而中年的竹瑗依然弹性十足，舞动起来有如一条鲜活的鱼，在潺潺流水中活蹦乱跳，他差一点就赶不上她的节奏了。

咦，共舞？那大概是在梦中吧？想来想去，好像并不曾有过拥着竹瑗舞一回的机会，不是不想，而是不愿刻意去制造。随缘吧，什么事情也都要水到渠成，我难道可以为了一偿心愿，便拉着她去歌舞厅？

哼，我差一点就变成舞蹈家了！竹瑗说，我二十来岁的时候，站起来，双脚并在一起，笔直笔直的，人家都说我是跳舞的料子，不过我妈不愿意，她说舞蹈的艺术生命太短了。要是我去跳舞的话，你可能就不会认识我了！

大概也是因为胆怯吧，宗声自知舞技普通，甚至有点蹩脚，他怕在竹瑗面前显得笨手笨脚。

最重要的是带我的人，我不随便跟人跳，如果带的人带得好，我就会跳得好。跳舞，最要紧的是合拍，如果不合拍，还跳来干吗？

他说是是是。本来想要开口，已自心怯。万一踩了她一脚，岂非自暴短处？他知道自己的舞技仅属幼稚园水平，随便跳跳还行，一旦认真起来，只怕会当场出丑。但他却认为跳舞只不过是为了氛围或者纯属心情，又不是去表演，要跳得那么好干吗？每当电视上播出的国际标准交谊舞示范表演时，他看着男男女女个个昂首挺胸，姿势是够美妙的了，不过却缺乏了一种自然流露的情感，便觉得哪里比得上在昏暗的灯光下抱着竹瑗随那悠扬音乐轻轻摇摆？

但竹瑗明明在说，我也不舍得。她的泪水流了下来。窗外的夜色正渐渐爬高，竹叶在秋风下轻轻摇晃，一声嚎喻几乎破口而出。男儿有泪不轻弹？无情未必真豪杰？一种绝望的呼号来自心底，他强笑着，其实已经很好了。很想以欢快的语气高昂说出，不料一出唇竟变成颤音。真情流露，哪容得他矫饰？即便竹瑗认定他软弱，他也顾不得了。他不想在她面前把自己打扮成并非本真的公众面孔，好的坏的，他都愿意呈现出来。是人也都有人性弱点，都有不可爱的地方，最要紧的就是心不可以阴暗。心理阴暗的小男人，即便名成利就，终究也只是一个小男人而已。

竹瑗笑道，你说谁？

他一本正经，我！

那你就是说我是大女人了？

你这逻辑，哗！我哪里说得过你！

也不是不想一一细说从前，不过竹瑗不知道来龙去脉，须费许多唇舌；而且那些人事又与她何干？他只想把最美好的事情说给她听，至于那些风风雨雨，唉，不说也罢。树欲静而风不止？果然。

都说文人无行，宗声从来不承认自己是文人，我只不过是报纸小编辑罢了。竹瑗说，文人一坏起来，比普通人要坏上十倍百倍，因为他们满脑子都是馊主意。也是。秀才造反，十年不成，但是叫他们搞点小动作，却很在行；而且妒嫉心奇重，看不惯人家比自己好，又看不起人家比自己差。读书识礼？算了吧。你别看那大只广憨憨的样子，其实心胸狭窄，唯恐天下不乱，亏人们还以为他口讷便是"忠厚"……

你到底想说什么？

他惊觉思路跑了野马，在竹瑗面前，提这样猥琐的人干吗？良宵苦短，说不尽的柔情蜜意……

大概活得太无聊吧，无事生非，那条友……

竹瑗笑道，庸才才不招人妒呢！

也是。如果那条友知道我跟你好，恐怕会气得七孔流血当场身亡！

哪条友？竹瑗目光疑惑。

他摇摇头，像要挥掉飞到面前的苍蝇一样。是个同事。不说了，说出来你也不认识，省得辱没了你的耳根。

那你又耿耿于怀？告诉你吧，如果你真的不在乎，你根本不会放在心上。

但那条友一肚子坏水，可能以为我软弱可欺……

你的修炼还不够，竹瑗说，你置之一笑，叫他自己跳来跳去，跳久了就浑身乏力没瘾了。如果你一接招，他就会更来劲了。这种人就是这个德性，哼，我早看透了！

手中无剑，心中有剑？

还没有那么高的境界，只不过你没有必要陪痴人去癫。我年轻的时候便看不开，对什么人事都很执著，天不怕地不怕，人家封了我一个外号，叫“打遍天下无敌手”。妈的，我只不过是自卫而已，人家却反过来这样攻击我，你看看这世界，是不是乱了套？哦，是不是只许我不还击？好哇，现在我就一笑置之，他们也就没有“斗志”了。

你以为呀！你以为没有对手他们就会善罢干休？

不会。不过，让他们去当堂·吉诃德好了，叫他们和风车搏斗好了。

可惜这里没有风车。

叫他们去荷兰呀！

算了算了，别拿他开心了，荷兰路途遥远，倒不如去看一年一度的荷兰郁金香花展，空运的呢！

但郁金香花展也没有去看，只是去看了那年轻的美籍韩裔女小提琴家莎拉·张的演奏，音乐厅里旋律悠扬，但他最实实在在的感觉，便是竹瑗紧挨他身旁，实实在在地让这夜色灿烂。他觉得在这样的一个秋夜里，千年古柏下有个朦胧的梦境，对面的宫墙幽深，附近有几个人的影子飘过来又飘过去，迷迷茫茫得好像并不真实。他把头斜靠在竹瑗的肩膀上，我真想就这样睡过去，不用再醒来……

竹瑗"嗤"的一笑，你傻了呀？我们还要在一起过很长很长的日子，你就舍得不再看见我？

你跟我一起去……他喃喃地说，如在梦呓。

是做梦一般的感觉。你命中注定就该是我的。真的，我总有这样的感觉，前世一定和你在一起……

前世有什么用？来世吧！

是一种无奈的感觉，今生相遇太迟，又不能够重新再来，人生太多缺憾。

如果早十五年就好了。

早十五年，你考我们学校，说不定一切都会不同。

是假设性的问题，不过想起来也使他鼓舞，至少证明她心中确然有他。

那个时候，他已经无心向学，是一种漂泊感吧？既然已经漂到香港，只能面对现实。人生地不熟，既没有被承认的学历，又没有任何社会关系，他的根不在这里。他好像是半途中闯入的无头苍蝇，只能到处乱窜。他不知道前途在哪里，不知道自己将会在什么地方安顿，甚至也不知道自己的命运。那天傍晚，他跟一个同病相怜的朋友走过铜锣湾闹市，路旁坐着一个乞丐，他随手丢下一块硬币，回头对那朋友苦笑，我可怜他，不知道别人会不会可怜我？

是一种不确定的心情。前路茫茫，没有任何人事关系，连找一份最低微的工作也未必有人要，还有什么心情再去进修？又不是十八、二十岁，有大把时间可以挥霍。已经三十了，三十而立，而自己却还在人世间漂浮，想想就令人灰心丧气。每当听到昔日的大学同学"回炉"去读研究生，他也不是没有跃跃欲试过，不过要他再走回头路，却又太难，心头的创伤还没有治愈，再加上他以为他已经是另一个世界的人，怎能轻易便又再选择方向？

何况他又是一个随缘的人，没有什么太大的野心。是没有什么进取心吧？她笑。也可以这么说。这当然会令我成就有限，但也有个好处，那便是心态可以比较平和，不会像那条友那样心理失衡，有些变态的倾向。

喂喂，你别老提那莫名其妙的那条友好不好？我又不知道是什么人，你老提他，倒显得抬举他了。现在就是你跟我两个人，不要旁人，不管是好是坏……

二人世界？但二人世界不在今夜。竹瑗的笑靥如花，把脸凑过来，我已经成了你的女人。只是良宵苦短，虽然他但愿长醉不用醒，但终究醒来已经踯躅在这二十一世纪钟声响彻大地的香港闹市街头。午夜喧哗，他却在狂欢的人群中感到无比落寞。此刻竹瑗是不是也在仰望夜空？还是早已进入梦乡？

## 2

古城四月的最后一天，仍有些微的凉意；其实春回大地的景象，已经蓬蓬勃勃了，街边的绿树招展，当春风吹过，便哗啦啦地响成一片。

但傍晚时分的街道交通网，却仍然阻塞成一片不动的长蛇阵。汽车此起彼伏的响号，焦躁地在夕阳西下的昏黄天空中奔走呼喊，但许久才能够往前开动几米。宗声好几次想跳下车干脆走路算了，可是路途遥远，徒步根本不是办法。出门时本来以为时间从容，哪里料到，跳进出租车他吩咐了一句，首都剧场！那司机不知是无意还是有心，竟开着车子往相反方向疾驶，等他惊觉过来说了一句，好像不对呀！那司机回过头来说，不是首都机场吗？唉，一字之差，差了不知多少里！竹瑗听了，撇了撇嘴，我看那司机是故意的！

也许。兜路多收点车费呗。也没有多少钱，只是这一兜，便误了时间，再加上塞车，他坐在后座焦急，却不知道有什么办法可想。

终于下车,他远远便看到竹瑗戴着米色渔夫帽子,悄生生地站在街道对面,一瞥见他,便笑着向他挥手。

竹瑗爱笑,他记得第一次见到她,她推门而进,也是很清爽地笑着。他觉得她的笑容在纯真中又带着一点野性的媚气,咯咯地在他心盘的深处跳荡。但她后来告诉他说,我爱笑,还爱哭呢!自小就这样……

上小学的时候,老师在课堂上说了个笑话,全班哄堂大笑,过了一会,全班都止住笑了,她还笑,老师警告了几次,她还是忍不住;老师火了,命她去操场罚站,她还笑,过了许久,她才惊醒过来,一看操场上只有她孤零零的一个人,笑着笑着便大哭起来,也不知道是因为害怕还是受了委屈。

怪不得。

什么怪不得?

你是性情中人,血性女儿。

才不呢,我胆小。

有时。但是一大胆起来,一般男子哪里是她的对手?她幽幽地说,我都想好了,倘若他真的察觉了,我就一五一十说给他听,他爱怎么样便怎么样!

他心口一荡,两眼发热。这便是她的豪气,在豪气下的万般柔情,不经意便浓浓散发出来了。她侧坐在他双腿上,双手环抱着他的脖子,摇呀摇的,他看不见她的脸,但他总是觉得她笑靥如花,眼中却有愁云。

堕入情网,大概不能用感觉来形容。他看得出她内心的挣扎,欲迎还拒。

我真想对你说,我们就做最好最好的朋友吧,你做我哥……事后她这样说,但我不能,我在想,我能够把你孤零零地丢在这里,失望而去么?不能。

他摸了摸她的脸,但觉滑不留手。是不是因为同情?

她叹了一口气，那倒也不是。如果只是同情的话，我怎么可能以身相许？

有许多男人贼贼地对她说，竹瑷，只要你点头，那我就是世界上最幸福的男人了！他怀疑自己也想这么说，但他终于没有。这样的话太难说出口，这只是一种感觉，感觉不需要或者不可能用语言准确表达，一说就俗，只能全身心去体味。如果体味不出来，说了何用？

油嘴滑舌。你不要相信男人的甜言蜜语。

包括你？她笑，吃醋了？

没有。男子汉大丈夫……

但他心里实实在在漫过一股酸味。

有情未必不丈夫呀，她笑，有点揶揄。

也说不上是怎样的一种情势，要是她还在香港的时候便认识，他和她的人生历史可能就会改写。但当他与她邂逅的时候，彼此都已经有了家庭的负累。

也可能是出于一种好奇吧，乍见她的时候，他对于她竟会这么早便回北京读大学有些惊奇。而且，读完书便留下来了，做广告设计，自由职业，有时间就接活，没时间就不做。

他在北京做生意。

哦，港商。

其实早就认识了，在中学时，他高我两个年级。后来去美国读工商管理……

他立即明白，他们在北京重逢，于是便展开了恋情。

人生何处不相逢？

相逢有如在梦中。

他叹了一口气，也许这就是机缘了。

你别酸溜溜的，谁叫你不早点认识我？

人的命运变幻莫测，不走到最后，谁也不知道结局如何；他没有办法把握将来，因为他永远也看不到自己的底牌。

也不是没有尝试过去探究自己的未来，那晚他走过庙街，看见在昏暗的油灯旁，有个老年相士垂首低眉默默不语，不像其他相士吆喝着拉客：这位先生，你眉间有乌气，主凶，快来看看，我给你指点一条明路，趋吉避凶……他满脸不屑，要是真的这样灵，你大概也不会在这里摆档，早就飞黄腾达了！那相士横了他一眼，话可不能那样说，我们能够给人指点迷津，却不能看破自己。他一凛，这话有点禅机，但他不能停下脚步，既然刻薄的话已经扔了出去，便像泼出去的水，再也收不回来了。走着走着，便一头撞见这个与众不同的老相士。

油灯的火舌隔着玻璃罩闪烁，把老相士那张饱经风霜的长脸照得明暗不定，好像有个不可知的命运，在那里跳着摇摆不止的灵魂舞。老相士抬起深不可测的眼睛，沉沉地说，你命犯桃花，只怕此生也难以与一个"色"字绝缘了，你须得小心！

他心中暗笑，这个老相士，怎的也是逃脱不了江湖术士的嘴脸与腔调！命犯桃花？好哇！我年过三十，还没有过什么女朋友呢，何来桃花？我不是桃花旺，而是不知情路在哪里。

但他也不由得萌生期望，莫非这老相士有先见之明？牡丹花下死，做鬼也风流！

你信也好，不信也好，我言尽于此，你自己好自为之。老相士说罢，又恢复眼观鼻、鼻观心的打坐姿态，不再说一句话。

他放下钱，起身走了。庙街那头灯光辉煌，卖录音带的摊档正播着许冠杰的《双星情歌》："……何必寻梦……"

但梦却总是要寻的，人生如果无梦，岂非太过苍白？到了无梦的时候，那便是立业成家之际。

一直并没有什么桃花运，当他只身孤独浪荡的日日夜夜里，他甚至好几次兴起想要去庙街找那老相士算账，叫他退钱的冲动。什么桃花运？连一朵小小的桃花蕾都不曾见过！

但是终于也算了，如此失败，难道还巴巴地去对老相士说，怎么一个女人也没有？说出来也太丢脸了。何况，几年前的事情，又无凭无据，即使找到那老相士，如果他摇头不认，你奈他何？连去商店买东西，没有单据，照例也是"概不退换"。

一切也都是命。生命是单程路，每踏一步，永远也不知道脚下到底是坦途，还是悬崖；只得左顾右盼，亦步亦趋。也不是等不得，如果知道前面有个王竹瑗你在，不管是否在等我，我也会这样孑然一身地走过来。也不是不怕寂寞，特别是青春期躁动的寂寞，漫漫夏夜里蓦然惊醒，只听得悬挂着八号风球的窗外风雨飘摇，呼啸着轮番扑击玻璃窗，如深山野林里猛兽的低吼，他辗转不能再度入睡，眼睁睁地望着黑影中的天花板，听床头的闹钟嘀哒着昂首阔步地前进，又是一个失眠之夜。假如有人陪伴，在这样的夜晚，他相信他不至于无眠；但那只是流于美好的想像而已，与现实未必吻合。当他为了完成任务而成家之后，他发现并不因为有了枕边人而一觉睡到天明，在那些雷电交加之夜，他听着玉茹轻微的鼾声，心潮起伏不已，原来，那个时候他以为他可以拥抱着一个温香软玉的美梦，从夜晚直到天明；现在才知道，只有心灵的沟通，才能够叫他如鱼得水。

那末，那老相士完全是胡说八道，完全是江湖术士混饭吃罢了？

不不，我没那么说。尽管并没有确切的证据，但他对于命相一类虽不会深信不疑，但却也有敬畏的心理。不但命相，对于一切玄妙的东西，我都不轻易否定，只因为我怀着一种敬畏的虔诚，认为世上万物太多奥秘，眼下不可思议的东西，也许只是科学还没有发达到足以解释而已。他说，那老相士之言，现在想起来，也不是完全没道理。

只是时间交错，他本来以为此生就这般平淡，只是按照世俗的模式，随波逐流而已；哪里想到在他的情路上桃花开得迟，等到不断获得青睐，他已经不再是自由身，偏偏又不能横下心来另筑新巢。

你也一直没闲着，啊？你！

那也不是。只不过在最寂寞的岁月里，有个知己红颜，多少也可以消磨愁绪。完全没有玩世不恭的意思，只是以为自己找到了可以共鸣的对象，哪里知道到头来竟也是一场空！

又错了？

也不一定。我相信她当初是真心爱我的，但时间、环境与心境的改变，令她不复当年的热情。大概在她心目中，爱情的位置不太重要，我这个男人又算得了什么？当两颗心不再那样热烈吸引，我明白我必须尽速退出，如果到了我被人嫌弃的时候，我自己会很自卑的！

你是不是为自己的脱逃找借口？

不是，我自问从没有负过人，但我很敏感，我知道我应该在什么时候退出。在适当的时候，你必须抽身而去，虽然内心痛苦，但却是保存自己最后尊严的唯一方法；到了人家开口，那已经太迟了。

你怎么知道人家的心思？也许是你敏感也说不定。

判断当然不太容易，尤其是夹杂感情纠葛的判断。不过只要不自欺欺人，总可以找到蛛丝马迹。就像伊静，那个时候，她每次从台北归来，总会从机场第一时间打电话给他，叫他陪她吃饭，然后送件什么东西给他，咻咻地说，你没空，不然的话，我们一齐去多好！我每到一个地方，都要给你买点纪念品，这样，你就像是跟我一起走过那些地方了！那些东西未必值钱，却跳荡着她的心意，叫他的心湖潮湿起来。但后来，慢慢地就没有电话，更没有礼物了。情不再，永恒毕竟难求。

那多可惜呀，也许你本来可以挽救的，或者说她要看你有没有什么反应……

没用的。一旦感觉不再，就算你努力拉回来，也不会长久，或者说回不去了。我不要勉强的东西，与其勉强，不如不要。

没想到你这么坚强。

不是坚强，而是无奈。既然无奈，只得随缘。我不相信人力可以挽回一段感情，两个人的事情，一个巴掌拍不响，又不是买一件东西，你不能一厢情愿。

是一种十分无奈的感觉，正如小时候他斗风筝，直给敌方杀个片甲不留，他的风筝断线，在高空中翻滚着远去，不知飘到什么地方，他的心便空荡荡的，没着没落。小时候还可以率性地大哭一场，最多让人讥笑“输不起”，长大了却已经没有这样的权利，男儿有泪不轻弹，即使想哭，也要留到夜深人静之时独自向隅。而伊静这一去，是不会回来了，就像断线的风筝一样。

春天的北京，也该是放风筝的季节了吧？记得多年前他在这个时候到北京，便在天安门广场看到放风筝的人们，但这次他没有碰到。“五一”刚过，那个早上他从鼓楼搭地铁到前门站下车，穿过天安门广场走向华表时，但见广场上人山人海，原来“五一”放一个星期的假期，从各地赶来旅游的人，都汇聚在这里了。即便现在还可以放飞，人群如此拥挤，哪里还有回旋的余地？

原来，有许多东西过去了就是过去了，不可能再倒流，比如风筝，比如时间。在广场上跑着跳着放风筝的少年梦，已经远去，而那青葱的时间，也渐渐老去。他看着那发黄的黑白照片，想起意气风发的日子，清脆玲珑如昨，哪里想到镜头一转，两鬓已经开始发白。

时间对谁都公平，你老去，我也老去，自然法则，谁也不可抗拒。竹瑗轻轻摸了一下他的脸，你放心，有我陪你。

我不怕死，但怕老。

老去太可怕，不但讨嫌，而且力不从心。那回他在香港探访安老院，只见那些孤独老人坐在轮椅上，目光呆滞，凝望着远方的天空，好像在思索着什么，便令他的心抽搐。他们是在回忆青春时代的辉煌？还是无助地数那云彩翻飞？他试图跟一个老人说话，但那老人并不回应，一有人推门进来，便心神不定地望了过去；后来，两滴浑浊的泪流了下来，老人长叹一声，便闭目假寐。当时他也不知道为什么，后来才听说，老人在期待独生子探望他，但终于失望了。也许也不能怪他儿子吧，香港节奏如此紧张，大家都忙得不可开交，为了生活，抽不出时间也不奇怪；不过孤独老人的心思，该如何去排解？

世界上有许多无奈，而寂寞更像一条毒蛇，咬得你灵魂痛楚不安。年轻时寂寞，体力犹在，可以疯狂发泄；到了老年，什么办法也没有了，只有认命。那老人心情慢慢平伏，终于对他说了一句：人哪，真的很脆弱呀……

后来，一有时间，他便去探望这个孤独老人。亲情、友情、爱情，人世间的情感，哪一种最牵动人心？老人毫不迟疑地说，那还用说，当然是男欢女爱的爱情啦！他看到老人已没有光泽的眼睛猛然闪了一下，想来是牵动了心底埋藏已久的深深柔情吧？那晚，电视正在追击报道豪门恩怨，为了一个钱字，亲情反目，家事公开，甚至还揭出一段堂姐弟的苦恋秘史。已经老去的富豪说，那是四十多年前的事情，是一件很伤感的罗曼史，因为我家庭反对，她被迫嫁给别人。男人和女人有罗曼史，很正常呀，我是天主教徒，天主教徒都不觉得是乱伦，我怎么会够资格批评？

他说了一句，堂姐弟生出儿子呀！老人横了他一眼，你年轻，你不懂。当爱情来到的时候，什么也挡不住。至于他们的感情纠葛，他们自己最清楚也最有资格批评，我们都是旁人，指手划脚干什么？

他没有想到，老人也有过情人。老人的脸上闪过一丝忸怩的神情，脸色似乎红润起来，沉浸在一种甜蜜陶醉的回忆之中。人的一生，怎么可能连一个情人都没有呢？老人忽然神采飞扬得叫他吃惊，甚至担心是不是有些异常，甚至是……回光返照？但老人不让他走，只是一味地说，我也年轻过……

他突然觉得，老人期待的，实际上并不是他儿子，而是他的那个情人。只不过，即使情人来看他，恐怕也已经老了，不复年轻时的活力，更不要说青春美貌了，哪里还会有什么澎湃的激情？也许，老人所向往的，只不过是心灵相通的感觉，并肩与心爱的人坐在那里，不言不语，一齐望着夕阳慢慢西下，晚霞染红了天边……

是的，老去是自然规律，任谁都无法避免。每当他翻看十年前的相片，便有一种触目惊心的感觉。那浓黑的头发、青春的眼神，哪里去了？老去而要有庄严，有时也不那么容易，因为力不从心。只有相互扶持的爱情，可以在精神上给予激励。竹瑗说，不怕呢，我们一齐老去……

他一把搂住她，我真怕先你而去，留下你怎么办？

你不能这样坏，你要等我，不许自己走！

他的泪涌了上来。年纪大了，是不是容易流泪？一向以来，他认定男儿有泪不轻弹，他也一直没有怎么流过泪；哪里晓得如今人到中年，稍有感触，便止不住泪下。我的感情可能越来越脆弱，他说。

男人怕什么掉泪？英雄也有柔情，我喜欢。

他伸手拭了一下眼睛，强笑道，让人看到，真是笑话了，我陆宗声……

是不是又是什么男儿流血不流泪呀？老土！

其实他心中想到的，却是他不知道当他离开这个尘世的那一刻，竹瑗会不会在他身边。他甚至想到，一旦他病重，不能动弹，连电邮都发不出去了，身在另一个城市的竹瑗只怕都懵然不知。

是一种十分恐惧的感觉。那回，他的脚腕筋骨拉伤，走起路来，牵动那条筋便痛，他告诉竹瑗，真怕走不动了，走不动就不能去看你！竹瑗回电邮说，午夜风雨大作，雷声把我惊醒，依稀记得发了一场梦，有人骑着马掉下，一瘸一瘸的背影，却看不见那面目；我再也睡不着了，起身绕室彷徨。睡前看电视剧，有个骑马人从马上跌下来的镜头，但那人跟我无关，所以我觉得肯定是为你发的梦！找不到病发原因，你就更不要掉以轻心，找点中药药材泡脚吧，看电视时，用手揉揉痛处，让血液加强循环……仅仅是几句话，关切之情却流露无遗，令他有些不忍，我是不是不该告诉她免得她担心，在万里之外她也不能为我做什么！

但也许在潜意识里他所期望的也正是这片言只语的关心。哪像玉茹，眼看他一拐一拐的，也不闻不问，让他觉得，即便天塌下来，也要他独自一人去面对。

他想，如果命定的时刻终于来到，能够在心爱的女人怀里最后闭上眼睛，一定很幸福。只不过，有这样福份的男人，世上有几个？

他怔怔地这样想着。这时，他与竹瑗正坐在京城隆福寺露天茶座的彩色太阳伞下，咬着老玉米，喝一杯绿色的苹果味汽水，浑然不觉夜色渐渐深沉。

起风了。

3

或许，老去的感觉，是伴随着千禧年的欢欣鼓舞而来的吧？为迎接二十世纪的最后一个元旦，传媒早就预报，2000 年 1 月 1 日上午 7 点半左右，香港新千年的第一线曙光，将会洒在东果洲的土地。凡人终其一生也只能看到一次千年曙光，难怪成千上万的市民不畏寒冷，起早摸黑，上山下海为的是一睹那振奋人心的一瞬。但宗声并没有动心，他不觉得那有什么特别，或者说这全在于心理因素，你认为重要，那就重要；你认为无所谓，那就无所谓。他对竹瑗说，要是那时你在的话，或许我就认为重要了，拼力也要报名参加"东果洲千禧游河团"，一齐见证这样的一个难忘时刻。竹瑗笑道，你就想啦！那个时候，我和你还没有遭遇。

应该说还没有在情路上遭遇。

回想起来，当他在全港迎千禧活动的心脏地带——跑马地马场参加倒数仪式时，他还没有现在落寞这么深。临近午夜，倒计时器不停跳动，全场屏息注目，空气好像凝住了一样，突然，震耳欲聋的倒数声轰响在跑马地上空，十、九、八、七、六、五、四、三、二、一！时针指向零点，成百上千颗的缤纷烟花腾空绽放，燃成一片不夜天的热烈景象。

随后马场举行一场"千禧杯"特别赛马，十四匹马出赛，投注额达港币八千七百万元，行政长官董建华为夺魁的马匹"欢腾"的主人颁发奖杯。宗声在嘘声中把投注票一撕，随手一抛，观众席上呼啦啦地飘舞着一片碎片，发财梦醒。

其实也并不是真的想要赢马，他一向对赛马没有研究，即使报馆马经版的同事给他"贴士"，邀他一齐投注发点小财，他也微笑着摇头婉拒。不是不想发财，而是觉得太渺茫。但今夜例外，为了这二千年的到来，庆祝也好，消遣也好，也就是投注几百块，不会伤筋动骨，输了也只是笑话一场。小赌怡情，大概这就是吧？

没想到你也会赌马，竹瑗撇了撇嘴。

其实不会。胡填就是，只要那马儿的名字好听就行，我从不会去研究它的状态与实力如何。

瞎子摸象？

正是。不过如果不是千年虫恐慌，我大概也不会在身上放那么多钱。

都说电脑程式设计的年份一向只有后面的两个数字，一到“2000”，电脑不会认识“00”到底是“2000”，还是“1000”，银行的存款资料很可能在那一瞬间尽毁。虽然银行早就表明除虫成功，但一般市民哪敢大意，一到除夕，人人跑去作最后的冲刺，不去提款，也要打簿，至少留下银行记录，万一千年虫真的发作了，要与银行理论，也有点凭据。而他干脆就多拿一点钱防身。

人心脆弱？也许。不过，小心驶得万年船，连银行也都不敢拍胸口保证无事，千年过渡还要派技术人员漏夜值班戒备，而他所住的大厦电梯，从 1999 年 12 月 31 日晚上 11 时 45 分至 2000 年 1 月 1 日 0 时 15 分停开，也是预防万一，免得有人给困在电梯里。但身上钱一多，人就不安份，或许投注表面上是为了娱乐，内心深处终究还是为了发财；只不过他不愿在竹瑗面前直认财迷心窍。他只是笑嘻嘻地告诉她，迎接千禧年，要比迎接进入二十一世纪隆重热闹得多了！

确实欢腾，在这样的时刻。传媒都在说：回望香港过去千百年足迹，我们经过多少潮起潮落。由一个不为人知的小渔村，到今日成为国际金融中心，我们制造的衣饰、玩具和电影享誉全球，美食天堂令人垂涎。香港的奇迹，是因为历史的“错体”，经过多少人的努力，包括带领我们走进新纪元的千禧人物，包括各时期融汇在这个熔炉的新移民……

香港是弹丸之地，面积只有一千零九十七平方公里，但眼下人口已经多达六百八十万，到处都是人挤人……

北京大，但人也不少，竹瑗回眸一笑，你看看那人流，一点也不比香港逊色！

也是。特别是碰到长假期。所以他也不大愿意到处走动。那个傍晚，竹瑷带他去走重建后刚开放的王府井，虽然成了步行街，不必人车争道，但南来北往的人群络绎不绝，他们几乎就给卷着走了。走到王府井北口，人们围着一处地方观看，原来是在重建时发现的王府井井口。竹瑷说，叫了那么多年的王府井，现在才知道它的来源，你说怪不怪？

岁月如歌。跑到那家音像公司，转了一圈，但却找不到那"黑鸭子"女声小合唱的唱碟。没关系，等我找到了，我给你寄吧！竹瑷说，什么事情都要碰，如果太刻意，反而不容易找到。

就像我碰到你一样？

时光汩汩，老去的岁月，已经不能呼唤回来了。那悠悠的歌声，如泣，如诉，似怨，似喜，叫他茫茫跌回青春的梦中。

他叹了一口气，造化弄人。

找的是唱碟《岁月如歌》，买到的却是VCD《静静的顿河》。是一种怀旧情结吧？他明知那节奏已经赶不上现代的步伐了，但仍固执地想要拥有它，只因为当年在首都电影院看过之后，便一直难忘葛利高里和阿克西妮娅。殊不知今天重看，葛利高里已经不是昨日的葛利高里，阿克西妮娅也已经不是昨日的阿克西妮娅了。

重温，把原来的美好印象几乎全都打破了。

阿克西妮娅怎么这么胖？那个时候我印象中她很漂亮，很性感……

那是你的怀春岁月呀！动心了？

我还没那么傻，拿明星当梦中情人！不过重看真的有些失落，早知道不如不看，倒可以留下最美好的记忆。

那你只不过是回避而已，竹瑷望着他，事实不能改变，心境可以改变。可能也不一定是坏事，证明你一直在向前。如果你和几十年前一样迷恋阿克西妮娅的话，恐怕就不正常，说明你没有成长。

哗！你这话是不是有什么玄机？

玄机是没有的，只不过有感慨。

他想想也是。

那个时候，他是个少男，对女性只有神秘的憧憬，却毫无经验，或者说，向往恋爱，只是纸上谈兵，只有无限的青春活力，把想像遗留在梦中。那种朦朦胧胧的热情，挑逗他全身的精力，却找不到一个出口。于今，他已是历经沧桑，女性不再那样深不可测，然而他又觉得他迷失在深深的遗憾中。即便他已成家，但他却痛感到与他原来的设想相差太远，他的家庭生活并没有什么甜蜜味道，只不过是世俗生活，玉茹总是说，你别老那么愁眉苦脸的，怪不得你一辈子都不能够发达！他忍不住想要驳嘴，一开始你就该知道，我只是个小人物，哪里会发达！但还是忍住了，算了算了，吵什么？有什么好吵？吵了难道就可以好转？

懒得吵架。甚至连吵架的力气也几乎没有了。

与其说是个小家庭，倒还不如说是机械的合作社。各干各的，几乎没有什么心灵交流，连一起看看电视，或者聊聊天，也都没有；只有最实际的东西，才会拿出来说。玉茹会提醒他，喂！今天出粮了吧！那意思是叫他记得去银行拿家用。或者说，喂，今年加人工了吧？那意思是说加了人工你可也要多给一点家用。如果他稍有犹豫，她便会说，男人嘛！谁叫你结婚？你既然要结婚，就要挑起家庭的担子……

他也不是不愿担当男人的角色，事实上他从来也是尽力满足她的要求，他并不是在乎金钱，只是他梦想中的爱情并不是这样，一旦家庭的承担变成赤裸裸的金钱关系的时候，他绝望了。夜深人静仍在努力工作的时候，有谁给他一句关怀的话？头痛发烧躺在床上，有谁能够来安慰他？你知不知道，你知不知道，我等到花儿也谢了……

或许因为这样，他不要孩子。如果孩子生出来却不能让他们快乐的话，那就不如不要。

竹瑗摸了摸他的脸颊，你太惨了。

他一把搂住她，把左脸贴在她的左脸上，轻咬她的耳垂，我已经好久没有了……

竹瑗拉开了一点距离，凝视着他，难怪。

当他第一次全面接触她的时候，竟不能直达终极目的。假如不是她慢慢引领，恐怕早就半途而废。

是心理因素，不是生理问题。

一旦跨入正道，所有的精力都被调动起来。柔情蜜意。颠鸾倒凤。如鱼得水。这些他早就看到麻木的字眼，这时排山倒海而来，而且鲜活得立体玲珑而又意蕴无穷。他发现自己原来那么无知，简直是白活了。好在有你，要不，我这一辈子可真是一贫如洗……

竹瑗倒了一杯热茶，高举着端给他，举案齐眉……

多喝水。

已经不再青春，怎么依然勇猛如虎？一而再，再而三。他也弄不明白。

原来灵欲结合，才是最高境界。

即使老去不可阻挡，心理依然可以年轻。我就愿意这样抱着你，一直不分开。

如果我是自由人的话，我一定会伴随着你，随你到哪里去都行！

他的内心里腾起希望的火焰，但终于不能熊熊燃烧。

把玉茹休了？他很难开口。不管怎么样，她已经消耗了青春，叫她一人如何去走那漫漫长路？更重要的是，竹瑗还有一个宝贝儿子；难道真的可以叫她放弃一切，跟他“浪荡江湖”？

他于心不忍，因为他觉得她会不快乐。

等克己上大学，毕了业，我的责任也尽了，我跟他离了,你也跟她离了。哪怕我们结合一天又感到不对了再离也好……

到那时,也就是老伴了。他并不在乎,他最需要的是心灵的和谐共鸣,并非一定要追逐肉体的快乐。活到这么个年纪,他才痛彻心肺地感觉到,两心相印是如何难得。此时隐隐约约歌声幽幽传来:过去我与你随缘聚散恨极无奈,一转眼,俩心分开经数载。这晚再与你重逢后心里极意外,想不到,醉心始终这份爱。情人你可知道,也许知道,没有未来;情人如你早知道,已经知道,花不再开。问你怎么要付出所有爱?情人你可知道,也许知道,没法替代;情人如你早知道,已经知道,不可变改。为了不想染尘埃,若最终只有离开。……

嗯,是谭咏麟的《情人》。

时光一去不复回,给每个人留下的痕迹十分惊人。连英格兰超级足球联赛中曾经被誉为"固若金汤"的阿仙奴"老人防线",也终于土崩瓦解了。一超过三十,在足球场上已经算是迟暮了,曾几何时,曾为阿仙奴队夺取英格兰超级联赛和英格兰足总杯双料冠军立下汗马功劳的前锋伯金,如今也已经不堪回首,只能回味。原来,从高峰滑下的速度,竟会这般触目惊心。

那是足球,竹瑗说,你又不用在球场上奔走,怎么相同?你还健壮如牛,怎么可以说老?

他的额头顶着她的额头,你不知道,在床上角力,一点也不比在足球场上省力……

坏蛋!看来你还真的不老,要不不会这么色……

但再强壮,也已经不像二十岁般精力旺盛了。

## 4

虽然还没有达到无欲无求的无差别境界,但他自觉心境已经平和许多。或许他于今所期盼的只是一壶茶，或者一盘水果，悠悠地跟竹瑗消磨下半生；只不过这看来简单的心愿，只怕这辈子也无法实现了。

我这是在倒数，多见你一次便是一次。他对竹瑗这样说，心中涌起一股苦涩的味道。

瞎说！别说这么不吉利的话，我们还要一齐过很多很多的日子呢……

他不知道竹瑗在夜深人静时有没有垂过泪，她总是说，我这么个破人儿，不值得你这样牵挂。

很多事情不是值不值得的问题，而是你想不想的问题。如果先衡量一下得失然后才去爱或是不爱，那恐怕早已染上太多功利的色彩。

人生如梦，如果一生也都不曾深爱过，岂不是太遗憾？人到中年，那情感或许不会那样外露，但是并不等于失去澎湃的热情，只不过向深处内敛，积淀得更厚重。

当竹瑗给他打电话的时候，他有点喜出望外。一向以来，都是他打给她，她几乎没有打过来，有时他也会怀疑，竹瑗是不是没有他爱得那么深？不过这种偶尔泛起的猜想并没有影响他的心境，他更相信与她相处时自己的感觉。

你知道吗？我昨天晚上做梦，真的梦见你，在茫茫人海中，我带着你去找医生，看你的脚。天雨路滑，走得非常辛苦，我拉着你的手，看你一瘸一瘸的，好心疼，忽然间便醒了……

早知让她牵挂，我真该沉默是金。

她说：记得要去照 X 光！

那时冲口而出，是因为一种无力感吧？无力感是因为觉得个人太渺小，明明已经进入四月，天气也渐渐热了，那天下午他刚要钻出尖沙咀地铁站出口，天色突然转暗，俨如黑夜一样，雨势变大，突然便听到"劈劈啪啪"的响声，只见一片片如乒乓球大小的白色东西从天而降，连续击在行进中的车子的挡风玻璃上，司机纷纷把车子停在路中心，大概担心其冲力把挡风玻璃击碎吧？

他本来以为是大厦水泥剥落，原来不是，漫天落下的是冰雹。雷电交加，一阵怪风刮起，街上的杂物都被吹起；冰雹砸在停泊路边的汽车上，触动防盗警钟，纷纷呜呜长响，夹杂着冰雹挟下堕之势，前仆后继地击在车顶、路面和帆布的噗噗之声，诡异十二分钟，天地为之变色。

大雨与冰雹突如其来，一下子又突如其去，天色转亮。他跨出地铁站口，只见路边落下许多枯枝与树叶，被雨水冲至水渠，淤塞引起水浸，他和许多行人一样，狼狈地涉水而过，连灵魂都湿透了。他掏出手机想要打电话通知相约吃川菜的朋友，稍迟才能赶到“美丽华”，哪里想到根本打不出去。后来手提电话网络供应商的发言人解释，由于天气恶劣，傍晚五时半至七时手机打出及接收来电的成功率较低。原来，最紧急的时候，手机也未必能够发挥功用；如此看来，高科技也未必能够抵挡得住大自然风云变色的威力了。恶劣的天气导致多宗撞车、撞船意外事件，而在新界元朗大生围及崇正新村等地，水浸还令村民被困……

勘舆学家纷纷出来说，春末夏初落冰雹，是不祥之兆，可能寓意未来股市有灾势，甚至有病毒等瘟疫爆发。

说来也巧，一个多月之后，禽流感再度在香港蔓延，当局在好几个菜市场的鸡只样本中验出 H5N1 禽流感病毒，港府宣布展开 1997 年以来第二次的全港杀鸡行动，一百二十万只“适龄”在市场上出售的鸡只、白鸽和鹌鹑，被分批销毁，只不过与 1997 年 12 月 29 日那次不同，此次杀鸡不见血也不露尸，大概是吸收了那次全港鸡只血肉模糊的画面，经电视传播世界各地，因而受尽舆论批评的教训。

吃一堑，长一智。

港府付出巨额赔偿来杀鸡，本意是为了保护市民健康。但逾百万只禽鸟被赶尽杀绝，却引来二百多名佛教信徒在荃湾老围村西方寺举行法事，打斋超渡枉死的鸡只亡魂，据说是为了化解怨气和孽障，保祐市民平安。西方寺方丈永惺法师在主持超渡仪式时说，鸡只被集体屠杀，它们的亡魂会积聚怨气，对人和环境都没有好处，既会威胁人命，也可能会令香港出现暴风暴雨及瘟疫等现象，所以必须举行法事，超渡鸡只亡魂。他说，他对大量鸡只被杀感到难过，而这次集体屠宰也是很大的残忍；不过他又认为，鸡只被屠宰是因为有罪孽，这次法事对人、对鸡都有好处，更可以令鸡只在下世不需再做鸡。

宗声听着二百多名善信在永惺法师的带领下集体念诵《大悲忏》经文，寺内回荡着一股悲壮肃穆的气氛，缥缥渺渺地好像把他的魂魄都勾入极乐世界，他几乎忘却自己是前来采访的了。

但他仍有疑惑，集体屠宰，鸡只便属枉死，需要超渡，那末，平时人们宰鸡煮来送饭吃，那就不用超渡了么？

当他在电话中提起时，竹瑗沉默了一会，世界上的事情，许多我们都无法解释。

超渡的时候，永惺法师上香，并以柚子叶及清水进行洒净仪式。宗声说不上信或是不信，但心却恍恍惚惚的。他说，我最期望的，是有来生。连鸡只都有下世，何况是“万物之灵”的人类！

到那时候，你可要等我呀！他絮絮地说。

但其实他也担心即使有来世，也未必认得出竹瑗了。走过奈何桥，喝了孟婆茶，前生统统遗忘，凭什么再去重投旧梦？

竹瑗轻咬他的舌尖一口，这是相认的记号。你放心，我们有缘，风里雨里，今生来世，我和你终究不能错过。你想想看吧，在茫茫人海中，有亿万的人走过，为什么我会和你相碰，又为什么相遇以后能够相爱？这种机率有多少？

既然碰上了，那就说明，命中注定，你是我的，我是你的。

来世太遥远太虚幻，他心中无数。但是也只能这样安慰自己，不然的话，这日子怎么过？

说这话的时候，是在秋日的京城之夜，室内灯光昏黄，窗外竹影摇曳。他恍惚听见时光踮着脚步轻轻滑过，如舞。如果我们就永远这样一齐滑行，多好，他说。

竹瑗闭着眼睛，嘴角漾起的笑纹，就这样照亮漫漫长夜，一直到天明。

## 5

夏日周末去逛赤柱，中午的阳光猛烈，眼睛都几乎睁不开。我已经不习惯香港湿热的天气了，坐在那家只有十来个座位的咖啡座上喝冻咖啡的时候，竹瑗一面望着玻璃墙外来来往往的度假人流，一面说。

但在赤柱街市一家连着一家的铺头转来转去，上面有密封的顶篷，巷内冷气十足，与外面的躁热世界完全隔绝。这比翻新的东安市场好多了！

翻新后的东安市场，成了香港商场的翻版，一层层地上去，一间间明亮的铺头，现代化是够现代化的了，却缺乏了自己原本的特色。哪像六十年代初的旧东安市场，一钻进去，便像在迷宫里兜来兜去，那昏暗的灯光，更增添几分怀旧的韵味。他记得那个时候在“和平餐厅”吃一顿西餐，或者是到“吉士林”去吃一杯冰琪琳，已经是很大的享受了。

那个时候你就会来北京玩，也很奇怪哩！

那个时候你太小，十岁不到，你恐怕还没到过北京，就算你到了北京，旧东安市场你也去过，恐怕也不会太记得是什么样子了。

竹瑗笑道，那个时候北京根本不在我的视野中，没想到时光流转我现在竟会长住北京，这样的变化，我当初怎么会想像得到！

人生真的存在着许多变数，谁都不是未卜先知的诸葛亮，他叹了一口气，不然的话，我们大概也都不会有这么多的烦恼了！

许多东西都可以设法安排，但姻缘却好像只能听天由命。人生有许多遗憾，而不能与最心爱的人终老，大概是遗憾中最痛彻心肺的遗憾了。

他甚至也把握不住自己的路向，比方当年遭遇李玉茹，那只是基于男大当婚的心理，没有激情，当然也不抗拒；后来邂逅赵伊静，他以为那是迟来的爱情，哪里想到到头来也只不过是过眼云烟。如今到了这个年纪，他知道不再青春，不再冲动，甚至有些沉静如死水了，不料竟还会在生命的历程中刮起这样震撼灵魂的感情风暴，他才省悟到，只要生命仍在律动，爱情并不会老去。而且，有了比较，也经历了那么多事情，能够斟酌得出虚情假意与真心实意，他情愿再堕入全身心的煎熬，去换取一次刻骨铭心的恋情，至死不悔。

竹瑗，如果没有你，我对爱情恐怕会一直抱着怀疑的态度，但因为有了你，我绝对相信人生还是有真挚不变的爱情。这是一种感觉，我相信这种感觉。

不知道。我真的不知道。我老实告诉你吧，在我的生命里，已经有太多这样那样异性的诱惑，但我从来也都是兵来将挡，一笑置之，但是千防万防，就是没有防备你，你让我猝不及防，一下子就俘虏了我。不然的话，恐怕你和我也没戏了。这大概也是命，不可抗拒……

甚至连他也不知道，竹瑗竟会从梦中走进现实。

竹瑗软弱地说，你要给我留点余地……

痛苦了一夜之后，隔天再见，她看着他布满红丝的眼睛，去他妈的，我什么也不管了！

有时候只是刹那间的当机立断罢了，许多东西往往稍纵即逝，感觉再也找不到了，回首竟已是百年身。说来说去，也就是一个玄妙的“缘”字。

命里有时终须有，命里无时莫强求？

太阳依然猛烈，戴上新买的遮阳帽和太阳眼镜从赤柱大街上走过，只见一间挨着一间的酒吧挤满了酒客，轻装的西方男女一面喝着大杯大杯冒着泡的啤酒，一面高声谈笑，充满了度假的轻松氛围。

但汗水却不可阻止地流下，他伸手抹了竹瑷的额头一把，不如去游泳吧！

赤柱海滩的红白蓝三色太阳伞底下，三三两两躺着穿游泳衣的男女，远处海面漂浮着戏水的泳客，喧哗笑闹声传得很远很远，没有回响地消失在空旷的海天交际处。这种不能把握的声音虽然有原始自然的粗犷，却不如在室内泳池那样充满世俗人间的腾腾热气。叫声、笑声和拍水声回荡在室内，没有阳光曝晒，竹瑷很优雅地纵身跃入池中，像一条鱼似的游了四个来回，爬上岸，抹了一把脸，跳了两跳，抖落全身的水珠，转身便走，只留下身后追逐的异性目光。这是不是就叫作“酷”？他笑。不是扮酷，游泳就是游泳，我才不理会人家的眼光哩。

你不理，但人家不可能麻木不仁呀！

你们这些男人呀……

其实也不一定有什么邪念，只不过有出色的女性走过，男人眼前一亮，也很正常。竹瑷身材高挑，淡然的神情令她那俊俏的脸蛋染上一层冷艳的傲气，穿着泳衣，更加“杀死人”。

她却说，我才没你们想得那么多……

这也是她的可爱之处。她从来不认为自己有什么出众，虽然自信，却又没有高人一等的感觉，不像一些稍有姿色的女人那样难以侍候。但叫她在正午的炎夏阳光下游海泳，她却有些犹豫了，没带泳衣又没带太阳油……

没带也可以买，但他明白她不想皮肤曝晒，爱美之心人人皆有。犹记得那晚临睡前，她从手提袋掏出一个小瓶，把瓶中液体倒在手掌，往脸上涂匀；我给你做面膜，让你看看……

她说，我多少年没有到海滩游泳了！

北京不靠海，想去游泳，只好到室内游泳池，比方工人体育馆。

但室内泳池漂白药水味浓，而且是死水，不大卫生，不像海湾，海水是流动的活水。

说是那么说，你再想一想，海水又何曾干净了？

也是。在某种程度上，世事本来就在于你自己的取向如何罢了，有得有失，并不是没有道理。比方港府宣布取消银行的统一利率之后，"汇丰"恃着自己财雄势大，宣布对小存户收取手续费，又把利率降至全港最低，小市民能够怎么样？想要转银行，它也不在乎你们这些小存户，而小存户把钱存到规模较小的银行，不用交什么手续费，利率也比较高，但却要承担银行实力不够雄厚的风险。

这个世界，到什么时候也都是弱势族群吃亏，你没钱，你就要受制于人，甚至被人赶尽杀绝；所以我不喜欢。当初离开香港，可能潜意识里也有这种因素在驱使我。

但这恐怕是趋向，或是说商业化的潮流，只不过香港先走一步，或者更为剧烈罢了。你终究不能回避。

像"汇丰"那样在香港赚了那么多钱的银行，难道对香港市民没有什么承担么？

不知道。不过从做生意的角度，也难怪。而且为了保护自身，在取消统一利率之后，想方设法保护既有利益，甚至扩大已有利益，也是生意人必定首先考虑的问题。做生意的嘴上再冠冕堂皇，赚钱始终是最大目的。

喂喂，你这么说的意思是……

他一惊，这才想起她那位也在做生意。

连忙改口，我的意思是，也许现在是到了转变的时候，银行的模式不再像以前一样成为小市民的存钱地方，每个市民都拥有好多家银行的存折，这里存一点，那里存一点。现在是时候取消手中多余的银行户头，把存款集中在一起，这样就可以让自己的存款超过银行所规定的最低存款额，不必交什么手续费了！

但这样一来，不是等于把你手中所有的鸡蛋都集中在一个篮子里？方便是方便，但是万一失手掉下，那不是要冒所有的鸡蛋都打烂的危险？

那也没办法，谁叫你是弱势一族？即使你说银行剥夺了小市民存款的权利，有歧视之嫌，但人家一句商业利益，你便无话可说。他们说的也没错，银行不是慈善机构，不负什么为穷人服务的道义。再纠缠下去，如果他们一句鬼叫你穷扔过来，岂非自取其辱？

现实是，只要你有钱，你便有面子。比方那个香港“鸡王”，1997年趁着香港爆发“禽流感”，向内地鸡只出口商疯狂压价，短期内便赚了近千万的“快钱”。有钱捐点钱便有名，不久他便出任一家慈善机构主办的医院的总理，俨然成了名人。还有，一颗“增城挂绿”荔枝，拍卖价高达五万五千元港币，你说值不值？但香港有钱人买来，媒体当成新闻，自然也成了名人，这点钱就当作成名的宣传费吧！

哗，成为名人这么容易呀？

有什么难？只要有钱，你也可以。这个世界，不必有真才实学，有钱就行。当然，赚钱也是本事，而且不是普通的本事。

他说得感慨，只因为他有个朋友，原本在地盘做粗工，后来不知一个什么样的机缘做了某种产品的独家代理，赚了钱，财大气粗，竟当起慈善机构的总理。我本来也不知道，有一次偶然看电视直播的慈善公益金演出节目，赫然见到“温友财总理”走到台上，捐出一大张面额为100万元的支票，赞助表演钻火圈的女艺员；镜头推近，是温友财胖胖的脸，憨憨的笑容。没想到温友财也是名流了！

怎么啦？妒嫉了？

看你把我说的！我只是想告诉你，这个世界，有钱能使鬼推磨；而且英雄莫问出处。至于他们如何飞黄腾达成为社会贤达，那是他们的造化，我不妒嫉，甚至有点佩服，这也是本事。我自认没有这种本事，我只有认命，默默做个寂寂无名的草民，一个凡夫俗子，凡夫俗子也有凡夫俗子的快乐，比方说我这个凡夫俗子，生命便因为你而辉煌。

喂喂，别拉我下水。我都打冷颤了！

其实，这时，赤柱太阳虽然开始西斜，但天气依然很热，他和她也都满身大汗了。

## 6

对坐在菜馆的卡位上，有冷气真舒服。

北京“全聚德”来到香港湾仔开分店，今晚我们就在香港吃一次京菜吧！

他记得那次在北京吃饭，点了宫保鸡丁、鱼香茄子和乌鸡杞子汤，竹瑗说，以后我们就吃这两道菜好了！但既然来到“全聚德”，哪能不吃烤鸭？

在北京，他知道她不吃烤鸭。太肥，她说。但来到香港，不知道她是不想败他的兴，还是到了香港又思念起北京，她说，好。

其实跟心爱的人相处，也就是你迁就我，我迁就你。他也并不是特别喜欢烤鸭，只不过他觉得在香港“全聚德”与竹瑗吃北京烤鸭，自有另一种意蕴。

那是一种无法言说的氛围，那回吃宫保鸡丁的时候，他喂了她一口。她瞟了四周一眼，人家说，这种动作一看就是情人……

只是情不自禁而已。我不喂你，难道你就不会吃？只不过那就完全不同了。事实上，当他把勺子伸过去的时候，心中充满了柔情蜜意。

这种柔情蜜意，柔柔软软的，有如那北海的秋日上午。京城到处都是人，想不到星期二的北海，却没有多少游客。清静的园林，荡漾着清新的空气，烦嚣远去了，阳光时隐时现，秋凉在无边无际地蔓延。湖畔的绿色长椅空荡荡的，空旷的湖面上只有零零星星的几艘脚踏小船，其中一艘停在那里，任湖水载它漂浮，仔细一看，船上倚偎着一对情侣，此时只怕已经浑忘天地人间了。

有时候，人的确也应该抽离一下眼前，在时空之间任意游走。否则，每天在僵硬冰冷的生活现实奔忙，人生还有什么乐趣？

忽然间，太阳又再露脸，暖暖地把光线洒来。靠在椅子上，眼皮懒洋洋地有些沉重，他感觉得到左边臂膀一片柔软，叫他悠悠堕入白日梦中。秋水。伊人。竹瑗梦呓似的低语，我就愿意这样紧紧地靠着你……

即使穿街过巷在月下在雨中她也挎着他的胳膊走，但没有像这个时候这般大面积大角度地紧贴着他。他感觉得到她心房的律动，如受惊的小鹿，却又明明喜气盎然，流泻着甜甜蜜蜜的神采。于是便悠悠地唤起了他深层的记忆，只有在某种特殊的时刻，人才会如此忘情。

秋夜汩汩流动，灯火暖暖闪耀，乍睡还醒的梦在刚强延伸，当你半闭眼帘，我投身的是万里夜空还是无底深渊？

但眼下没有夜空也没有深渊，只有菜馆内的冷气，如天堂。

只是餐后水果只有西瓜和哈密瓜，没有火龙果。竹瑗说，火龙果不会沦落成为这种角色。莫非火龙果只合该是你送给我吃的水果？

离开京城那天，她往他的背袋里塞了一个火龙果，你在飞机上解渴。

还要削皮，还要切开。他知道他不会在路上吃，但嘴上却说好好好……

他想她送的是心意，而他即使不嫌在空中吃它有多麻烦，也不会舍得这么快让它消失。

食物就是这样，吃了就变得无影无踪，哪像器物，比方那一对瓷器人，蓝蓝白白地相拥为象征，于是岁岁年年立在那里，不声不响，却吻成了永恒。

吃进肚子里，就变成了你的血液，说是无形，却是有形，不然的话，你平时吃水果干吗？

他当然懂，只不过有一种情结。

你这样缠缠绵绵，竹瑗笑，男子汉大丈夫，怎么做得了大事？

男子汉又怎么啦？难道男子汉就必须老硬老硬的，像高仓健那种？男子汉也是人，是人就有七情六欲。如果为了做男子汉便要舍弃一切柔情，那我只能暗叫惭愧了！

如果不是要飞离那个城市，或许他也不会这般敏感。临别依依，他心中的愁绪没着没落。竹瑗一直谈笑风生，他也一直强打精神。在这样的时刻，一个不小心，便会容易触痛悲伤的泉源。

终于到了入闸时间。证件什么的小心点儿，她说。他点了点头，她提着他的手提袋送他到闸口，突然间，她跳着拥抱了他一下，喉头拖出了一声哭腔。他一低头，回首只见闸口那边有一只手在软软地挥动，如弱风下的旗。

哪像她飞抵香港的时候，轻飘飘便飘出了机场禁区，如一团火焰。

但是也终于到了她离去的时候。

于今，对于他来说，北京是个驿站；而对于她来说，香港是个驿站。

也只不过是三个小时的航程罢了，她笑着说。

是啊。问题是人在江湖，你不能说去就去。于是，空间便成了距离。

干了这杯生力啤酒，我把灵魂留在这里，啊？

他强笑着点头。

那时，首都机场外正淅淅沥沥地下着一场秋雨。灰蒙蒙的天，灰蒙蒙的雨，灰蒙蒙的心情。

这不是一个起飞的好时分，不过并无碍于班机准点在跑道上滑行。

竹瑗早已不在视野，他却好像看到她身穿黑色夹克、红色牛仔裤在踽踽独行。

他忽然记起了春夜里的桃花，悄悄地开在路边。当车头灯扫过，那娇艳的一闪，便那样长久地留在他的心中。

是一种迷迷蒙蒙的心情，就像她到香港的第二天下午，他带她到港岛香格里拉酒店三十九楼图书馆咖啡座去度"欢乐时光"一样，细雨纷纷落下，只见窗外的青山朦朦胧胧，一面啜着飘着袅袅香气的热咖啡，一面懒懒地聊天，一直到从山脚到山腰的大厦窗口灯火一盏盏地燃亮，平添一分色彩，一点暖意。

慵懒写意的时分总是那么短暂，那天坐在鲗鱼涌糖厂街的露天大太阳伞底下，享受二人世界的"欢乐时光"时，他说，这下午茶，可以抛掉一切人世的烦忧，真好。只不过董桥说，中年是下午茶，是搅一杯往事、切一块乡愁、榨几点希望的下午。

竹瑗吁了一口气，我知道。中年最是尴尬。天没亮就睡不着的年龄。只会感慨不会感动的年龄；只有哀愁没有愤怒的年龄。中年是吻女人额头不是吻女人嘴唇的年龄；是用浓咖啡服食胃药的年龄。

你倒是倒背如流。他耸了耸肩膀，但我仔细对照一下，除了天没亮就睡不着这一句之外，其他好像都与我无关。

或许这正好说明你还年轻呀！

年轻？别开玩笑了！我倒是觉得中年是下午茶，虽然可以在欢乐时光中打一会盹，只是太过短促，一睁眼，便已经是万家灯火的黄昏……

这时，电视忽然响起“嘟嘟嘟嘟”的讯号，他一看，原来打出“风暴消息”几个字眼。那位女新闻报告员宣布特别消息：台风“尤特”于昨日下午五时四十五分进入本港警戒线范围，之前它在南中国海形成后，其速度迅即加快至时速三十五公里，速度之快赢尽过去二十一年曾袭港的台风，仅次于1979年袭港时时速高达三十八公里的台风“荷贝”。天文台随即挂起一号风球，其后风力增强，天文台于今晨十时四十五分改挂三号风球，至傍晚改挂八号风球，亦是继台风“锦雯”1999年9月袭港高挂八号风球以来，首个令本港需要挂八号风球的台风……

所有的食客都停下筷子收看这消息。

真是天有不测之风云！没料到“国泰”机师的工业行动不影响你的“港龙”班机，这八号台风却可能留你再呆一两天！

今晚八号，明早可能已改挂三号，或者是没有风球了，你都说天有不测之风云，今晚狂风怒吼，明天可能就风平浪静了。

你给我一点虚幻的希望也好呀，何必给我说穿！

她笑，灯光下仿佛有泪影。

7

明天，明天是不是到了他送机的时候？夜里风声雨声，梦变得缥缥渺渺。

烈风挟豪雨，又适逢大潮日，海水暴涨至历年第二高度。电视画面所见，香港西面海岸低洼地区特别是大澳、上环、西环及流浮山等处出现了罕见的水浸现象，尤其是大澳和西环海旁，海水涌到岸上，海陆不分；而大澳水浸最深时几乎高达两米，棚屋商铺都被水所淹，村民不断将家具杂物搬上阁楼避水。警员及消防员接报到场，冒着水深至颈的危险，入村疏散村民，部分村民要套上救生圈逃至高地，一位老婆婆由消防员背着逃生……

的士司机冒着没有保险赔偿的风险开工，增收附加费，但大多只是多收十至二十元，而且由此拒绝向乘客提供单据。小巴司机却不理那一套，大幅加价，由西营盘至中环，平日早上繁忙时间收费五至六元，但台风下每程竟加到二十元。你爱搭不搭！

满城都是水，浩浩荡荡，一直漫了过来，他忽然发现自己漂在水中，不远处竹瑗在挥手叫他，他拼命游去，突然便醒了，原来是一场梦。

已经是清晨六点，拧开电视，八号风球依然高悬。他想打电话，又不忍吵醒竹瑗。

坐在沙发上看台风下香港的电视画面闪烁，他不知道她今天走不走得成。他多么希望她滞留下来，多留一天是一天。

之后呢？他不愿再想下去。

而那窗外的风风雨雨，好像无边无际，一直沸沸扬扬到天涯海角。

电视又再发出嘟嘟嘟嘟的讯号，播放新的风暴消息：八号风球依然悬挂。

2001年5月5日—6月29日，初稿。

2001年7月8日，修订。

# 走出迷墙

## 1

走出那座商业大厦，抬头便见到一方蓝天，混浊得看不见白云。暮春的阳光已经带着一丝暖洋洋的意味，却分不出昨天与今天到底有什么不同。

又是一次吃饭时间。

赵承天在心中轻轻地叹了一口气。这日子，便是如此这般像流水一样逝去么？

中午时分，所有吃饭的地方，全都挤满了男男女女。可怜的上班族呀，或许每天辛辛苦苦地争斗，为的就是这餐饭？但即使是这餐饭，也都不可能吃得从从容容。

很多时候，他都在快餐店解决。运气好的时候，也会抢到座位，刚刚吁了一口气，低下头来吃了两口，旁边立刻便会有人立着恭候。令他焦躁不安。那人不但虎视眈眈，甚至还不断地晃动，分明在提醒他：这里有人候补。他便会自觉或不自觉地加快速度，三扒两拨便吃完，让位。

也只不过是填饱肚子罢了，这样的午餐，常常食而不知其味。那个时候，玲莹总是说他……一个大男人，只吃一碗饭，行不行呀你？

是一种爱怜的语气。

他笑了一笑，中午吃那么饱干什么？吃得太饱了，饭气攻心，下午很困，没法工作。

玲莹撇了撇嘴唇，就你对老板这么忠心！其实何必那么认真？对付着算了，小心自己的身体。

他摸了摸她的头发，叹了一口气，你呀你呀，什么时候才会变得成熟一点？

他也不喜欢老板,因为他对下属太苛刻,甚至连周末下午,见到有人下班了,他便从办公室的这一头走到那一头,皮鞋敲在地板上,"咔咔"直响,嘴上还拉着长音调说:怎么都下班了?是不是西线无战事了?

他很想说上一句:周末下午不用上班,是法定的。但话到嘴边,又咽了回去。他不想在这样一个跟自己无关的问题上顶撞老板,反正他每个周末下午也都在办公室里。

但玲莹却表示大惑不解:你这样宠着他干吗?他又不会因此而加你的工资!

他知道她的潜台词是:周末下午时间宝贵,这么一来,岂不是想去逛一逛赤柱也不行了?

反正也不是整个下午,过了三点钟,便是天高任鸟飞……

玲莹斜了他一眼,人家还放星期六呢!就我们这里这么啰嗦!

他笑。不要跟人家比,这个周末下午,还是争取来的,说要告到劳工处,才勉强放的。

那有什么用?放了,也不能堂堂正正下班。我都不明白,到底有什么班好加?我说呀,需要每天加班的人,恐怕都是没有能耐的,有什么理由工作都做不完?

他忙说,算了算了,你能力强,行了吧?

要是我当老板,她愤愤地说,非得把那些加班加得最凶的人炒了不可!

好了好了,到了那个时候,你来个大整顿,出现一个白玲莹时代,好不好?

玲莹回眸一笑。不是没有可能。我知道你不会相信,但世事没有绝对。

他知道她的魄力。还有她的运气。我什么时候说过不相信了?到了那个时候,你怎么处置我?

你?她瞟了他一眼,你想我怎么处置你?

做你的“高参”吧！我也不要什么头衔，有一碗饭吃，有你的关照，那就很好了。

你的要求就这么简单？从实招来！

他耸了耸肩膀，简单是福。

顿了一顿，他涎着脸说，如果可以的话，将来在你的办公套间里放一张床……

她打了一下他的肩膀，喂喂，就你想得邪！

不是邪，而是诉真情。是有点厚脸皮，不过我说的是真话，不想矫饰。

她叹了一口气，做人有时也要幻想一下，松弛自己，不然的话，还怎么活？

活着本来就不容易，随遇而安罢了。

那个时候，他只是朦朦胧胧地感觉到她终究必非池中物，但却也并没有特别肯定。

假如我早就看出她终有飞黄腾达的一天，那岂不是当时的一切情爱也都蒙上功利的色彩了？

他是主任，她是他的副手。他虽然没有俯视她，但也不必仰视她。

最舒心的感觉，便是彼此平视，在那刹那间擦出温热的火花。

他明明记得，玲莹刚来的时候，一脸笑嘻嘻的样子，显得特别纯真。她软软地伸出手来，我叫白玲莹，初来乍到，多多指教……

老板在旁边插嘴，你们以后好好合作。

他觉得玲莹望过来的眼光，有如迷失在茫茫四野的孩子的求助一样，在电光火石间，便勾起了他埋藏在心底的柔情，像春回大地之际青草蠕动着冒出地面。

哗！一个大男人……玲莹后来说。

铁汉也有柔情，虽然我还称不上铁汉。

你不是铁汉，你是猛男。

安慰奖啦,分明,你这是!

你这人就是不识好歹,明明捧你,你也不领情。良心都给狗吃掉了呀你!

伶牙俐齿,我说不过你。

你看你看,没理了不是?说不过人就要赖。

他笑了笑,举起双手做了个投降状。

但那个时候,玲莹一味地满脸笑容。那是一种总会令男人兴起保护弱小的英雄气概的笑容,只要她愿意,他就会立刻充当骑士,带着她去风风火火闯遍天下,或者潇潇洒洒浪迹天涯。

我总得护卫你护卫得周全,他的声音颤抖了。

她偎了过来,靠在他身边,好像籐缠树。有你这句话,我白玲莹这一辈子也就值了!

为柔情万种的感觉笼罩,那夜色多么好……

是《莫斯科郊外的晚上》?

热吻过后重返现实,明明置身维多利亚公园。隔着树荫,他望见那家酒店一扇扇窗户晕黄的灯光。

最好现在就有一张柔软的床,他醉意朦胧地说。

玲莹"咔"的一声笑了出来,你真会想像……

把这草地想像成大床那也可以。只不过太多逡巡的目光,在暗夜老狼似的灼灼逼人而来。我说的是你我两人世界,把一切东西都隔在门外。

玲莹叹了一口气,那么多温馨的窗口,为什么就没有一个是属于我们俩?

他哑然,无言以对。

能够并肩躺在这铺于草地的塑料布上,已经是难得的夜晚了,但他不能这样对她说。

而她已经翻压在他身上,疯狂地吸吮着他的嘴唇,然后又滚到一边,仰面望着夜空出神。

这时,月亮穿过云层,他看到那柔和的光线一会儿明一会儿暗地滑过她的那张俏脸，好像有什么千军万马在无声无息地秘密调动一样，他心里也不知不觉引起一阵莫名的骚动，有一种不好的预感蔓延而来。

什么事？静默了好一会，她终于开口。

他明天会来香港。

承天立刻明白，她丈夫要从台湾来。

他酸溜溜地说，小别胜新婚，啊？

正慢慢转向中天的月亮，蓦地钻进一团云块里，夜空黯然失色。风起云涌，是不是澎湃心潮的反映？但他只是仰面躺着，不敢触及她的眼睛。

你要我怎么办？她幽幽地问了一句。

他其实也不知道他到底要她怎么办，只是脱口说了一句，你答应我，不要跟他上床，至少明天不要。

话一出口，他也觉得这要求未免蛮横，我有什么权利要求她这样做？那是她丈夫呀，而我只不过是……

就算她答应了，该又怎么去推搪她丈夫！小别胜新婚呀，天经地义。推却？怎么说得过去？

他刚想说，我这是酒后失言，你不要介意……

玲莹已经出声。

我答应你，她说。

他舒了一口气。其实他明明知道，这只不过是一种君子协定罢了，到底真实如何，他根本无从知道。玲莹即使是守不住她的诺言，恐怕也不会坦坦白白地告诉他，那末，他要求的到底是一种什么样的东西？他是绝对相信玲莹的承诺，还是只是为求自己的心安？

归根结底，他也没有勇气或者不好意思事后去追问她，喂，你们那个晚上……

是一种并不安稳的心理威胁。即使是在最甜蜜最热烈的时候，也不时有一种无形的阴影飘了过来。有时他也会自责，两个人相处，又何必这样脆弱？但他总是抵御不住那种被蚕食的恐惧。

即使他想问个水落石出，也不可能了。那一个星期，玲莹干脆请了大假，虽然给他打过电话，也只是三言两语。

他本来也有追问的念头，但却不知从何说起。难道人家巴巴地打个电话来，你却去纠缠那个尴尬的问题？

何况她的语气急促。

不用她解释什么，他也明白，她当然是觑着个空档，一有人声，她便收线。

在不满足的同时他也很感动。至少他觉得，即使丈夫在身边，她的心底也还装着他。

既然如此，还需要去在意什么吗？

可是他的心依然沉甸甸的。

玲莹说，你想想看，你的要求是不是有点无理？

我知道。只不过忍不住。明知说了也没有用，早该闭嘴，偏偏就说了出来，你看看我这个人太不成熟……

我喜欢你的坦率，但你也要考虑我的处境呀！无论如何，在我的心目中，你是最好的一个，行了吧？

他笑，心里却在哭泣。

哭泣便是软弱了么？

男儿有泪不轻弹，只因未到伤心处。

不是软弱，而是一种心痛的感觉。

你笑得很难听，玲莹皱眉，你平时笑得很潇洒，怎么今天好像有什么不对？

哦，大概上火，牙肉疼，一笑就牵扯着，不大舒服，所以有些勉强。

喝花旗参茶吧，可是我这几天没有时间，我给你买，你自己去煮，可以吧？

你别操心，我又不是小孩。你忙你的吧，我自己解决，保证你回过头来看我的时候，我已经健壮如牛。

那就快去休息吧，我的壮牛！

电话线挂断了。他望着手上的话筒,愣了一会,才把它放下。

躺在床上,他极力想要跌入一个澄明的梦中世界,哪里想到一闭上眼睛,满脑子流转的,是玲莹和她丈夫缠绵的镜头,再也挥之不去。

但他甚至连她的丈夫长得什么样子也不清楚。

一直以来他没有问起,她也没有提过。

只是有一次,当他们从激情中苏醒过来,她叹了一句……我真舍不得你,但如果我不要他,我就不是人了,因为他待我太好了……

他无言以对。

这么念旧,总不能说她不对吧,尽管他心中有些不是滋味,也唯有强笑,那是,那是。那个时候,也只是凭着一种感觉,再加上几分猜测,他问道:我觉得那个李云峰……

是个从法国来的摄影家。那天,玲莹说,陪我去机场接个朋友吧。在机场惨白的灯光下,他见到那一头长发扎成马尾、满面于思的男人走出禁区的自动门,玲莹还没有说什么,他便认定这就是李云峰了。

李云峰老远就向玲莹伸出了双臂,玲莹迟疑了一下,但还是迎了上去。

也只不过就是西式礼貌性的拥抱吧,但这个镜头却那么鲜明地留在了他的印象中,成了小小的疑团。

玲莹赧然一笑,你怎么知道?

她说,早就已经过去的事情了……

他当然也知道,早在他与她开始之前,李云峰已经在她生命中成为过去式的男人了。

你放心,他现在只是我一个十分普通的朋友。

为什么?他有些漫不经心地追问了一句。

不为什么。只是那种感觉没有了。

大概是所谓艺术家的感觉吧?他忽然想起曾经看过

一本翻译书，里面提到，人体中分泌的一种男女能够彼此吸引的物质元素，最长可以延续四年，在四年之后，那根神经疲劳了，必须动用其他神经，才能有新奇的刺激。他并不大相信这种理论，他以为总有天长地久的情分，但是玲莹和李云峰也只有四年的工夫……

玲莹忽然掩嘴说，啊呀，糟糕！你会不会觉得，将来我也会跟你拜拜呀？

假如你真要跟我拜拜，我有什么办法？但他嘴角却勉力挤出个笑容，你的联想力怎么那么丰富呀？

他深信那个时候她的真诚。虽然他还没有结婚，但是在情场上也曾经沧海，哪能连真情与假意都分不开？

玲莹把头埋在他胸前，其实，女人再强，也要有人呵护，就像小船一样，在大海里颠簸了一天，最终也还要回到港湾，我在你的怀里，感觉很安稳，很温馨。

虽然只是一句看来不大经意的话，但灌在他的耳朵里，却使他的心湖涌起一股热潮，久久不肯退去。昨天晚上，李云峰对我说，他依然想念我，想要跟我好回来，但我对他说，不可能。今天早上我坐地铁，一路想着你，错过了站也不知道……

她絮絮地说。

接了李云峰，把他送到酒店，李云峰说，我们一块去吃晚饭吧？

玲莹说好吧。他连忙找个借口，今天不行，改天吧。然后很有风度地伸出手来，跟李云峰握手道别。

李云峰嘴上说怎么啦这样不赏面？但他却认定在那一脸惋惜的表情下面，隐藏的是一颗幸灾乐祸的心。他也不搭话，便头也不回地沿着那廊道走了，但觉那两旁的壁灯昏黄，散发的到底是什么样的讯号？

“叮”的一声，电梯门打开。电梯载着他下降，他的心也在下沉。只是一时的意气用事，他不知道把玲莹独自留在那里，是不是无异于送羊入虎口？但他实在不满于她如此不理会他的感受。

何况，如果要发生什么事情，他想要阻止也是阻止不了的，那倒还不如随其自然，免得枉作小人。只是，那颗心却忐忑不安。

一直到电话铃响起，听到玲莹的声音传来，他才省悟到，晚饭都没吃，便枯坐在家里看镭射影碟，原来目的便是等候这个电话！

是在饭馆打来的，怪不得人声嘈杂。

他在内心里吁了一口气。

玲莹说，我借口上洗手间……

也只是三言两语罢了，一放下电话筒，他才感觉到饥肠响如鼓，只好去泡即食面。

玲莹横了他一眼，谁叫你？也不陪我。你就那么放心？你就那么自信？

他笑，我可不想做“电灯泡”。

你找死呀你！哪壶不开提哪壶！我要你陪我嘛！这你都不明白？真叫我失望……

## 2

是一种逃避的感觉吧？他不想使得他的世界只变成这个设计公司这么狭小。关在这四面墙壁围住的地方工作八小时，难道还不够？又何必自讨苦吃恋恋不舍，连中午自己拥有的午饭时间，也交了出去！这一个小时的时间，是出去透透气的私人时间。

开始的时候，玲莹斜着眼睛望着他，你干吗要跑出去？人人都不想去外面挤午饭，你却送上门来也不吃！

他只是笑笑。

情势已经不同，以前即使在人丛中吃饭，仍有温暖的眼神交流，但此刻他却回避着她的视线。

是一种已经绝望了的感觉吧。

那人事的变化，简直有些出乎他的意料之外，玲莹忽然之间便成了老板。

当她笑嘻嘻地这样告诉他的时候，已经是当众宣布的前半个小时。我什么事情都告诉你，她说。

但他心里却不是滋味。玲莹虽然没有说出来，但他却也可以猜想得出，定是她老公出资收购。但她为什么要秘密策划，一点风声也不透露？

是有点瞒着我的味道。他的心理骤然失去平衡，他一直以为他和玲莹之间是没有什么秘密的。

玲莹在主任级会议上说，我知道我自己能力不够，希望大家多多帮忙，大家通力合作……

他瞥了一眼，穿着一套黑色套装裙的玲莹，眼睛里泛着泪光，嗓音也有些哽咽了。

她私下对他说，你给我从旁边看着，如果有什么不合适的话，你就及时提醒我……

他半开玩笑说，那怎么行？以前你是我的副手，现在我是你的雇员，身份不同了，我还说什么呀我？

你找死呀你？她捶了他一下，我真心诚意地求你帮我，你就这样对我？枉我这么疼你了！

她说得那么大声，令他不由自主地向两边看了一下。这日本餐厅里正回响着音乐，而那些食客也正陶醉在各自的世界里，并没有人偷听；他松了一口气。

我最喜欢吃这日本生鱼了，玲莹说。

他当然知道。那个时候，他每个月总要陪她吃一次。她说，你总是给我好吃的，吃得我都发胖了！

只要你喜欢，钱算得了什么！

他当然没有千金散尽还复来的豪气，只是请玲莹吃饭，于他来说是一种享受，自然心甘情愿。

哼！你有多少钱？她斜睨着他。

是没有多少钱，如果很有钱的话，那倒显不出我的诚意，就是因为没有多少钱，你才可以体味到我的情意。

这么酸，你的话……

他心里也不是没有涌起自卑的浪潮，跟她老公的钱财相比，我赵承天算得了什么？但他也很自尊地自我安慰：她老公只不过是满身铜臭的老板罢了，我可不同，我是有品味的艺术家……

什么时候就成了艺术家了？说来说去，也只不过是个美术设计罢了，最多也就是具有一些创意罢了，这就称得上是艺术家了？

这个时代是非混淆，好像没有什么一定的标准，谁要大声说他是艺术家，人家也便认为就是了。反正艺术这东西见仁见智，一般人哪里分得清楚，还不是人云亦云跟着瞎起哄？

玲莹说，一个招牌砸下来死了五个人，只怕其中三个都是自称艺术家的人。像你这样，应该是真正称得上是艺术家了，你又何必客气？就算别人嗤之以鼻，但我还是认定，你就是艺术家！

人生得一知己足矣，何况是红颜知己？

这也是艺术家脾气吧，清高，却始终是英雄难过美人关，何况玲莹是那么善解人意。

那个时候如胶似漆，玲莹像猫一样缩在他怀里，喃喃地说，老天，怎么就让我碰见了你？

下班的时候，他收拾了一下台面上的东西才走。刚下得楼来，玲莹就从一辆停泊着的汽车后面跳出来，这么慢！你不知道我在等你吗？

他不知道。不过嘴上却说，我这不就来了吗？

那是初次狂欢之夜的第二天早上，趁人不察，她将一张纸条塞到他的桌面上，他回望过去，只见她穿着白衣红裙的背影飘然而去。

那张纸条好像还散发着一股芬芳味道："昨晚你走了以后，满房子都飘散着你的味道。今天我们又只好在老家伙的眼皮底下一本正经，默然守望。"

不言不语虽恐惊动左右，只是偶然的一瞥，不须说话却已胜却万语千言。

心神不定却掩藏在漠然的面孔底下，就好像还没有爆发的火山一样，表面看来平静得很，哪里知道内里却沸腾着足以融化周围的巨大热量。

天下之大，已经缩小成为办公室，而偌大的办公室，也已经成为两人世界，那么多的身影都成了透明物体。是有点神不守舍，他几乎给柔情蜜意淹没了。邹老板突然把他招进老板室，而且叫玲莹陪绑。

开始的时候还算有分寸，只是问他……怎么会有这样的错误？你能不能解释给我听？

是设计上的问题，也确实有些不妥，但他认为也还不至于大错特错。然而不能抗辩，老板就是皇上，他说什么，就是什么，哪容得辩驳？何况给他抓住一点，也就可以不及其余了。

他沉默不语。

老板越说越火，忽地将手中拿着的剪刀一扔，"砰"的一声，重重击在桌上的玻璃板，吓得他的心一震。你不说话，到底是什么意思？

实在是非常难捱的时刻，好在也终于过去了。

玲莹说，老家伙那样骂你，每一个字都像利刀一样，剜得我的心鲜血直流。

他苦笑，习惯了。反正要在他手下打工，有时是不能够太有自尊心。

老家伙不是人，玲莹说，我看他不会有好报，好心才会有好报，但他没有什么好心，像你这样的好人，他都不能宽容,更不用说其他人了。

我的确也有过失,没有做好。

为什么?玲莹的眼睛望了过来,似笑非笑。

明知故问!他轻拍了一下她的头,我只顾跟你眉来眼去,一心哪里能够两用?

老家伙为什么也叫我进去,听他训你?

这叫下马威。他说:老板心思周密,他是骂给你听的,因为那设计是我带你一起做的。

这个死老头子,想不到这么狠毒……

算了算了,他说,这个世界,要做下去就别出声,要出声就别再做下去,眼下少说为妙。

如果按我的性格,我非得……

行了行了,我的女侠,他说,饶了我吧,反正他骂的是我,你不必去理会。

你的事就是我的事,她说,怎能不管?

现在不是时候,你听我的,策略一点。

说是那么说,他心里还是很感激玲莹。什么叫做红颜知己?这就是红颜知己!

他以为这就是天长地久了,哪里想到再真挚的情感,也有变成明日黄花的时候。

玲莹板着面孔,眼睛直射而来,怎么回事?你给我解释一下……

怎么连腔调也变得跟老家伙差不多了?难道地位的转变,就可以把一切的真情毁灭得一干二净?

谁都知道我跟你关系好,你不要让我难做好不好?就算是你帮我吧,不然的话,我怎么服众?

天地良心,我从来也没有以为我的地位特殊,我从来都是把你看成是老板。他说,心中有些气苦。

空气顿时凝重起来,只有壁钟依然走着轻快的步伐。

其实他差一点就说:我问心无愧,随你怎么处置。但还是忍住了。

毕竟并非只是主雇关系那么简单，他不想做得太绝。

何况如今市道不好，找一份工作也不容易。今年加薪，玲莹就淡然说，百分七吧，与通胀看齐。所有的主任都低着头不吭声。她又说，有的人不加，反正现在找工作也不容易，不加也不会走的。

只有雷贝嘉附和，是啊是啊，这个加幅，已经很好了……

也只不过是循例知会罢了，哪里是征求什么意见？承天知道，即使他或者其他什么人提出不同意见，也并没有什么作用。

他太了解玲莹了，她从来不会轻易改变主意。特别是在这样的问题上，她肯定早就下了决心。

开始的时候他并不太了解，主任会议上，他对于玲莹的新主意提出不同的意见，原也是为了公司好。但是就在当晚，她打了个电话给他，我刚上台，你怎么就这样不支持我？我这一天都难过得什么事情也做不好……

他支支吾吾说不出话来。总不能反驳她，又是你说的：有什么就直言，你是我的高参……

大约是江山越坐越稳了，玲莹的铁腕政策，也越来越明显，承天已经尽量回避她，更不像当初那样，有事无事就上老板室跟她聊天。那天早上，他刚坐在玲莹的对面，她就带着开玩笑的口气说，全公司就你每天向我报到……

他蓦然一惊，我这是干什么？

本来他以为只是重叙旧情，这时才省悟到，原来自己也是一个俗人，带点攀龙附凤的味道。

而玲莹的话闪闪烁烁，是永远也不可能把它抓回来的了。

惭愧的同时又不免愤愤然，无时无刻不缠住你白玲莹的，是雷贝嘉不是我。也只不过跟客户通了一次电话，还没有谈成什么，放下电话便风风火火直闯老板室，他明明听得见她的声音抑扬顿挫地飘了过来：我又联系了一个，差不多的了，这次准可以给公司赚一大笔……

他撇了撇嘴，八字都还没一撇呢，那么着急表功干什么？

后来他才明白，这就是手腕。老板肯定先入为主，脑子给灌满了她雷贝嘉一心为公司的形象。

每时每刻纠缠着你的不是我是她。

一看到雷贝嘉面对玲莹时那阿谀的笑容，他就感到浑身不舒服，但是他却很难这样对玲莹说。

玲莹用赞赏的口吻说，你看看人家雷贝嘉，风里来雨里去，还不是为公司拚命？哪像你……

看到雷贝嘉媚上欺下，他心里就有气，玲莹，你可千万要注意，在你面前讲尽好话的人，尤其要警惕。

什么意思？她的左眉挑了一挑。

像雷贝嘉那样，除了你之外，几乎全部的人都得罪了，你又那么信任她，我担心人人都抱着打工心态，失去积极性，不会再为公司出谋划策拚命工作了。

谁不是打工心态？你说说看！难道你就不是？玲莹顿了一顿，然后往那大班椅背一靠，我不管，反正谁给我卖命，我就用谁。不用她用你呀！你能不能像她那样，一天没有二十四小时也有十四个小时拚命？

雷贝嘉甚至会睡在公司的沙发上过夜，据说是工作太多。以前玲莹未当老板时，总是对他说，没本事的人做不完才天天加班呢！但现在她却认定，只有加班的人才叫投入。

大概这就是观点与角度吧？

他当然也知道，地位的改变，会让人觉得今是而昨非，但他一向以为玲莹不会这样，哪里料到世事如棋，兜兜转转，到头来玲莹也不能免俗。

她说，人家说我变了，废话！人哪能不变？比方你赚一万块的时候，过的是什么样的日子？等到你一个月赚十万的时候，难道你可以吃大排档挤巴士住公屋？

听得他一凛，莫非她这番话，有一种暗示的成分？但那时她仍仰起头来，迎着他的嘴唇。

他小心翼翼地说，你要小心一点，听说雷贝嘉是 Lesbian……

玲莹望了他一眼，我知道，那又怎么样？我不歧视同性恋者，只要能够帮到我。

这也有道理，何况香港同性恋已经非刑事化。他忽地觉得有些枉作小人的味道，说什么不好，偏偏去攻击人家的私生活，倒有些八婆说长道短的味道，堂堂一个大男人……

他讪讪地说，那倒也是。

只不过雷贝嘉太过跋扈，自恃是玲莹爱将，简直就是欺上瞒下的了，甚至也不把仅在玲莹之下的总监朱劲航放在眼里。那天，她对于朱劲航已经签字同意的设计诸多挑剔，又说空位不够，又说不够贴近潮流。朱劲航把那草图往前一推，沉声道，到底总监是你还是我？

但玲莹却说，多提意见，不管对错，都是可取的。雷贝嘉的目的，无非是为了公司的形象更好。

朱劲航问了一句，那我还有没有权威？第二天，便向玲莹提出了辞呈，并且宁愿倒贴，也要立刻走人。

他悄悄问朱劲航，你怎么会一走了之？世道这么差……

朱劲航一面收拾台面上的东西，一面说，此处不留人，自有留人处。

临走的时候，朱劲航伸出右手手掌，在空中一劈，对他说了一句，你要记住历史上的教训，诛功臣呀！你要好自为之。

他一惊。大概还真要去通读《资治通鉴》了。

玲莹却一派淡然，对他说，我无所谓，朱劲航虽然能够帮到我手，但也不是最好的。老实说，公司里谁走我都不怕，只要有钱，难道还会请不到一个更好的人才？

说得也对，任何一家公司也不会因为某一个人的离去而关门大吉。朱劲航走了，地球照样转动，太阳依旧从东方升起，而“二十一世纪设计创作公司”也仍然经营下去。

而且雷贝嘉也名正言顺地坐上了那个总监的位置。事前也在私下征询过承天，你说这个安排怎么样？表面看来好像是在征求他的意见，但他明白其实只是知会他罢了，他只有接受这个现实，因为玲莹明明已经下了决心，想要动摇她的决定，谈何容易？但他还是忍不住脱口而出，不要吊死在一棵树上，你太器重一个人，如果这个人忽然叛变，你就被动了。

完全是一片好心，苦口良药。

玲莹淡淡一笑，我才不怕哩！何况我看她也不是那种人，如果不是她那么为我操劳……

他知道大势已去，如果再说下去，便是不识好歹了。眼下小人得志，这地方还有什么可以留恋的？倘若可以的话……

但不行。我没有朱劲航的魄力。他说，人争一口气。我却认为，退一步海阔天空。反正也不是想要跟什么人争一日之长短。雷贝嘉她要风得风要雨得雨，也随她去吧！虚名有什么要紧，工作却要保住，这是现实问题。冷眼环顾，报刊减价战使得传媒的世界血流成河，短兵相接的数家抛洒金钱做肉搏战，财力不济的只好宣布停刊，刹那间几百个从业人员加入失业大军的行列，侥幸保住饭碗的，还有谁会不知死活轻言跳槽？朱劲航说你太过保守，以你的实力，你竟甘心屈就在那男人婆之下？我真不明白你……

不明白吧，我自己有时也不明白我自己。可是现在风头火势，我又何必惹火上身？

或许是我倒霉，总是遇不到一个体恤下属的老板。那个时候连挂八号风球，邹老板也有些愤愤然，我都不知道天文台是怎么做事情的，这么小的风也说刮台风，准是吃饱撑了，他们！你们也是，一听到八号风球，一个个都高兴得什么似的，抢着要走，公司的东西不用理了？

变态！玲莹从牙缝里挤出了一句，要是有人出了事，那才好玩呢！看他怎么向劳工处解释去！

但是她现在却说，谁叫你们可以不上班了？

不是八号风球，而是黑色暴雨警告讯号。那狂风暴雨，使得街道积水成河，汽车抛锚，行人给水冲走，但玲莹冷着面孔，说，你们几个住得那么近，怎么不来上班？你们看看雷贝嘉，家在沙田，也都风雨无阻赶来了！

他暗叫一声惭愧，一早醒来他根本没有收看电视，也不知道有什么讯号，如果知道的话，他也不会撑着那数次在路上被吹翻的雨伞，淋成落汤鸡上班。他认为，虽然当局并没有明确的指引该不该上班，但"留在原地"的意思，却很明显。

雷贝嘉笑嘻嘻，好在你最后一分钟也赶到了！

他一愣。原来，他踏进公司大门的前一秒钟，玲莹正在到处巡查，那个没到，这个也没到，怎么啦？全世界都自动放假了？什么日子呀今天……咦，赵承天也没来？他这个主任是怎么当的？几步路就不来了？

他听得心寒，总以为玲莹再怎么样，也不会这样待他，哪里料到她真的这般"一视同仁"……

他坐在他的办公椅上下意识地拉开百叶窗帘，只见窗外黑成一圈，那雨为狂风挟持，旋转着跳起无定向的步伐，一阵阵噗噗地打在玻璃窗上，恍惚随时都会破窗而入了。但人在办公室里，有墙有瓦护卫，还是安全如在堡垒里，哪像那些无遮无挡的大树？黑色暴雨下，大树树干塌毁，倒在泥泞的马路边,好像在痛苦呻吟;他路过的时候赶着上班,虽然涌起一丝莫名的感慨,但也只顾匆匆忙忙地绕开而来了。如今回想起来,他才省悟,莫非那是冥冥中的预示:人如果没有自卫的能力,最终也会像这棵大树一样彷徨无助?

可是这个雷贝嘉,为什么会告诉他一些内幕?按理,她决不会站在我这边去说老板的闲话,莫非……有阴谋?

好在也只是听着,在她面前他一直没有什么表情。雷贝嘉还盯着他的眼睛,你难道一点也不生气?

我生不生气关你屁事,八婆!但他没有说出来,只是微笑着径自回到自己的位置上,不见了她的身影,他那挤出来的笑容便立刻消失,并且封冻在历史的冰河里。

雷贝嘉一副无奈的样子,我不是巴巴地赶来那么蠢,只不过我住得远,离开家的时候,那黑色暴雨警告讯号还没有发出……

你爱来不来,就算你每晚睡在办公室,也不关我的事,你又何必向我解释?我还不知道你那德性?但他也还是说不出口,只是说,在这样的气候大老远赶来上班,不容易……

自以为已经语带讽刺了,但雷贝嘉却似乎什么也听不出来,依然一脸的笑眯眯。

其实也是,只要老板看得起,别人怎么看,那都是小事情。雷贝嘉红得发紫,还在乎什么?

在她的内心里,到底想的是什么?他摸不清,正像他也不明白于今白玲莹的心思一样。

那张有如覆盖了一层严霜的脸,令他感觉到虽然就在眼前,却又陌生得好像是天边的寒星。你不要以为别人对你没有看法,你是主任,你自己要做个表率嘛。别人嘴上不说,心里可有想法呢。你不是跟朱劲航很谈得来吗?连他也对你有意见,你怎么解释?

我不必解释。做人但求问心无愧，岂能尽如人意？

最好啦！玲莹摆了摆手，示意谈话结束。

这实在也是一个很艰难的时刻，仅剩的情意已经飘散，甚至连友谊也受到了严重的冲击，他不得不面对现实，是不是在老板与雇员之间根本就不可能存在友情？

其实他并不想把任何事情看成这么极端，当初还是雷贝嘉在下午茶时间对着他和玲莹随口一说，观点与角度都完全对立，我们怎么可能和老板有共同语言？

那时都有共同的抗拒对象，岂知兜兜转转，邹老板一走了之，白玲莹取而代之。但雷贝嘉似乎也并不是不可以与老板融洽沟通的人，甚至连最委屈的事情，她也都可以在玲莹面前哭诉。

她都哭了，玲莹说，其实她完全可以不要那么操心，没有人会像她那么傻的。她折腾来折腾去，还不是为了公司好。你们为什么要针对她？她都心灰意冷了，如果不是我极力安抚她，她早就辞职不干了！

雷贝嘉这样的男人婆也会当着别人的面洒泪？他很想答玲莹一句，那只不过是在演戏罢了！但他明白，此刻说多错多，沉默是金。

这回也真是好心不得好报了，玲莹去了欧洲，雷贝嘉忽然在设计产品上打出“策划：雷贝嘉”的字样，朱劲航跑来找他，将那设计图案一扔，这算是怎么一回事？我看那婆娘越来越不像话了，我再忍下去，就不是男人了！

老板不在，那我们几个就开个会吧！雷贝嘉有恃无恐。

其他几个主任都不吭声，只有他和朱劲航表示反对。他说，一向以来没有这样的例子。雷贝嘉的目光炯炯，老板临走之前同意的，当时你和朱总监都在。

难道我失忆？怎么一点都不记得了？为了谨慎起见，等老板回来再说吧，反正也不差这一个星期了。

是怕出问题，但到头来玲莹却说他们故意刁难，事情怎么竟会发展成这样子？

3

午饭吃得快的时候，承天喜欢到鲗鱼涌公园小坐。懒懒地倚在那靠背长椅上，头顶有遮阳的棚架，他总是有些心不在焉地望着那在球场上奔跑的身影。足球场。篮球场。网球场。

汗流浃背，龙腾虎跃莫非是青春的标志？

他也踢过球，打过篮球和网球。但那已是少年时的记忆了，近些年来不复精力无穷，最多便跑进区域市政局的室内场馆打羽毛球，反正夏天也有冷气，只不过活动一下罢了，又何曾拼命？

本来也已经不想动弹了，但玲莹却一个电话打过来，起来起来，你再不活动，马上就要变成大熊猫了！

虽然已经明显失落，但他不能拒绝她。

即使雷贝嘉也来，但也只好笑脸相迎。

球场大概也是一种人际关系的延续吧？他和玲莹坐在场边小息，看雷贝嘉长扣短吊满场飞奔，玲莹说，她倒矫健，静若处子，动若脱兔……

只怕也是深藏不露，满肚密圈吧？但他没有说出来。

你真该学学雷贝嘉的拼劲，她说，全公司的人，最没有野心的人是你，这我很明白。不过，从另一个角度来说，便好像只是在对付着，没有什么建设性。

他强笑着，廉颇老矣，尚能饭否？

玲莹望了过来，嘴唇动了一下，却听得雷贝嘉道，老板该你上了，早早起来浪费大好时光干什么？

原来雷贝嘉的对手退下冲凉去了。

只剩他一个人观战，那白色的羽毛球平和地在空中飘来荡去，他隐隐感觉到雷贝嘉在给玲莹喂球。这大概也是雷贝嘉的聪明之处？拍马屁也不能太恶心，必须恰到好处，神不知鬼不觉。

这和平球打得毫无可观之处，他的思想不禁开小差。还是足球好看，足球是男人的运动，充满阳刚之气，哪像这轻飘飘的羽毛球那么绵软？

比方那欧洲国家杯赛的电视直播，就不知道抢走了他多少宝贵的睡眠时间。次日肿着眼睛上班，玲莹斜了他一眼，又在捧荷兰队？

捧荷兰队也是自己一个人的事情了，长夜漫漫，他绷紧了的心弦，偶然还会响起一段和声轻飘飘地仿佛从天外无端飘来。

独自坐在电视机前看欧洲国家杯赛，心境有些落寞。看到眉飞色舞没有呼应，看到垂头丧气也无处诉说。他欢呼他叹息，夏日的深夜里，只有那冷气机的轻微响声呼应着他。那末，玲莹确然从他的现实生活中全然隐去了么？

这荷兰队怎么总是在大战前发生兵变？新晋球星戴维斯因为公开批评教练而被即时遣送回国，损失的不是一名中场指挥官，更重要的是影响了军心。玲莹哼道，像这种人，再天才也难以驾驭，弃用是上策。莫非她话里有话？两年前的美国世界杯赛，古烈特因为与教练不和，临阵脱离荷兰队，那时玲莹却表示同情，荷兰队中球星众多，应该有个镇得住的教练才是，比方说克鲁伊夫……

那个时候夜夜与玲莹观看世界杯赛的电视直播，他甚至有些歉意了：累得你要这么陪我！

玲莹在沙发上把身子偎了过来，我陪你你陪我还不是一样，你还分什么呀你？何况我也爱看足球呀！但他心里明白，假如不是因为他，她也绝对不会看得这般迷醉。

还有什么能够比与心爱的人一起看足球更惬意的事呢，在那闷热的夏夜里？当时他以为这也就是一生一世了。哪里想到两年后同样是夏夜，却变成他一个人看足球。

一样的沙发、电视机，还有花生、牛肉干和生力啤酒，但玲莹已经芳踪杳然。

喝一口冰冻的罐装啤酒，喉头怎么会发苦？此仗争入四强，荷兰队与法国队加时后依然踢成零比零和局，必须以互射十二码决一生死。

非常残忍，但这却是游戏规则，必须遵守。

薛多夫射失，荷兰队以四比五被摈出局。

镜头下二十多岁的猛将薛多夫泪流满面，承天的心中也是一片惨然。原来，表现更佳的一队，却未必一定能够获胜，这就是足球，或许人生也是如此这般？

假如尹巴斯顿在阵，荷兰队恐怕早就叩开法国队的大门了！只不过这样假设，已经毫无意义。记录不可以改写，就像法国队守将明明在己队禁区内犯了手球，球证却不判十二码一样，判决虽然错误，但不能推翻。

玲莹笑道，你至今还在捧荷兰队？不行了，你赶快弃暗投明，捧德国吧，德国肯定夺标！

不用她指点，他也明白，这是大势所趋。

荷兰队内部不和，早已经成了"传统"，何况眼下荷兰队的实力已经……

说是夺标三大热门之一，砍了我的头也不信！他也不信。只不过他喜欢荷兰队，并不是基于它能够捧杯，他只不过觉得荷兰队能够踢出悦目足球而已。他说，球王贝利都说了，踢得好的队伍，往往不是夺标的队伍……

管它踢得好不好看，胜者为王败者为寇，只要夺得冠军就是英雄，玲莹微笑着，不信，你试试问问人家，还不是都只记得历届冠军，又有谁记得亚军了？

那倒也是现实，只不过我喜欢一支球队，自然有我的理由，哪能轻易摇摆做墙头草？

话一说出口，他才意识到自己有些借题发挥的味道，不免有些惭愧，幸好玲莹似乎没有听出来，只是摆了摆手，你这个人，就是这么固执，不撞到墙就不知道回头。

我这个人是有些不识时务……

什么不识时务呀？是不是在说我坏话呀？雷贝嘉好像一阵风似地卷了进来。

玲莹拿出一盒饼干，推了过来，一面说，谁有工夫说你？我们在议论热门话题……

你也看欧洲杯呀？雷贝嘉问，我家还没有装上有线电视，逼得晚晚要去南华会天台喝酒看直播。

这个有线电视！他们的线路还没有铺到我那里，有钱想要装，也不可能。玲莹愤愤地说，真霸道！

她那里没有，我这里有。假如时光倒流到那个甜蜜温馨的时刻，只怕她晚晚都会跟他消磨欧洲杯赛之夜，但她并没有，他甚至问都没有问她一声。他觉得做人最要紧的便是自重，万一她回答，我约好雷贝嘉，那岂不是自讨没趣？倒不如什么也不提。

何况，这完全是一种感觉。

假如玲莹她依旧有情，哪能表现得这般冷漠？即使她如今做了老板，不能像当年那样从后面扑过来，搂住他的肩膀说今夜你会不会来，但她也大可以暗示呀。

但并没有，每次说话，虽然嘴上也说，我们是好朋友，但话锋一转，却明显是居高临下的口气。回心一想，这也是不可改变的事实。

这种显然并不公平的所谓友谊，令他感到屈辱。

开始的时候，他也并不是没有过幻想，以为爱情可以战胜一切阴影，哪里想到现实却冰冷无情得多。玲莹外出公干，从外地打长途电话回来，也都是找雷贝嘉，于是雷贝嘉更加以“二老板”自居，趾高气昂起来。

他也以半开玩笑的口气抱怨过，你就不会打个电话给我，哪怕讲一两句也好，你知道我很惦念你……玲莹却说，怎么好意思呢，接线生听得出我的声音。

他悚然一惊，这当然是托辞。那个时候她并不是这个说法，她说，管她呢！难道我连打个电话的权利也没有？

是从机场打来的，在她临上飞机前。她絮絮地说，我离开公司前，特意去你那座位上望了一下，你不在，大概上洗手间去了吧？我突然想哭出声来，万一这一趟我从空中掉下来，我就记不住你最后的样子了！

他紧握电话筒，只觉心口疼痛，眼睛也潮湿了。说什么男儿有泪不轻弹，他不以为然，只不过他也分不清这是因为感动还是因为伤心。

于今他绝望地看着往日似海的深情在淡化，甚至搁浅在都市冷漠的气流中，却无法去追问玲莹一个为什么，他的自尊心也不允许他这么低三下四。

当爱情已经褪色，你不要刻意去挽留。即使去努力挽留，只怕也是无可奈何花落去，毕竟爱情是两个人的事情，只有两情相悦才可以天长地久，一个巴掌哪能拍得响？

你是我心中的痛，这话如今已经成为反讽了，甚至有些肉麻了，但那时玲莹总是咬着他的耳轮这么说。她把手表郑重地扣在他的手腕上，你每天听着它嘀嗒走动，便好像听到我的心跳一样……

这手表至今他还日日随身，也并不是期望有什么奇迹出现，只不过已经习惯了。他一向念旧，连没有生命的东西他也有一种感情。雷贝嘉那天半开玩笑地说了一句，你这表好像用了很久，我一来这公司就见到，以你今天的身份地位，你应该换个"金劳"才得体。他分不清她这是真心话、应酬话还是讽刺，却无端觉得心口在淌血。他勉强地笑了一笑，有人喜欢不断更换手表，但我不是。即使是手表，我想也不是那么冷冰冰，它也有脉搏也有心跳。

你好像话中有话？

他瞥了雷贝嘉一眼，哗！如果你这么说的话，我简直不敢在你面前吭声了，太辛苦了。

更辛苦的不是这冷言冷语，玲莹说，不如开一次主任会议，请大家评一评我们公司的新路向……

雷贝嘉团团抱拳，我想，既然我们要改变形象，不断进取，那就必须破釜沉舟，不能恋旧。这是竞争的社会，有竞争才有进步。如果保守的话，也许风险不那么大，但是很容易被别人超越，结果是被淘汰。

他斜眼望了她一眼，有那么严重吗？但也只能在心底打个问号，他知道不能轻易说话。

玲莹说，刚才雷贝嘉总监都讲了，我们公司可以说正处在一个十字路口，就看我们怎么取舍了。对于我们公司的设计新形象，大家要知无不言，言无不尽。

她的眼光扫了过来，他暗叫糟糕。

如果依他的意见，自然觉得雷贝嘉的取向太过媚俗，他私下也跟玲莹悄悄提过，但玲莹却说，矫枉必须过正，就算是偏一点也没有关系。以前我们也太艺术了，在香港，太艺术太正经会饿死的，你也不是不知道！如果我们公司经营不下去，最惨的还不是你们这些老臣子？

他嘴上说是是是，但内心却哼了一声，你还是不是艺术家了，像你一向所标榜的那样？

玲莹的眼睛潮湿，哑声道，我其实是艺术家脾气，根本当不了老板，一碰到钱我就头疼。可是没有办法，命运已经把我推到这个位置上，鬼使神差一般。

主任们个个低垂着头，只有雷贝嘉说了一句，我们都明白，老板你放心，我们会尽心尽力。

散会之后，玲莹还悄悄问过他，我说的话得不得体？

他笑，挺好，还挤出几滴鳄鱼的眼泪哩。

玲莹叹了一口气，我也不知道，说着说着便很伤感，只觉得我好像要失去了什么一样。

有得有失嘛，这个世界很公平。他说，你也不必太过杞人忧天了，以你的能力，我相信你行。

他当时说的都是一片真心话，而且轻轻松松如话家常。如今回过头来一琢磨，不禁有些吃惊，怎么那个时候心态那么自由，好像童言无忌，换了是今天的话，打死他也不会这么讲了。

果然是此一时彼一时。人哪能拒绝长大？

玲莹点名，赵主任，你发表一下高见吧，带个头……

他一下乱了套，一切该从何说起呢？

他很清楚，假如他批评雷贝嘉的新作风，玲莹大概会认定他不合作；但要他违心地去称赞，却又过不了他自己那一关，他不会口是心非。

你就是太清高了！玲莹把他召进老板室，说。

他辩道，不是为我个人，我个人有什么关系？又不是想要跟什么争一日之长短，输了赢了又怎么样？人生在世，转眼就是百年。我只是怕公司受损，营业额下跌容易，如果想要回升，即使费尽九牛二虎之力也未必可以办到！

你只懂得艺术，不懂得经营。她说，要生存，光靠艺术不行。要是靠艺术能够活下去的话，我何乐而不为？我也是搞艺术的，何必把自己搞得满身铜臭？

他无言以对，只是说，这个公司如果到最后只有一个人支持你的话，那个人就是我了。

话一出口，立刻便觉得有些恶心。已经到了这般地步，自己又何必这般表示忠心？凡事都只能藏在心里，不能出口，一出口就俗，就有献媚的味道，到头来我赵承天也是个逢迎之辈，只能让人看不起……

但玲莹缓缓地应了一句，我相信。

是真信还是假信，他也无从考证了，而且他已经感觉到玲莹渐渐变得那样飘忽，不可捉摸，如果是以前的话，他说这样动情的话，她肯定会投怀入抱，但现在并没有，她只是十分矜持地说了一句，我相信。就好像是简短的判决语一样，有居高临下的味道。

朱劲航冷笑着对他说，也就是你这么苦口婆心了，有什么用？你以为你是一片好心，但人家可能觉得你不知好歹。我告诉你呀，我看这个白老板越来越像那个邹老板了，连行事方式和口气都是！只不过一个是男的一个是女的……

他吃了一惊。也并不是他缺乏观察力，只不过他不愿意去比较，他的内心抗拒第二个邹老板，尤其不愿意玲莹会成为她自己以前也极为厌恶的邹老板的影子。

玲莹偏偏又在发脾气，怎么那么多人都迟到？简直就没有制度一样！从明天开始，打钟卡一过上班时间五分钟就收起来，看看他们怎么办！

看来，权利真的可以把一个人慢慢腐蚀掉。

朱劲航举起杯子，人就是这个样子，你还看不透？等你做了老板，只怕你也不会和我坐在这里喝酒了！

4

已经活了这把年纪，依旧孑然一身，夜深人静的时候思前想后，他有一种悲从中来的感觉。

朱劲航拍了拍他的手背，男人四十一枝花，你才不过四十六七岁，只要你愿意……

也许这也不是纯属安慰而已。

男人到了这个年龄，只要保养得好，加上有气质，依然有魅力，但是女人到了这个年龄……

姓白的？只怕也是到了更年期吧！朱劲航带着些微的醉意，望着手上的酒杯，我看她的行事方式越来越怪，越来越不可理喻，根本不按常理出牌！

玲莹刚接手做老板的时候，公开的头号重臣是朱劲航，秘密的第一手下却是他赵承天。玲莹絮絮地对他说，不要介意，我必须借重朱劲航。

他笑了一笑，怎么会？我根本与他无争。

她掐了一下他的手臂，不许吃醋！

莫非我说话的腔调变得有点酸溜溜？

他连忙郑重地说，我哪里会那么小器？何况这是你做老板的权力，我不至于那么蛮横。

有时也真不知怎么说你才好，你什么都不在乎，淡泊得几乎叫我怀疑你无欲无爱了，如果我不清楚你在床上那样勇猛的话！

他耸了耸肩膀。性格是很难改变的，要我像雷贝嘉那样出位，我做不到。只要自己有本领，又何必这般张扬唯恐人家不知道？有麝自然香。

但他终于明白，这种想法，清高是够清高的了，但并不实际，最实际是让老板开心。朱劲航说，你真是后知后觉，连我也早就清楚这一点，你却一直那么低调。低调在老板看来便是无用的别称。

朱劲航是玲莹的左右手的时候，也是一天到晚围着她陪着笑脸。

你怎么会栽倒在那个男人婆的手上？他问。

我觉得我自己已经够厚脸皮的了，在老板面前，朱劲航啜了一口啤酒，但是比起那婆娘，我简直算不上什么。如果说我朱劲航脸皮厚的话，那她就是厚颜无耻了。

即使朱劲航在跟白老板谈事情，雷贝嘉也可以直闯老板室，连一声对不起也没有，便插了进来。

他也有过不少次这样的经验，本来以为雷贝嘉临时有什么紧急的事情请示老板，哪里料到根本无关紧要，而且不是三言两语，他甚至有过在一旁坐半个钟头冷板凳的经验。此后只要看到她插了进来，他便起身离去。

玲莹却不高兴，私下对他说，你也太没有风度了，连招呼也不打,便扬长而去。

他辩解道,其实是她先不尊重人,一次是这样,两次也是这样,倒好像别人说的是闲事,只有她一个才最重要。而且也许她跟你说的是公司业务机密,我在场,也不大方便,我要有自知之明。

也并不是信口胡说,他有他的根据。

雷贝嘉把玲莹拉到一边,压低声调叽叽咕咕不知说什么,他愣在当场尴尬得不知怎么办才好。他明明发觉到雷贝嘉的眼神闪烁,仿佛生怕他听到什么片言只语。

他那时还以为人间有真情,摇着头对玲莹说,她那么神神秘秘的,叫我很自卑。

玲莹瞥了他一眼,有什么秘密?你别太敏感了。老实说,如果有秘密的话,我怎么会瞒你?

但愿她说的是真心话。不过知道那么多的秘密有什么好处?我又没有偷窥欲。只不过一看到雷贝嘉那种自以为高人一等的嘴脸,他就打心底厌恶。那双狡猾的眼睛从眼镜片后面闪呀闪的,有如鬼火,说得好听是神神秘秘,说得不好听就是鬼鬼祟祟了!

如果只是这样的话,只怕那婆娘也不容易把我挤掉,问题是她可以上班下班日日夜夜缠着老板,我就不行。她是女的,我是男的,不方便嘛,有的时候。朱劲航说,她无时无刻不在白玲莹耳畔吹风,听得多了,那个白玲莹又不是圣人,岂能不心动?我虽然是男的,当初我的条件什么都比雷贝嘉还好,枕头状最容易起作用的了,只不过那时太天真,不屑去说任何人的坏话,包括雷贝嘉的坏话。他总以为以玲莹的聪明,哪能分不清是非曲直?

但当他惊觉的时候,雷贝嘉已经当着他的面,公然对玲莹说,老板,我今天加班要加到很晚,可不可以到你那边的客房睡一晚?

他当然不愿意,但不能出声。玲莹却已经爽快答应,

OK。

假如雷贝嘉以后动不动便这样，那不是会造成很大的不便？

玲莹却说，人家住那么远，为了公司加班，我怎么能够拒绝？

他没有说出口的一个心理阴影，是雷贝嘉的同性恋爱好。倘若说出来，他心里会舒服一些，但是玲莹可能会发怒，你这么说，把我当成什么人了，就算你不相信她，难道你连我也不相信？

如果再说下去，只怕就会顶嘴了。

有人说情人间小吵是情趣，但他不愿意。他觉得，吵起嘴来，说不伤感情，那是假的。所以，一看到危险信号，他宁肯沉默。

并不是认输，只是信奉退一步海阔天空的说法，尽管他的心理其实也常常不平衡。

何况他不愿意当面伤人，特别是不愿意当面让玲莹难堪。每当他看到别人下不了台，他总是设法去找台阶给别人下，这倒并不是他善良，只不过是他不善于应付那种太过剧烈的场面罢了。

他以为玲莹也是怀着同样的心思待他，是她成为老板的那个晚上吧，他们在跑马地一家意大利餐厅吃饭，烛光闪烁中，他可以窥见玲莹兴奋得发亮的面孔。他期望着她在饭后说一句，上我家去吧！但是并没有。

这让他极度失落，因为这是他们相处以来，玲莹头一次在共进晚餐后没有什么表示。

他甚至提醒她似地说了一句，我送你过海吧！

她却说，不用，你早点回去吧。

说着便跳上的士，把他留在夜的街头。

回到家里他心神恍惚，终于忍不住拨了个电话，但那铃声长鸣，一声声似在空寂的房间里游荡，她还没有回家……

那晚他失眠了，翻身坐起，扭开台灯，心潮汹涌，他匆匆摊开一张信纸，写了几个字："我和你相识于微时，如今你已高升，只要你说一句话，我会马上走开。我绝对明白，你也该会明白我。"

次日他红着眼睛上班，觑了个机会，便把纸条塞到玲莹桌上，转身急步走开。

玲莹的声音在背后响起，什么事呀你？

但他头也不回地走了。

玲莹叹了一口气，你这家伙怎么这么敏感？我这新搬的家刚装修，很乱，我希望等到完全安顿好了才让你上去，让你看看我一个全新的家……

后来她真的叫他去了，但他却一直弄不明白，玲莹那话是真心还是假意？这疑团越到后来越使他困惑，而在当时，只要玲莹依然接纳他，他也就不愿再胡思乱想了。有时候他也会觉得，自己的要求其实并不苛刻。

但人生常常要随缘，哪能由得自己？

是一种眼看着夕阳向西面滑落却又无力阻止的心情，明知自己只是个凡人，他也就不再作何幻想了。

玲莹的热情，明明已经从高峰中滑落。其实那种情意的浮沉，不必言语出唇，只须细阅那眉眼之间的密码，便可以慢慢解读出来。

玲莹的表情淡然，即使有笑容，也已经变得十分之公关，并没有一丝的热情……

她解嘲似地说，很累……

活在这个世界上，谁不累？但累并不能够成为淡然的理由。在邹老板手下做牛做马的时候，难道就不累？而且提心吊胆，说不定什么时候他心血来潮，便把哪一个人叫进老板室去训斥一顿。如今没有人会骂她的，只有她去骂人。

你都不知道我的压力有多重！她刚当老板的时候，曾经絮絮地这样说。

自然她现在什么也不会对他说了，只是有时会对别人以恨铁不成钢的口气说，赵主任其实只是对付着我，他知道我跟他是朋友，又不能把他怎么样……

那话语辗转传到他的耳中，令他气得几乎吐血。但他又安慰自己说，又不是自己亲耳听到的，或许有人在玩弄办公室政治也说不定，目的在于挑拨离间。

只因为突然与玲莹在廊道遭遇，她脸上依然挂着笑容，甚至拍了他的肩膀，你早……

也只不过是一种极普通的动作罢了，此刻却叫他满怀感激，无论如何，玲莹不会那样绝情。

他怀念的是在公众面孔之外的白玲莹。

多几分血肉，多几分热情，多几分真意，他认定那才是最真实的女人，毫无矫饰的味道。

没有想到她也有病倒的时候，在电话中声音暗哑，我起不来了……

他吓了一跳。

回到公司，瞟着她那空荡荡的座位，他悄悄地打了个电话，但铃声响了很久，也没有人接听。

心益发混乱起来。

好容易捱到下班时间，他叫了一辆的士直奔尖沙咀，为的是抢在阿美的前面。

那时，玲莹和阿美合租一间屋子。

他在楼下买了两碗皮蛋瘦肉粥，又抱了一个西瓜。玲莹把他迎进她房间里，你吃什么？

陪你，喝粥，他说。

一个大男人，喝一碗粥，哪里饱得了？她的眼波温柔。

他笑，一会你就知道我的厉害。

仔细端详，玲莹的精神似乎不差。他说，吓了我一跳……

我上午去打过针，睡了一觉，不然的话，怎么来侍候你？

谁要你侍候我！他把她扶到床上，盖了被子，今天应该由我来侍候你才对，OK？

喂她喝粥，切西瓜给她吃，连自己都觉得有些肉麻，不过他心里却溢满了一种甜蜜的感觉。

不知道怎么一来，他便也钻进了她的被窝，正自缠绵难舍，突然便听到敲门声。

是阿美的声音，他立刻疲软。

玲莹一手掩住他的嘴巴，摇了摇头，示意他不要出声。

只听见阿美喃喃地说了一句，病了还出去？

好在没有开灯，他压低嗓门在她耳畔说。

就算是开了灯，我不应门，她也没办法，玲莹悄声说，难道她可以撞门闯进来？

满室黑暗，玲莹撩开窗帘一角，对面的霓虹灯光闪闪烁烁地透了进来。

在这都市华灯初上的时分，他知道他暂时给堵在这房间里，也不知道什么时候才能溜出去。

玲莹抱住他的头，那有什么关系？大不了你今晚就不要走了，又不是第一次……

那个周末晚上去"利舞台"看松坂庆子主演的日本电影《火宅之人》后，玲莹说，你跟我走吧。

他的心一跳，不由自主地望了她一眼。

跟她一起度过那春夜，当然求之不得。在心跳之余，他又有些犹豫，有阿美在呀……

她说，那好办，迟一点回去就可以了。

坐在餐厅里喝咖啡，眼看快午夜了，玲莹跑去打了个电话，回过头来对他说，走吧！

电话铃声响了四下，没有人接听，她说，我立刻放下，按我的经验，阿美肯定睡了，不然的话，她早就接了。

开了铁门，也不亮灯，蹑手蹑脚潜入她房间时，还在客厅撞翻了一张凳子，阿美睡意朦胧的声音懒懒响起，是你吗？玲莹？这么晚……

她赶快开了自己的房门，一手将他推了进去，一面应道，是我，对不起，吵醒你了……

他悄声对她说，太惊险了，好像在拍侦探片。

我都不怕，你怕什么？

女人比男人大胆，男人中看不中用，我承认。

算了算了，这是我的地头，你不熟悉，当然紧张。想上洗手间你现在就赶快上，不然的话就要忍到明天。

那我岂不是成了“火宅之人”了？他摸了一把她的头发。

你以为你很有艳福？赶快上床吧！

突然惊醒，电话铃声在客厅里震天动地轰响。过了一会，阿美便趿着拖鞋踢踢踏踏过来敲门，叫道，玲莹！台北长途，快！

玲莹一跃而起，披上睡袍而去。

他听不见她说什么，放下电话她回来，真邪了门了，平时又不见他在这个时候打来，你两次在这里，他两次都在清早打过来，也没什么事情……

他嘴上应着是吗是吗，心里却莫名其妙地打了个突。

莫非在冥冥中这预示着一点什么东西？

他很想开口问她，都说了些什么，但又觉得那到底好像有窥探人家隐私的味道，除非她自己主动告诉他，否则他又何必给她以“小男人”的印象？

回到床上她依旧蜷缩在他怀里，只不过他的心境已经有了异样，再也没有夜来那么踏实了。玲莹虽然闭目好像睡了过去，但他也总以为她其实是醒着。

难道这便是貌合神离的先兆？

如果可以这样继续下去，他也不计较。跟玲莹纠缠了这么多年，他也知道她最初的激情已经殒落，但他并不在乎，只要她仍然爱他，他也并不苛求。

是一种惯性，或者是惰性吧？

就像他在这家公司做了八年，从来也没有动过跳槽的念头一样，说得好听就是念旧，说得不好听就是无用了。这些年偶然在街头上碰到疏于联络的朋友，他们劈头也总是问："还在那家公司呀？"那笑容似乎也有些鄙夷。

也并不是没有机会另谋高就，而且条件极好，但他也没有动过心。做生不如做熟，他说。

朱劲航离去不久，也曾经游说过，我这里需要一个助手，其实就是代我全盘策划，有职有权，工资也比你现在高很多，你过来吧，大家合作这么久，我看好你……

但他不为所动。玲莹刚刚当老板，他不能那样没有义气，在她最需要支持的时候离弃她。他不是没有觉察她的态度有某些微妙的变化，但他总是不肯往坏处想像。

你做了这么多年，也该转一转环境了，朱劲航盯着他的眼睛，一个人在一个公司呆得太久便会油了，不是呆掉便是傻掉，哪里还会有什么创意？我是不忍心眼看着你的才华得不到发挥，慢慢萎缩了。

他也清醒地知道，仅仅是为了避嫌，玲莹也不会重用他。懂得自己应该处的位置，他倒也不计较，何况他觉得朱劲航挖他过去，只不过是为了报玲莹的一箭之仇罢了，他不能充当人家争斗的筹码，何况对方是玲莹。

宁可她负我，我决不可负她。

朱劲航摇了摇头，抗战也才八年，你有几个八年？

5

坐在利舞台广场十六楼的"大舞台"京菜馆里，隔着落地玻璃窗，铜锣湾的夜色在霓虹灯下闪烁。

“二十一世纪设计创作公司”已经成立十周年，今晚的庆祝晚宴，是白玲莹大展拳脚的讯号吧？衣香鬓影，欢声笑语，承天也堆下笑脸招呼客人，但心里却有些落寞。

几天前，玲莹就在公司里宣布，主任以上人员要早到一小时，接待客人。

胸前挂着红条，也就是迎宾啦！

他总觉得，世界上最无聊的事情，恐怕就是诸如此类强颜欢笑的工作了！跟那些素不相识的人说句欢迎欢迎久仰久仰，简直有如对空气自说自话，但他却不能不这样做。即使是落座以后，也还要左右逢迎。

其实这种场合，绝对是雷贝嘉大出锋头的机会。

她做司仪搞气氛，也的确有她的本事，全场活跃，逗得玲莹笑得合不拢嘴。

玲莹也曾问过，你行吗？

当然不行。假如我可以这么放得开的话，那我也就不是赵承天了！

此刻他却不能不佩服雷贝嘉，不管怎么样，不是人人都可以这样收放自如，甚至当众拍老板的马屁也不怕人家笑话，大概这就是勇者无惧了。

他只能在他所在的那一桌招待并不认识的宾客，起筷起筷，大家随便……

把一块烤鸭沾上甜酱，再拿两片葱，用烙饼包上，咬一口，满嘴流油，忙用湿毛巾抹一下嘴；有些狼狈，但思想刹那间开了小差。最近一次跟玲莹撑台脚，就在太古城中心北京楼吃北京烤鸭，屈指数来，也怕是一年前的事了吧？那晚她显得有些仓促，刚吃完就说，我先走了……

她说去接机。他应了一句，我陪你。她摇摇头，他待要再说什么，她已经急步走掉了。

直到今天，他心中仍然无法破解这个谜团。也不是没有冒起过追问谜底的念头，但终于还是放弃了。如果她愿意告诉他的话，当时恐怕也就说了；既然她不说，问了恐怕也未必说真话。

有时候什么也不知道，可能比什么都知道要幸福很多。

莫说人心变幻，连香港也是沧海桑田。

比方这利舞台……

那年晚上跟玲莹在这里看过《火宅之人》，但是那古色古香的利舞台，终于也给拆卸，重建成现代化的多层商业大厦利舞台广场。

当消息传出，他叹了一口气，最后的艺术舞台，也终于不保了！玲莹却不以为然，这是社会发展的规律，利舞台生意再好，观众席位也就那么一千来个，数目有限，能够赚得了多少钱？

他愕然。

不久前"碧丽宫"电影院停业拆卸，玲莹明明惋惜不已：以后再也找不到一家这么高级这么舒适的高档电影院了，商业全面侵蚀，文化全面退却……

他不能忘记他和她一起看的第一场电影，便在碧丽宫放映。

但那时玲莹是受薪者，这时却已是老板。

那个晚上，他特意约玲莹去看《情迷血玛莉》。

这是碧丽宫的最后一夜，看完这最后一场电影，碧丽宫便要退进历史的一页。看电影只是一个形式，他的目的是想要告别碧丽宫。

散场后果然便成了怀旧之夜，男男女女依依不舍，有的千方百计随手拿走一块什么东西做纪念品，有的三三两两在大堂拍照留念。他什么也不做，只是拉着玲莹的手在人群中游走，心为一种离愁别绪所笼罩。

碧丽宫既然不可避免地要湮灭在滚滚商潮之中，他觉得再留下什么做纪念也无济于事了。

最好这时就在大堂播送一曲《友谊万岁》，作为这最后一夜的告别仪式……

怎么舍不得，也终究要离去，时光无情，碧丽宫最后一次关上了大门。

走出电影院，回头看着那《情迷血玛莉》的海报已经撕烂一角，在夜风中瑟瑟地抖动。

他与玲莹对视了一眼，没有吭声，但他却读出了她眼神中流露出来的悲哀。

甚至连他握住的手，也有些冰凉。

曾几何时她却不再在乎这种商业现象，面对利舞台的消失，她淡淡地说，很正常呀，有什么值得大惊小怪？

从此，碧丽宫便划上了休止符，那独一无二宽敞舒适的沙发式椅子，连同那温存的梦，也都已经随风飘去，只剩下眷恋时光的记忆，当他走在烦嚣的闹市中忽然便涌现出来：是不是文化绿土在节节败退，甚至连利舞台也不能独善其身？

猛然醒觉，眼前雷贝嘉正在笑嘻嘻地说，现在颁发本公司长期服务纪念奖，也就是老人奖啦……

全场一片哄笑声，他有些耳热。

八年了，抗战也只不过八年，回顾这八年，哪里又有什么山河岁月的印象，年华却已经不可避免地老去，连利舞台也融入"广场"的洪流中，莫非这就是香港快速社会节奏的步伐，任谁也不可抵挡？

第一块长期服务纪念奖牌，落在他手上。

他从白玲莹手上接了过来，笑容满面地握手，还要面对着镜头，很有些表演的味道，却无可避免。

这是不是也是他人生道路上的一张经典照片？

路漫漫，回首赫然已经情隔万重山。

不如归去……朱劲航喟叹着说。

承天也未尝没有心动，只不过他并不是冲动派，不会立刻拍案而去。朱劲航说，那婆娘专政，白老板又听她的，你的江湖地位不保，还恋什么栈？

找一碗饭吃罢了，我与世无争，人家有风驶尽帆，那是人家的本事，我还是走我的独木桥。

咦，你什么时候变得这么潇洒了？朱劲航哼了一声。

他当然觉察得出那话语里的挑拨味道，只不过不去说穿罢了。哼,我才不上你的当哩!

其实,男人像你这般年纪,正是最好的年华,朱劲航又说,精力仍然旺盛,经验又丰富了,一般的“靓仔”,怎么可以跟你比?

这话说得中听。但他还是忍不住追问了一句,你这么说,是不是特意来安慰我?

朱劲航大笑,你难道怀疑你自己的判断力?不信你想想看,连女人都行,男人更可以了!

可是,现实是,香港越来越年轻化,男人一过四十,连当看更都未必有人请,你又不是不知道!他们身无一技之长嘛,人跟人不同,怎么能够相提并论?朱劲航斜了他一眼,你看看人家宫雪花,都四十七岁了……

那倒也是,如今城中谁人不知宫雪花?

只不过也不是所有的女人都是宫雪花。

那就要出位①啰!朱劲航竖起食指,指了指他。我怎么出位?既没有美貌,又没有智慧,更没有身材,只有年纪可以跟她相媲美!

我不是要你去依靠色相,男人嘛,只要做个叻人②就可以飞黄腾达。

你要我去做阿叻?我又不是演员,也没有那个本事。

行行出状元嘛,朱劲航说。

朱劲航喝了一口啤酒,这里的争斗,不关我的事情,我是为你着想呀,老兄!依我看,你在“二十一世纪”的前程也就是这样了,除非没有雷贝嘉那个婆娘了,不然的话,你只怕永远要屈居她之下。

本来也只是朋友一场,他给朱劲航饯行,不料又旧话

---

① 出位:粤语,冒出头。

② 叻人:粤语,有本事的人。

重提。不过不提这些人事又提什么？他们两人最有共同感受的，只怕也就是白玲莹和雷贝嘉这两个具体的人了。

说什么现在是二十世纪末，眼看就要跨入二十一世纪了，到头来连自己这个主任的位置，也未必能够保住，令他心中满不是滋味。

可是玲莹却总是用居高临下的口气对他说，我可不像别的老板，动不动就骂人。我也跟你急过，那不是骂你，只不过我心里急呀！

又不见你对雷贝嘉那样？

玲莹对雷贝嘉简直就是言听计从，大势所趋，他也不想再说什么，免得讨嫌。

这也是保护自己的一个办法，朱劲航拍了拍他的肩膀，我理解。不过，男子汉大丈夫……

男子汉大丈夫就不用吃饭了？为了生存，有时也必须委屈求全，只怪自己当初瞎了眼……

而且不会拍马屁。

玲莹要打"大哥大"，雷贝嘉立刻给她拨号码，然后将电话递给她。玲莹的一绺头发滑下，掩住她的半边脸，雷贝嘉立刻伸手，给她拨了上去。

他看着就觉得恶心，但他不想告诉朱劲航，这些婆婆妈妈的琐事，说出来只怕也会损了自己的清高声誉。假如人家一句你吃醋呀塞了过来，岂不是自找难堪？

抽奖过程中，雷贝嘉努力制造气氛，席上笑声此起彼伏，只有他笑不出来。

却听见白玲莹十分欣赏的口气，雷贝嘉是我们公司的全才……

6

春茗之后拉队去唱卡拉OK，他避无可避。

所有的主任都去了，他哪里有力抗拒？

朱劲航说，你何必委屈自己？

可是人总不能什么时候也都由得自己的性子，即使心里一百个不愿意，有时嘴上也要说OK。

人人兴高采烈，贵宾房里个个争着演唱，大概在心底深处，谁都有强烈的表现欲吧！

雷贝嘉翻着本子挑选歌曲，一连预订了好多首，男男女女，一个个鬼哭狼嚎，荒腔走板，但却自得其乐。想想也是，反正又只是自唱自娱，又何必认真？何况这恐怕也是一种松弛、一种发泄。

唱就唱吧，大合唱中，《鸳鸯蝴蝶梦》也分不清是你的嗓音我的嗓音还是他的嗓音了。

雷贝嘉说，《苏州河畔》，我跟老板合唱。

轰然叫好声。他斜眼看了雷贝嘉一眼，果然勇者无惧，在众人面前也照拍不误。

那只不过是自我感觉罢了，朱劲航说，你的心理障碍太多，有时读书太多会害死人。

他不以为然，那婆娘读书也未必读得比我少，但她就可以挥洒自如！

这就叫做修行在个人。朱劲航摸着酒杯底，兰桂坊的夏夜已经渐渐深了，不时便传出男男女女的几声浪笑。你的功力不够，其实，如果你想开了，当别人都是透明的，眼中只有老板一个，可能你的心态就会自由得多。

这一年来，你好像长进了许多，他不知道羡慕还是不以为然，以前你虽然也会逢迎，但却是适可而止，想不到你现在也从俗了……

人越老越世故，朱劲航说，哪能总是血气方刚？也不知道是不是移民在即，对于香港的人事反倒看得淡然了，这个朱劲航说话也不再那么偏执了。大概这就叫做站着说话不嫌腰疼……

今夜只有卡拉OK,无舞可跳。

其实他也未必喜欢跳舞,只不过是一种心情而已。拥着心爱的人,踩着那节拍徐徐移动,便有一种合拍的感觉。滑翔万里终于回到起点,原来划过的是个圆形的轨迹。

眼下就算有舞池,只怕他也不会下场。

玲莹虽在,但她已不复当日的温情。何况她成了老板,只怕个个男士都会趋前弯腰邀舞,他不会去凑这个热闹,在这种场合充当配角的滋味,并不好受。

最好就像在这卡拉OK贵宾房里一样,灯光昏暗下,缩在一角,任思潮像野马一样奔腾,无拘无束。

也真没有想到卡拉OK可以这般风靡香港,朱劲航哼道,那有什么值得大惊小怪的?香港的节奏这么快速,人人都要找机会松弛一下啦!何况人人在本质上都是喜欢自我表现的啦,卡拉OK便提供了这样的条件。

那也是实话,连五音不全的人,也可以自我感觉良好霸住扩音器当"一夜歌星"。

这世界需要的是出位,不是节制。

出位。包装。如今连流行作家也明星化了,从地铁车厢到报纸头版的广告,也都涌现男男女女的玉照。

一式的年轻。一式的新潮。一式地睥睨世界。

流行作家怎么越来越像流行歌星了?

这就是市场规律了,朱劲航说。

商业社会不需要艺术,只需要商品。

你也不要太过酸葡萄心理,朱劲航把一口烟喷向天花板,人家有人家的本事,你未必做得到。

那倒也是,即使我想要把自己商品化,推向市场,也首先必得自身有商业价值才行,不然的话,又有哪一个老板愿意冒着包装宣传费血本无归的危险?毕竟这是一盘生意……

一年一度的香港书展,看上去人头涌涌,他听到电视新闻报道之后，以为香港文化风气也未必像一般人想像的那么差，于是他便向玲莹建议，我们的设计路向，也可以向高雅化发展。玲莹只是应了一句，是吗？雷贝嘉立刻插嘴，赵主任，你只知其一不知其二，挤破玻璃门是真的，但他们为的是抢购漫画书，而不是其他什么高格调的书！

他顿时语塞，原来是自己一厢情愿。

他感觉到，就算是自己左冲右突，也无法逃离这商业巨网。

朱劲航说，你毕竟不是赵子龙……

他无话可说，唯有低头喝闷酒。

算了算了，我只是跟你胡说八道而已，朱劲航拍了拍他的肩膀，以前我鼓动你抗争，现在却要改变主意，劝你忍耐。到处杨梅一样酸，也许也有甜一点的，只不过不大容易找到，要看你的运气。

老板与雇员的角度不同，许多事情都很难想到一块去，利益冲突嘛，他明白。他所难以接受的，是白玲莹由情人向老板的角色转化。

只不过他不能对朱劲航明言。

难道他可以说，白玲莹曾经是我的……

也不是没有过把心一横的一闪念，在他感到极端被伤害的时候，就像在电视节目上看到的那样。

那个名叫休伊特的男人，大谈与戴安娜的情史。

镜头下眉飞色舞，大概觉得自己已经成为天下男人羡慕的对象吧？

白玲莹太过无情，假如我也仿效这个骑术教练，只须将她写过的无数的情信中随便抽出一封，公开出来，看她还怎么能够立足。

恶向胆边生，却又立刻骇住了他自己。

果真如此，我赵承天岂不是跟这个小男人一般货色。

休伊特向传媒出卖他和戴妃之间的秘密，理由再冠冕堂皇，也都不能掩盖贪图巨额金钱报酬的事实。我如果也将玲莹的情信公诸于众，泄愤是够泄愤的了，但岂不是使自己变得很猥琐？

戴安娜只能怪自己没有带眼识男人，我赵承天不想人们在哗然之后也指着我的背脊说，这个男人真可怕……

其实他也只是自我发泄罢了，那些珍藏的情信，他甚至连再翻读一遍的勇气也没有，只因为他不愿再去触痛那些已经慢慢结痂的伤痕。

无论如何，他都曾经和玲莹真心真意地相好一场，度过了一段十分美好的时光，即使后来的发展令他痛心疾首，他也不愿意再去非议什么。

也许我和她之间也就只有这么多的缘分，上天注定，不能强求……

他愿意就这样守护最美好的记忆。

玲莹大概也是一早就摸准了他的个性，知道他决不会那样下作，因而有恃无恐。

宁可她负我，我可不愿负她……

重回现实，已经是雷贝嘉的声音，赵主任来赵主任来！

玲莹加上一句，整晚就你没有开金口……

他看了看电视屏幕打出的歌名，是《无言的结局》。他讪讪地说，是男女对唱……

雷贝嘉把麦克风塞过来，管他呢，你一个人包了！他迅速地瞥了玲莹一眼，那旋律已径自滑行，他张口赶上拍子一唱，惊觉时出唇的竟是：也许我会忘记，也许会更想你，也许已没有也许……

## 7

闹钟惊天动地地响起，承天挣扎着起身。

突然间便天旋地转，他重新躺下，怎么搞的，难道我病倒了？

昨晚明明还是生龙活虎，一觉醒来，怎么会变成这个样子，事先好像一点征兆也没有？

人有旦夕祸福。

一向以来他的身体强健，这时才明白，一个人病倒，没有人照顾，原来这么孤寂这么辛苦。

冷气机嗡嗡响，太冷了吧？一摸额头，却是冷汗。连冷热也都分不清楚了。

哪像冬天里，赖在被窝里不愿爬起来，冷得有滋有味。

但也总不能不起床。

朦胧灯光下，桌上摆着一瓶法国红酒。

玲莹把它倒进两只高脚玻璃杯里，一杯在手，另一杯递给承天。这是1990年的产品，这一年法国葡萄收成好，酿成的红酒特别有味道……

他闻了一闻，果然香醇得有些醉人。

醇酒。美人。今夜醉卧香闺……

不论他如何冥思苦想，也总是记不起最后一次和玲莹上床，到底是什么时候的事情了。有时他甚至有些后悔，为什么没有把那个日子牢牢记下来呢？

但是那时哪里又会想到，柔情蜜意万般怜爱，原来已经在分手的边缘滑翔。

只是不知道到底她当时也不自知，还是蓄意做戏？他只记得，那个冬季很冷，气温跌至摄氏六度，他们赤裸着相依偎，玲莹还喃喃地说，你的身体很烫，冬天抱着你，感觉十分温暖舒服……

他怎么也没有料到，这温馨浪漫的夜晚，竟为他和玲莹的温柔缠绵划上了句号。

玲莹的表现，也并不是一百八十度大转弯，但在眉眼言语之间，却恰如其分地令他接收到一种冷漠的讯息，以致在他的心里横亘起一道鸿沟。

那个在他怀中千娇百媚的依人小鸟，已经远走高飞，有时她的眼睛望了上来，锐利如鹰隼，令他有一种被震慑的感觉。

纵然玲莹投怀送抱，只怕他今日也不会动情了。他需要的是真情，而他明白那情势已是今非昔比了。到底这世上难得有这般潇洒的男女。

分开之后，双方不出恶言，已经是很不容易的了。

玲莹也并没有出恶言，她甚至好像忘却了曾经有过这么一段情与爱，神情漠然。承天有时甚至宁愿她埋怨他，以证明他的存在，但她没有。夜深人静时分，他辗转反侧，难以入眠，活色生香的白玲莹便会赤裸裸地重现在他的脑海里，只不过当他认真起来，才知道幻想扑空；夜籁中，除了一己，哪里还有什么对手？

于是他便从高潮中骤然跃下，回到现实，又不由得自轻自贱，白玲莹已经成了过去式的女人，你赵承天怎么还像孔雀东南飞，五里一徘徊？

玲莹于今完全是官式腔调，动不动就带着训斥的口吻：……我说过多少次了……

不管是对还是错，他也只有垂首不语。

问题很简单，只要他强口反驳，他们之间最后维系的那一线关系，只怕就会绷断。

他万万料想不到，情到浓时自转淡的滋味竟会这般苦涩，但却只有打落牙齿和血吞了。

除了忍气吞声，还能够怎么样？

玲莹刚刚坐上江山的时候，曾经笑嘻嘻地对他说：……有人说我变了，你说说看，我是不是变了？其实他心有这样的疑惑，但要他直截了当地说出来，又觉得于心不忍，只能说，没有。你不会的。但后来玲莹却变得振振有词了：……说我变了，废话！香港城市面貌日新月异，事情都在变，人怎么能够不变？角度也不同嘛！

他将她的这句话视作一个讯号。

尽管有时他也会暗自寻思,男子汉大丈夫,何必那么敏感,自寻烦恼?然而他又不能不放下颜面,不顾一切勇往直前。听话还是听音呢!如果不给自己留下回旋余地,难道真要撞到墙上才回头?

原来,隐藏在他内心深处的恐惧感,就是白玲莹会当面明明白白地对他说:我们分手吧!

他总觉得人心不会太邪恶,尽管此情不再,玲莹即便不会关照他,也总不至于排挤他;哪里料到她竟会摆出一副铁面无私的样子,明明不是他的过失,她也当众黑着脸,赵主任,你怎么搞的?

本来他以为那些传言都不足为信,但此刻他也动摇了。不相信玲莹会在别的同事面前说我的不是?我凭什么呀我?她在那么多人面前都这般不给面子,更何况在我的背后?

他的心中无比悲凉,假定是在邹老板时代,只怕他早就出口反驳了,但面对白老板,只好哑忍了。

那就是默认啦!朱劲航说。

男子汉大丈夫,不跟女人一般见识!他哼道。

算了吧,不要打肿脸皮充胖子了。朱劲航微笑。

你只知其一不知其二,你只知道她公开这么奚落我,却不知道她曾经是我的……

但他也只是这么一想,当然没有讲出口来。

他才不想去做个休伊特式的男人。

爱情既然已经荡然无存,他宁愿把那一切最美丽的回忆埋葬在心底,成为自己当初激情的陪葬品。

假如彼此能够继续互相尊重,至少可以跳过那尴尬的历史片断,重新建立一种新型的关系,但这必得依赖双方的诚意。

他不想率先破坏那美好的记忆,但玲莹却跟他似乎不一样。

那天晚上百无聊赖，他躺在床上胡乱翻看古龙的武侠小说，掩卷闭目沉思，蓦地一惊，最不危险的地方最危险，那末，最亲密的人是否最疏离？

玲莹的神秘，他知道得太多了，而且他手中还有一把玲莹写给他的情信，火辣辣的。休伊特手上只有四十七封戴安娜给他的情信，我却有超过一百封她给我的情信，会不会因为如此，便成了玲莹厌恶我的潜在原因？

假如不幸而言中，他也无话可说了。

玲莹枉你跟我缠绵了这么几年，连我的待人处世方式，你都不了解。假如我把你的情信端了出去，出卖的首先不是你而是我自己的良心、名誉，甚至灵魂。

你也太小看我了。

但他对于自己如此这般被逼上死角的境地，又没有任何解脱的办法，除了自己自动消失。不然的话，每天在她的眼皮下晃动，谁知道她会想到哪里去？

如果等到她来开刀，那就连自己的最后一点尊严也没有了。

此时不逃，更待何时？

尽管他一向不愿意把玲莹想像得那么厉害，但是当他面对现实的时候，却不能不郑重琢磨这个要害问题。

特别是在病中，他更加万念俱灰。

他挂了个电话，向雷贝嘉请假，雷贝嘉说，你好好休息吧，我转告老板……

在床上躺了两天，白玲莹别说来看他，甚至连一个电话也没有。

大概这就是老板派头？

他发高烧，在床上辗转反侧。

迷迷糊糊中，他在荒野中独自行走，凄风苦雨飘来，他却怎么走也走不出那迷阵。

醒来怔忡良久，有一种疼痛的感觉慢慢在他心中涌起。

但当他终于踏出这个办公室，再也不回头的时候，却又是另外的心情。

本来他以为已经没有什么可以眷恋的了，哪里想到一跨出那座商业大厦的大门，他便忍不住回头望一眼。

已经数不清在这里进进出出多少趟了，难道从今以后便真的要跟它说一声“拜拜”？

只是，商业大厦没有生命，更没有感情，它冷冰冰地站在那里，根本没有什么表情。

甚至连那些多年的同事，也只有一个信差阿良送他到电梯门口。

人情冷暖，世态炎凉，他们还要在这里捞下去，权衡轻重，有谁会当着老板的面，对一个离去的人含情脉脉？他能够理解，人人都要自保。

或许他们认定我跟白玲莹水火不相容吧？

许多事情都不足为外人道，算了算了……

他决定离去，完全是因为男人的自尊心，他再也不能忍受在她面前陪着笑脸的角色。他不是不可以做她的下属，但却不能总是被她不平等地俯视。

何况还存在着另一种公然翻脸的危机，只因为他过去的身份，使得这种危机像埋下了无数的烈性火药似的，万一一个不小心，只怕便会引发一声轰然巨响。趁着一触即发之前，他必须悄然引退；他相信只要他飘然远去，那个情浓转淡的历史，纵然依旧留在个人的记忆之中，却也会慢慢变成一种亲切的怀恋。

但他不能如实告诉白玲莹。

玲莹抬起头来，目光灼灼地问他，我刚当老板的时候，你不是叫我相信你，即使全公司的人都背叛我，你都不会离弃我吗？

他垂下眼梢，是的，那个时候我以为我很重要，现在才明白，我其实只不过是芸芸众生，无足轻重。什么意思？玲莹的眼光又扫了过来。

没什么。现在看来，你的地位稳固，大多数人都没有离心，我想我再留下来也是多余的了。

既然这样，玲莹接过他的辞职信，看来我只好照准了。

他的心一紧，一时之间空荡荡的，没着没落。眼光有些散乱的感觉，焦点蓦地集中在她台面的一角，许多的摆设之中，孤寂地立着一个水晶音乐球盒，而且似乎已经蒙尘了。

他笑嘻嘻地说，水晶球会保佑你一帆风顺……

但这句祝福已经随风飘去，不再鲜活了。

谢谢你多年的关照，他伸出手来，再见。

轻触了玲莹伸出的两个指头之后，他迅速转身离去，他不愿意给她看穿他心中的那股酸楚味道。人到中年前途茫茫，那倒也并没有什么了不起，天无绝人之路，只是他没有料到玲莹这么绝情，连一句挽留的话也没有。

或许，我的引退，正中她的下怀？

然而，就算是她出声挽留他，难道他真的会收回自己的辞呈？

他记起武侠小说里常见的一句话，青山常在，绿水长流，后会有期！

抬头只见那夏日朝阳当头洒下，他伸出手掌遮住额头。街面上依然人车争道，市声喧嚣，有谁关心不相干的人发生了什么变故？

赵承天踽踽独行，这些年的风云变幻，缓缓在他眼前掠过。

1996年6月10日—7月31日，香港—广州—香港。

1996年10月17日—21日，修订于长沙芙蓉宾馆

# 记忆尘封

夏末下午的阳光依然很毒，叶清良靠在德辅道中街边栏杆上，汗水从额头冒了出来。假如别人知道我是从九龙赶过来的，大概会笑我太傻了吧？不过，大半生日子也就这样过去了，也不必在乎不相干的人品头论足了。

但闹市中的路人来去匆匆，自顾不暇，哪里还有时间去理会别人的闲事？他也就乐得做一个热心的见证者，继续等候。

电车叮叮当当地从街中驶过，把他盯着“龙记”的视线遮住，等到电车西去，却又有一辆东行的双层巴士就停在“龙记”前，原来是塞车。怎么偏偏在这个时候让他失去追踪的线索？他看了看手表，正想横过对面，那辆巴士启动了，留下的一片视野里，几个上了年纪的伙计在拉铁闸，“龙记”就这样静悄悄地告别香港。

当时，时针指向下午四点钟。

1998年8月31日，曾经风光一时的“龙记”，就这样成为历史。而它的结业，也标志着附设茶舞晚舞的可吃中菜的中式西餐厅，从此在香港绝迹。

当他这样感慨的时候，丽盈哼道，就你这样缠缠绵绵！都市的步伐就是这样，你可以说它无情，但是旧的不去新的怎会来？

说的也是。“荔园”也没有了，“皇都”电影院也结业了，甚至连启德机场也停止了运作，还有什么满载岁月风尘的东西可以长留？就拿这一天来说吧，“中巴”退役，“松坂屋”关门，相比起来，“龙记”又算得了什么？尤其是近些年来，它做的几乎都是熟客生意，甚至连结业的消息也只由侍应私下通知。

餐厅老板说，老字号要结业，有些不好意思。

其实只是潮流变了，本来是很好的东西，但年轻人的口味不同了，又有什么办法？

但不管怎么样，“龙记”已经成了记忆，他再也不能够到这里静静地吃顿晚饭，更不用说随着那悠扬的节拍，跳起那怀旧的慢舞了。

为了目送“龙记”的最后一刻，他特意请了两个小时的假。他对老板说，家里有急事。

他没有告诉丽盈。他知道，如果他说了，丽盈肯定会叫道，什么？你疯了呀？为了一个莫名其妙的餐厅，你竟然去请假！现在是什么时候了，到处都是风头火势，老板动不动就炒人鱿鱼，你不要把自己的头伸到枪口上！

最后会一句话扔过来：幼稚！

他也觉得自己有些幼稚，甚至可能有点情绪化，不过并非一时冲动。对于他来说，“龙记”隐藏着他的青春岁月，丽盈怎么会知道？

那铁闸轰然落下，好像就此与整个世界隔绝，也把他永远排斥在外面的街头。

就像金晓岚与他之间一样，虽然他在梦中时时呼唤她的名字，但在现实中他却永远和她运行在永不相交的各自轨道上？

晓岚的泪水晶莹，说着说着，便掩面而去。

他呆在那里，半晌做声不得。

恨不相逢未娶时？

你听我说……

但晓岚已经充耳不闻。

虽然也只是朦朦胧胧的情意，但彼此都也心知肚明。

我已经别无选择，她的神情悲痛欲绝。

明天她就要嫁人去了，她上医院看他，塞给他一张迟来的请帖。

这样也好，你去不了，大家都好过些。

其实他也不是躺在床上爬不起来，如果他执意要去，有谁能够阻挡？

但他却庆幸有了不去的借口。

他实在不愿意看到她穿上婚纱，新郎却不是他的场面。

即使是内心严重受伤，他也宁愿像野兽似地躲进山洞里，自己悄悄舔掉伤口。何况受伤的也未必只是一个他，还有她呢！

一想起她，他便心痛如绞。

是我没有那个福气。

也不能这样说，只不过我们没有缘分罢了。她强颜欢笑，来世吧，来世你可要等着我，不要匆匆忙忙跟别人结婚……

他笑，一言为定！

但泪水却涌了上来。来世？都说有今生没来世了，现在轻飘飘地从口中溜出的承诺，根本渺茫得连他自己都不能相信，但他认为起码是个诚意。

我很闷，今晚你不如陪我去看一场电影吧！

逃出医院易如反掌，何况跟她看电影，他求之不得。

是《仙乐飘飘处处闻》，重映的旧片。

看到一半，他感觉到她在黑暗中轻轻抽泣。他有些手足无措。本来，他的心情就很郁闷。只不过不想让她太伤感，只好强装开心。他不知道他应该掌握什么样的分寸。

没有等到他想清楚，他的手已经滑过去，轻轻握住她的手。他感觉到她缩了一下，但在他的坚持下，她终于任由他了。

他感到手心在淌汗。

他的心在怦怦乱跳，不知道她又怎么样？

明天，就在明天，她就要变成一个美丽的新娘，躺在别的男人的怀抱里，他的心就如被锥子乱戳一般地阵痛。

他当然不能这样对她说,他不想伤她。何况,她完全可以回敬一句:那你呢?你不是早就抱着别的女人?

已经是一个不可挽回的事实,或者是错误,此生大概也无法弥补了。

他唯有在心里默默祝福她,尽管努力了几次,口中却说不出来。

回去的路上,坐在的士里,彼此都不发一言,空气沉闷得难受,只有那开得很充足的冷气,吹得他感冒,直到后来很多年,他都仍然记得,那是个夏天的夜晚。

而夏天晓岚做别人新娘的那一夜,他正躺在医院的单人病床上,闭目假寐。

也说不清是什么样的一种感觉,在他满脑子流转的,只是她喃喃的一句话:我很难受……

最亲热的动作,也只不过拥抱她而已,她在他耳畔呢喃,如果可以的话,我们就这样一直抱着,不再分开。

但终究不能。

或许他毕竟只是一个普通的男人,带有男人的致命伤。既然他不能给她以最后的保证,她唯有找寻她的归宿。

她说:女人的青春有限。

她哀哀地叹了一口气。他沉重地叹了一口气。全世界也跟着叹了一口气。

或许还有尖锐的嘲笑声。

他哪里不知道也有一双双妒嫉的眼睛在窥测?只不过都挂藏在伪善的笑容之下罢了。

甚至还有一种流言,说他与她早就睡过了。乍听之下他有些勃然,这种无聊的想像,他自己倒无所谓,但对晓岚很不公平。

晓岚却一笑置之。管它呢!他们爱说什么,就让他们说去!嘴长在他们脸上,你怎么可以禁止得住?如果你生气，不是太笨了吗？

想想也是。何必中他们的奸计？

如果是真的，给他们说说解闷也无妨，如今却只担了个虚名，想想真的太亏了！

嘴上这么说，好像是在自嘲，其实在他内心里却有一种强烈的暗示。

晓岚说，不管怎么样，不必与他们一般见识。我们怎么样，关他们什么事？

他也摸不清她到底如何想法，待要再把话题深入下去，却蓦然惊觉自己已经心猿意马，他有些赧然地住口。

也并不是在她面前注重自身的形象，他只是珍惜与她萌生的那种朦胧情意。

大概也不是太朦胧，至少彼此也都明白对方的心意。只不过他已经不再是自由的男人，又不能做到不顾一切重新再来，他又哪里可以要求晓岚为他做什么？

晓岚凄然，我已经别无选择。

此后，在许多夜深人静的时分，他躺在床上，听着楼下街道间歇的小巴或者的士驰过的声音，眼前流转的，尽是她那种无奈无告的神情，叫他差一点就霍然而起，风里雨里，也就只管跟着她去了！

你不能，她说，我知道你不能，我也不想勉强你。你即使跟我，将来万一有什么不顺心，只怕你会怨我一辈子……

他一愣，热血顿时冷却。他从来也没有想到会有这样的场面，不过，人生路漫漫，将来的事情，有谁能够知道？假如不能跟晓岚这般温存下去，他宁愿不要开始。

她望了望他，是吗？

他也问了问自己，是吗？

不是。我不是柏拉图。我是个有情有欲的平凡男人，哪能那么伟大？不过，他希望追求完美。

可惜世上完美难求。

他也问过自己，难道因为这样，他就不敢开始了吗？经历过，始终比一无所有要强，何况人生是一条单程路，有去无回。沿路走去可以不断回头，但已经不能回走。

生命本来就这般脆弱，昨日永远不会再出现，我们用自身来消费时间，想想也十分惨烈。晓岚叹了一口气：真希望有来世。

他连忙强笑，来世我们约定了，一定要相互找到，否则你不嫁我也不娶。你要记住我这个右肩上的疤，茫茫人海你也可以认出我。我记住你脖子上的那块痣，红尘滚滚也不会让我目迷五色。

晓岚笑了，伸出手来，勾住他的手指。

这大概便是一种誓言吧？

这时，他们正在尖沙咀的“许留山”喝冰水，周围都是二十来岁的年轻男女，那一阵阵的喧笑声把他们淹没了。

她说，年轻真好，一切都可以从头来过。

他说，我们也曾经这样年轻过。

但如今他们都已经是中年情怀。他说，没想到都这么一把年纪了，依然还有这样的激情，好像有点不正常。

人都会老去，这是不可抗拒的自然规律。她说，最重要的是心境年轻。在我的眼中，你是不会老的。

那不成了神仙，或者妖怪？

你想得倒挺美！你有千年道行吗？

当然没有，不然的话，就不会这样陷入困境了。

话一出口，他便有些后悔：不知道晓岚会不会多心？

好在没有。

她只是轻啜着那碗“西瓜西米捞”，一副悠然自得的模样。

他也摸不透，到底是她没有想到致命的情结，还是故意掩饰自己。

按她的性格，如果触及到她的伤痛，她很难隐忍不发。不过她是个慧黠的人，在许多时候，为了维护一个良好的氛围，她也可以委屈自己，谈笑风生。

这也更叫他不忍令她难堪。

我只不过是个柔弱的女孩，一心想要有个男人来保护我，我的要求不算高吧？她说。

他顿时语塞。如果可以的话，他必定挺身而出，去做她心中的白马王子。只不过在现实生活中，他却已失去了这份资格。

他只能够祝福她，带着隐隐的疼痛。然而心情却异常矛盾。

那晚走在铜锣湾街头，迎面看见她与她的丈夫手牵着手，一种酸痛的感觉蓦然涌了上来。事后一想，这种感觉有些莫名其妙，但却是最纯朴的反应。

到了许多年后，他趁着一个适当的机会当面向她提起，她却笑着说，孩子都生出来了，牵个手算什么？

说得也对。他也明白，还有些做鸵鸟的味道，但是，他就是没办法抑制自己。

如果可以的话，他宁愿回避，但是他站在马路当中的电车站上，左右的车道上车子飞驰，他又没有上天遁地的本领，唯有困在这个"孤岛"上，眼看着她与她的先生手拖着手，就那样在冬夜的寒风中走了过来，而电车却又偏偏不见踪影。

他甚至后悔，平时都不搭电车，今天怎么啦？莫非这就叫做鬼使神差？

而那双牵着的手一直没有分开。

他已经记不得都应酬了几句什么话，只不过那种受挫的感觉，多年后的今天想起，也仍然叫他抬头无语问苍天。

其实他也明白，她有她的生活，他也有他的生活，何必这般耿耿于怀？

彼此的生活轨道是那么不同，他不知道她起床的第一件事是做什么，而她也不会清楚他睡觉前有什么习惯。相识二十年，交情不可以说不深厚，但是内在的东西却相互认识得不多，想想也很不甘心！他说。

你想知道什么？

很多，他说。

比方呢？她问。

他苦笑着摇摇头。不是不知道，而是说不出口。比方说她做爱的模样……

这念头一闪，他甚至有些骇住了，甚至恍恍惚惚听到晓岚一声呵斥：你怎么这样！

但晓岚依然笑吟吟，因为她不能理解他没有说出口的意识。

许多话也就是这样埋葬在他心底，变成不曾出唇的秘密。

只是到了不久前，在得了一场大病之后，他有一种大彻大悟的感觉：岁月催人老，有许多事情如果不及早去做，只怕将来也未必有时间了，甚至连表白也是。

但他甚至不敢面对她，只好求助电话。

他嗫嚅地说，其实我好像还是很爱你的……

她在那头笑了起来，好像？什么好像？是就是，不是就不是，什么好像？

“好像”只是个掩饰词，他似乎放不下面子。

甚至连这样闪烁的措词，一旦出口，他的脸也竟火辣辣地烧了起来。

你什么时候听我这样直接说过？

没有。

不是不想说，只不过很难开口。

我晓得。但你现在怎么又说了？

大概是大彻大悟吧。

其实早在她告诉他，她要结婚去的那天，他便想要表明心迹。他记得当时他与她坐在他病房下面的凉亭，八面微风拂来。他望着穿着白衣白帽的护士在不远处来去匆匆地穿过，嘴唇动了一动，想要说什么，却终于忍住了。那个上午很安静，只有从左近一间教会女校传来的清脆喧哗声，在表明这是课间休息时间。

晓岚还会不会记得教堂传来的钟声呢？只怕早就淡忘了。但是那回上大屿山宝莲寺求签，大概是会记得的了。

不用问，她求的是姻缘。

烟雾缭绕。她跪在那里，双手合什，喃喃地，不知说了些什么，然后去摇那竹签筒，哗哗哗哗，那撞击声一下一下有节奏地传出，她闭目虔诚地祈祷，究竟有什么意向？他看着那支竹签排众而出，终于"啪"的一声掉在地上。

她捡起那支竹签。

烟雾缭绕，她的眼睛睁开了，却又好像被熏了一下，再度闭上。

这支竹签，是不是就决定了她的命运？

她去找人解签，他识趣地回避。

这是很私人的问题，他不想令她难堪。

回程时坐在渡轮的头等舱里，天色昏暗下来，他望着她的侧面，想要开口问她，但她一直不言不语，视线一味投向茫茫夜海。

后来他才猜想，或许就在那一次解签之后，她下决心嫁人。

但他一直没有问她，她也没有说起。

当时他只知道好像有个男人在追求她，他虽然焦灼，却又有无力阻止太阳下山的无奈感。

即使是夏天，夕阳西下的时分，凉风阵阵袭来，在海湾游泳，也有了阵阵凉意。这个芝麻湾的浪花已经远去。只在褪了色的相片上留下不可磨灭的痕迹:他与晓岚站在浅滩上,都穿着泳衣,一式的微笑,目光一致,好像在闪耀着青春的骄傲与渴望。

尽管那天都说了什么,他也不复记忆了,只是他依然牢牢记住那个氛围。

也就是天南海北地闲聊吧,也不会涉及感情,没有情话,但心情甜蜜。

那个午夜,他偶然收听电台普通话节目,咦,那个女听众是从芝麻湾打来的?虽然夜色如墨,但他却油然想起那十几年前的一幕。只不过他只是到此一游的游客,除了海水青山与蓝天白云,他眼中也只有晓岚的倩影笑颜了,哪里会知道这一带的田园风味?更不知道直到今天,那个女听众为了跟电台主持通话,必须步行十几分钟去找电话打。

这好像是都市里的"天方夜谭",如果不是由那位女听众亲口说出,他也不会相信。这时他才明白,香港虽然不算大,但却有许多有风情的地方他都没有去过。女听众口中的村落远离闹市,交通不太方便,却有它朴素的大自然风貌,没有疏离的人际关系。他很想对晓岚说,什么时候我们再走一趟芝麻湾?但他终于也没有开口,因为他不想让她为难。

其实他也不一定非要去芝麻湾不可,但是为了重温,他对芝麻湾有一种难解的情结,就像那晚从电台上播出这三个字,便叫他的心潮澎湃,时光倒流,往事巨细无遗地呈现在眼前,又是一个不眠之夜。

他也曾经试探着对她说,人到中年,再不运动,只怕不行,不如你陪我,每星期五早上爬柏架山径当晨练……

她说,好是好,不过孩子缠身,我哪里走得开?

也就是婉拒了。

他不敢再说下去,只好独自上路。

许久没有去活动了，清新的空气，令他感到自由自在。

在闹市的一角竟会有这样一片树木遮荫的天地，让人有遁入山林的感觉，实在难得，怪不得沿途来来往往的晨练客不断了。

他告诉晓岚，假如不是有人发起护林运动，只怕那里也已经给推土机推成水泥森林了。

那些挂在山径两边的绿丝带，依然在秋风秋阳下轻轻飘动，他看到了护林人士的片片心意，既感动又惭愧，相比之下，自己只不过是个置身事外的冷漠旁观者，本来不应该享受到这块绿地的好处。

后悔了吧？晓岚说。

他也不知道当时为何会那样麻木，大概是觉得反对往往无效吧？但也可能舍不得花出时间去奔走。

长期在商业都市中翻滚，他不能摆脱自私的想法。

谁叫你在银行工作，天天和钱打交道，虽然钱不是你自己的，但也搞得你满身铜臭了！晓岚笑道，不过话又说回来，这个世界没有钱又不行，唉，真难。

或许这也是现实写真。

他也常常警惕自己，千万不要成为俗人，如果沦为一个凡夫俗子，那离他做人的初衷实在太远了！不过在不知不觉之间被蚕食，他也实在没有办法。

还是你好，在家里画画，陶冶性情。卖得出就卖，卖不出也不要紧，又有老公养着，不会与金钱打太多的交道。他想这样对她说，但终于还是没有说出口。他从来也没有在她面前提过她丈夫，这次也不想破例。他也摸不清这到底是什么样的一种心情，到底是不顾事实，还是有自己的方式。旁人也许觉得可笑，但他却认为这是忠于自己的感受。他不可能违心地嘻嘻哈哈，因为他觉得那样既亵渎了自己也亵渎了晓岚。

想想也很迂腐，晓岚大概都不在乎了，他怎么还会这般执著？何况铁一般的事实不可能改变。

连晓岚都说了，没见过像你这样的人！

他说，我也就只剩这一点坚持了。

他真正想要说的是，我已经一无所有了，如果连这最后的坚持也失守的话，只怕我也完全沦陷了自我的个性。

有时他也会纳闷：晓岚怎么可以那么从容地在他面前提到她先生？

而他从来就不提丽盈，在她面前，也不是刻意，只不过觉得没有必要。

是不是她不如他那样在乎他们之间的感情？

那回，她说：晚上我们去看一场电影吧！

好像是《倾城之恋》。

当然好。也只不过是一场电影而已，他也没有想到其他。不过这个夜晚却因此而绚烂。

他正要出门，她突然打电话来，算了吧！

算了？他一怔。不过也没有追问，只是不无遗憾地回了一句，好吧。

既然她改变主意，他还有什么话好说？

不过他心里萌生出一种委屈的感觉，到头来，我叶清良只不过是招之即来挥之即去的小角色罢了……

后来才知道，她的先生不高兴。

她说，他本来表示过无所谓，哪会想到真的要跟你去看电影了，他嘴上没说什么，但脸色立刻就黑掉了。

他只是微微笑着，表示理解。

但心里却强烈地感到，他们两人毕竟是夫妻，而我只不过是个不相干的人罢了。

就算真的去看电影，那又怎么样？他有时也真摸不清她的心思。他大着胆子轻轻抓住她的手，但她的手竟然一点反应也没有。他对于这种境况大为惶惑：人非草木？但她明明就没有什么感觉。

也只不过仅仅是手与手的接触罢了，他都无法有什么突破，更遑论其他了。说来说去，他也明白，他跟晓岚像花又像雾的情爱，始终朦朦胧胧，不能落实。

也不是没有憧憬过，在一个适当的日子，摆脱香港世俗的生活，他和晓岚去外面的世界散散心。美梦几乎成真，几个人相约一起去泰国旅行，晓岚兴高采烈地说，现在这么便宜，再不去，就太笨了！

虽然是一群人，但晓岚的丈夫走不开，他也单枪匹马，他心中充满了欢乐感觉。

到了真要成行的时候，其他人个个都打退堂鼓，都说：走不开……

既然走不开，还凑什么热闹？当初根本就不应该瞎起哄！

不过他嘴上仍说：不要紧。

真的不要紧？她问，我听你的声调都不对了，至少也有点不开心吧？

他默然不语。

过了一会才说，其实只不过是参加旅行团而已，你姑且可以当做你报你的名，我报我的名，偶然碰上，做个团友……

但你知道不可能是这样的，我们不是偶然碰上，也不仅仅是团友那么简单。万一传了出去，人家不说是预谋才怪！

他苦笑。原来，说到底，她还是有忌讳。那末，我只不过是一厢情愿罢了。

他想对她说，我只不过想跟你一起旅行，留下个共同走过的行程而已，绝不会有非分之想，难道你还不信我？

不过他还是没有说出来。她信的话，早就信了，如果她不信，他说了也没有用。

何况他也未必真的值得她完全信赖。

忘了是多少年前的一个夜晚了，一起吃完晚餐，他说：到我家去坐一会吧？

晓岚惊异地看了他一眼，到你家？

他的视线望向街上驰过的小巴，她们不在，到台湾旅行去了。

晓岚的反应很快，那不行，上去了，只有我们两个，也不知道会发生什么事情。

他的脸火辣辣地烧了起来，倒像是他早就设下什么陷阱似的。

明知自己并不是那么纯洁，晓岚是他这一生最心爱的女人，他不可能面对着她而无动于衷。不过他也不是色胆包天的男人，他最多也就是抱一抱她，或者吻吻她的脸甚至嘴唇，如果她同意的话。但他不会太过分。

他强笑，是不是怕我强奸你？

那倒不是，晓岚说，只怕我也把持不住。

一股又甜蜜又酸楚的感觉涌上心头。

但他明白，在晓岚的心目中，他并没有足够的分量。他总认为，一个女人如果真的爱上了，只怕比男人还要轰轰烈烈。

本来他早该有自知之明，只可惜他却不能决绝地掉头而去。碰壁之后即使不会胡搅蛮缠，但心却依然不死，只要有适当的机会，便会复活。

他甚至也并没有什么目的，也并非一定要和晓岚有什么肉体上的接触。很久以前，他对晓岚说过，要是我们能够一起去旅行一次，那就好了。晓岚只是笑，也不置可否。

那个时候，晓岚是没有结婚。

还没结婚的晓岚，当然还很自由，但她也只是那么笑着，不曾点头。如今晓岚结了婚又有了孩子，又怎么会轻易答应他？

他自认完全理解她的心情。

但想要一起去旅行，只不过希望在人生路上留下一丝可资回味的痕迹，等到我垂暮之年躺在床上，也可以有个心灵上跳跃的空间，如此而已。

那个时候，他已经老了，再也走不动了。

不过，有多少人会相信他没有色心？包括晓岚。

那只不过是你的借口罢了！男人盯着女人，除了上床，还有什么？

他觉得百辞莫辩。

知我者谓我心忧，不知我者谓我何求。

人家爱怎么想，就让人家想去吧！但晓岚不应该也这样看我。

晓岚说，我没有呀，只不过人言可畏。

我有。我有色心。如果可能，我当然要你。我不想瞒你。不过我虽然是世俗的男人，但我认为我还有自己的分寸，除非你愿意，否则我绝不强求。

除非有感情，不然的话，我不会这么无聊。他甚至不明白，晓岚怎么把参加一次旅行团的旅行看得那么严重。

我再也经不起失败了，她说。

他也摸不清这失败的含义。

是跟他的失败，还是跟她丈夫的失败？

他半开玩笑地说，就算真的过去了，我和你又不会睡一个房间。

传来传去就难说了，她说。

他本来以为她比他潇洒，哪里想到到头来她比他还要紧张。说那个"管他呢"的金晓岚，到底哪里去了？有时他也摸不清，到底是她言不由衷，还是此一时彼一时。他自己也有过这样的经验，口头上说说容易，到真的要付诸行动，那就是另外一回事了。

大概他也不可以对别人要求太高吧。

只是因为珍惜，所以才挑剔。当他这样对她说的时候，已经是坐在咖啡馆的时候。

这个秋夜，有了一些凉意。窗外细雨若无还有，无端煽起一丝朦朦胧胧的愁绪。明月刚刚还在照耀大地，怎么一下子就变得无影无踪？原来良辰美景并非总是永恒。

但下雨也有下雨的妙处，她说。

今夜是不是应该喝杯咖啡？那冷冷的氛围，正需要腾起的热气来平衡。

有时他也会觉得，自己实在已经老去，哪里还有热情和精力投注于感情战场。他摇摇头说，想想也很可笑……

有什么可笑？我才不觉得可笑。

是可笑。不过，大概也可以自我解嘲，我还不至于暮气沉沉。

你当然不会。

那你是明显抬举我了，可惜不是事实。只不过我有些不知老之将至就是了。

说着，有一丝悲凉的味道涌上他心头。以前他从来没有想到一个老字，但近来生了一场病，上吐下泻，才令他产生恐惧感。原来，日子一天一天地过下去，人也一天一天地老了。晓岚只不过是他的一个青春梦境，或者说是他的一个虚幻梦想，终究还是有缘无分。

他甚至开始思考，当那最后的胜利来临，他此生到底有什么遗憾？

一生的憾事当然很多，只可惜生命是单程路，一去就不能再回头，无法再挽回了。那么，晓岚是不是他心中的最痛？

他毕竟是个平凡的男人，又不是天生情种，当然也并非只是全心全意地苦苦等候晓岚，特别是晓岚令他绝望的时候。

又不是没有其他异性喜欢我，我又何必去做一个莫名其妙的苦行僧?

当他看到晓岚与他先生当众打情骂俏,便不免沮丧。晓岚你也太残忍了,你不会不知道你这样做会叫我的心抽痛。你要亲热你要显示什么你尽管回去做好了,你又何必在我面前这般肆无忌惮地表演?

其实这个世界广阔得很,只不过他的眼光太过狭窄罢了,于是满脑子流转的,也都就是金晓岚的影子罢了。

现实中的晓岚,已经游离在他生活轨迹之外,好像是一颗流星,虽然明显地燃烧,但毕竟只是刹那芳华。他根本追踪不了她的心路,他甚至不知道她有没有思念过他,哪怕是在瞬间?

这一切也都因为晓岚刻意展露家庭幸福的模样,而令他不能释然。

他觉得自己犹如与风车搏斗的唐·吉诃德,所有的柔情蜜意扑空,只剩下飘飘荡荡的他,无依无靠,上不着天下不着地。

他苦笑,我是不是很蠢?

谁说的?她瞪了他一眼,你这样说是什么意思?我不懂。

他没有再说下去。有些话只能适可而止,太过了,徒然让人讨嫌罢了。

欲言又止,难怪汪冰如说他有太深沉的痛苦,总是沉默如一座冰山。

就算是冰山也并不沉默哩,只不过寻常不太容易听到它在深层的躁动而已,他说。

呀,冰如笑了起来,我现在就听到冰山在做热身运动!

那个晚上,他们正坐在香格里拉酒店的咖啡厅瞎聊。玻璃窗外有雨丝飘来,蒙上了一层雨露,将太平山下的七彩灯饰,笼罩得朦朦胧胧。室内的爵士乐队在演奏爵士乐,烛光闪烁中,好像在倾诉一段悠远空濛的心事。

只有那咖啡飘香，永远也驱之不散。

那是一种很温馨的感觉，然而也仅仅就是一种慵懒的温馨感觉而已。或许他可以跟冰如天南海北无所不谈，甚至谈及男女之间最隐秘的事情，但却从来没有邪念。

曾经沧海难为水，除却巫山不是云？

也并不是他没有俗念，在他的内心深处，他也是很喜欢冰如的，只不过他不想触动到那一个层面，因为走到了那一步，想要退回来，只怕不易。

如果冰如无意，他甚至要冒着粉碎眼前这份温暖友情的危险。

他只能把那份躁动的情感，埋藏在心底。

喂，看来我真失败，难道你对我一点意思也没有？冰如促狭地说。

但他终究摸不清她的用意。

她并不是一个轻浮的人，但她性格爽朗，他不能够以世俗的眼光估量她。

高攀不上，他笑嘻嘻地说，我能够有像你这样一个红颜知己，已经三生有幸，上天待我不薄，我怎么可以得寸进尺？

冰如但笑不已。

有时他也会猜想，冰如的家庭生活到底如何？可惜她从来也没有谈及她的丈夫。他只知道她丈夫做生意，而她经营小花店，也只不过是聊以打发时间，并非志在赚钱。

认识她，也是因为买花。

而且是为了送给晓岚，回想起来，似乎生活真的有点太讽刺了。

也不知道买了多少次花，当然也拣着她的生日，或者是情人节，或者心血来潮的日子。冰如笑道，你对你女朋友真好。

也许与冰如的交往，也就是这样开始的。

后来冰如也问过他，你那女朋友呢？

他笑着反问，你怎么知道一定是女朋友呢？难道不会是太太吗？

冰如耸耸肩膀，说不清楚，只不过凭经验，或者是一种直觉。

果然厉害，他说。

但他并没有更清楚地说些什么了，倒不是想要刻意瞒她，而是他感觉到晓岚云山雾罩。

晓岚叹道，从来没有人送花给我。

他知道那其中的滋味。都说女人是花，如果一辈子都没有异性送过花给她，那她岂不是太失败了？

可能是一种虚荣，不过也是事实。人的一生不过几十年，有如过眼云烟，如果连一束鲜花也没有接过，那一生岂不像花儿败落？

他安慰她说：会有的。面包会有的。

那么爱情呢？有了面包，有没有爱情？

晓岚苦笑，这个世界，面包与爱情很多时候都不能两全。光有爱情有什么用？人活着，没有面包，还能活得下去？

是不是又是鱼与熊掌的问题？

但他故意讲笑，没有面包也不要紧，反正我不是俄国人，不是以面包为主食。只要有米饭，也就可以活得很好了。

晓岚望了他一眼，你知道我说的是什么意思。

他只好住口。但晓岚那带着一丝忧郁的脸色，却令他有一种心痛的感觉。

他悄悄给她送花，大概也是出于这感觉吧？

虽然没有落下款，但她还是对他说，你的花我收到了，是安慰我的吧？

他想要否认，却已经不可能了，晓岚说得那么肯定，他哪里还有否认的余地？如果我否认，而她又掌握了真凭实据，那岂不是会给她留下一个印象，认为我喜欢说谎话？

他不想让晓岚看扁他。

只要她收到鲜花后开心一些，那他的目的也就达到了。至于他的自尊，倒也无所谓。

后来才知道，他所送的鲜花从来不过夜，只插到她丈夫回家前，便给丢弃了。他愤愤地想道，我的价值，是不是只有一个白天？

他明白她的心思，不想让她丈夫看到，引起不必要的误会。但他又算是什么呢？过渡时期的一件摆设？

本来他早就应该明白这个道理，只可惜他太过浪漫，以至弄得有些一厢情愿了。

晓岚说，你不要怪我，反过来，如果我送花给你，难道你可以公然留在你家过夜？

想想也是。轮到自己，行吗？

不过也不是没有过这样的经验，是冰如送的。他有些手足无措，喂喂，这个……说着，他手忙脚乱要去掏钱，你做生意，没有理由叫你做亏本生意呀！

冰如笑道，你可不要以为我向你暗示什么，只不过这花捱不到明天，反正没有人买了，我不妨做个顺水人情。

那束玫瑰花绝对不是残花，冰如这么说，只不过不想让我尴尬罢了。说来说去，她是女中丈夫，我却好像是患得患失的小男人。

他心中泛起对于这娇艳的红色玫瑰花的一种依依之情，回家的路上，几次经过街边的垃圾箱，他都闪过扔了进去的念头，但终于还是抱回家里。

踏进家门的那一刹那，也有些硬着头皮的味道，生怕丽盈劈面就问，谁送的？

但丽盈并没有问什么，只是盯了那束花一眼：你怎么突然这样浪漫起来？

他只是嘿嘿笑着，并不答话，连忙便找个花瓶把它插

了进去，好像是插在他心里一样。

但鲜花终究要凋落，几天后，他怀着怅然的心情，把它丢进垃圾桶。

早丢与晚丢，那结局还不是一样？早知如此，那晚在路上丢掉也是一样，我终究无力让它永远那般灿烂盛开。

但区别也在这里：这束玫瑰花，总算也在他家度过青春时刻。

如果想到结局，这人生也都一样无奈，何况玫瑰花？人一生苦苦挣扎，最终依然不能留在这个世界上，假如这么一想，在生命的过程中的一切挣扎，又有什么意义？而这玫瑰花摆在花店，丢弃在垃圾箱，还是插在自家见证自己的日常生活，哪怕只有几天，也已经有不同的意义了。他有一种葬花的心情。

但他不能对晓岚说，我可以呀……

他不想炫耀，更不想把冰如抬出来为他个人去"争光"。也许是不想让晓岚多心吧？那次一群人吃饭，说笑之间，晓岚就问了，你们大家研究一下，清良为什么讨那么多女孩子喜欢？

人人嘻皮笑脸，他也跟着嘻皮笑脸，是吗是吗？有这样一回事？我怎么不知道？

心里却窃喜。是一种虚荣感吧？那晚捧着冰如送给他的那束玫瑰花回家，一路上引来男男女女的目光，是艳羡？还是不以为然？他也弄不清楚，不过他有些不好意思起来。一个大男人，捧着鲜花到处乱走，算是怎么一回事？何况今晚不是情人节！

但即使情人节，也不用再送花给晓岚了，我又不是钱多到用不完，要拿来消遣，更何况再宽容，男人终究也有男人的尊严，既然晓岚并不当他送的花是一回事，他也就止步了。说到底，晓岚于他只是水中月、镜中花。

宝剑配英雄，鲜花赠美人。我不是英雄，只是情场失意者,哪有什么宝剑?晓岚虽是美人,但已经不用鲜花来衬托了,我叶清良又何必自作多情,尽干些蠢事?!

他嘴上不说,但晓岚却感觉到了。就凭他不再送花,以女性的敏感,她已经准确地捕捉了信息。

那晚正坐在兰桂坊的"1997"吧台的高凳上喝果汁酒,晓岚叹了一口气,我有我的难处。

活在这个世界上,又有哪一个人没有难处?只不过每一个人的取舍不同罢了。

或许又是一个性格决定命运的故事。

在这样的一个地方,在这样的一个夜晚,很容易勾起一种朦朦胧胧的意绪。

也不是没有想过把心一横,干脆静心与冰如来往,也不一定怀有什么终极目的,但至少冰如看来不会对他若即若离。但那种念头刚刚冒出,他便悚然一惊,叶清良呀叶清良,你是不是正在市场上拣货,没法买这一件索性就另挑一件充数?

他顿时感到有一种亵渎感。

本来以为自己有海枯石烂的情意,哪里想到到头来还是肉身凡胎一个,即使在他认为神圣的情爱路上,也免不了左顾右盼、东张西望,一旦有些挫折,便丢盔卸甲,落荒而逃。

莫非还是目迷五色?

这个花花世界,也还真是太迷人了。

但即使他的心也会越轨,目光却始终在晓岚身上徘徊,午夜梦回,他也百思不得其解:莫非这是前世的冤孽?

朦朦胧胧,迷迷糊糊。那个夏天太热,冷气轰鸣,是不是有干柴烈火的味道?假如不是突如其来的电话铃响,只怕他与晓岚已经又是另一番景象了。

被乍然打断的情潮再也澎湃不下去了,晓岚挣开身子,凄然地说,我觉得我自己很贱……

这句话深深地刺伤了他的心，但急切间又找不到什么话说，他只好默默地陪她走一段路，送她到电车站，只见她头也不回地登了上去，他望见她坐在上层窗口座位的背影，一动不动如一座雕像，渐渐远去了。

满街的灯光苍白，好像有什么东西遗落在他的心田。

他在电车站呆了许久，电车停下又开走，人潮泻下又涌上，他却像一棵静立的树。终于，脑袋从一片空白中恢复知觉，他深深地叹了一口气，看来我自己太自私了！

只是在这样的环境，这样的氛围，这样的心情下，晓岚才会几乎跟他越界。但他不愿意她只是因为一时的激动，他不想趁人之危，他尤其不想她将来后悔。与其她后悔，倒还不如什么也不曾发生过。也许还会令他终生遗憾，但他也愿意承受。

强扭的瓜不甜，他说。

也不能怪晓岚，毕竟，那个时候，他已经成家，而晓岚依然待字闺中。他也知道，这是一种不平等的关系，因而也就更加珍惜她，唯恐有什么地方亏待了她。

在言语之间你来我往情到浓时，晓岚也曾经咻咻地埋怨过，你为什么不等我……

但他不是未卜先知的诸葛亮，假如他知道在他的生命路程中将会有一个金晓岚等待着他，他怎么可能不等她？

也因为太过珍惜，自从晓岚婉拒上他家的建议之后，他就再也不敢造次了。有时他也会暗问自己，我是不是很流氓？但一想到晓岚只是个幻像，他便辗转不能成眠。

他坐在客厅的沙发上看电视，其实那些画面都不能入脑，只有晓岚的微笑，挥之不去。

已经是好多年前的事情了，他突然接到晓岚的一封信，他急忙撕开，跌出来的是她的一张微笑着的相片。那信上写着：很久便想要送你一张相片，只是一直找不着合适的。现在这一张也不太好，不过勉强还可以吧，就送你留作一个纪念。

起初是一喜，接着又是一惊，送相片？是不是意味着什么？

邻近的女同事望了过来，满脸都是疑惑。他赶忙收拾心情，假装投入工作。

不久，便传来晓岚要结婚的消息。

原来，相片象征着一个句号。

他虽然万般不舍，却也没有什么理由反对。也没有那个权利。到了这种地步，他唯有沉默是金。

你很冷漠，好像置身事外，后来她问，连一句话都没有？

你想我说什么？既然你决定嫁人了，我还能说什么？

她瞟了他一眼，只要你说一句别嫁，我就不会嫁人。

他的心头一热，想要说，我不配，但转念一想，又不妥当。晓岚伶牙俐齿，反过来给她抢白一顿，除了撕破脸皮，我哪里还有还手之力？早就给她杀得落花流水了！

也许这种沉默便注定了这样的结局，他只有认命。

只要她幸福，那也就是了，我又何必一定要把她占为己有呢？

然而，随着年华逝去，他越来越感到，这一生他错过了黄金机会。晓岚那时曾经目光炯炯地问他，有没有勇气成为我的丈夫？但他沉默不语。倒不是他眷恋赵丽盈，只不过他觉得他有他做人的义务。到了这个年纪，丽盈已经没有多大的选择了，他于心不忍。冰如也笑问他，为了别人，你就这样牺牲自己？他目瞪口呆，也不知道应该怎么说，只有讷讷地说，没有，我哪里有那么伟大？

可能也是一种惯性使然。想要打破一种格局，牵涉的问题太多，他已经不再年轻，已经没有精力，没有时间重新折腾了。

你这一辈子就是这样，老是为别人想的多，为自己想的少，晓岚叹了一口气，你什么时候也该为自己想想了。

为自己想什么呢？做人就是这样，当什么责任、义务都完成了之后，自己便已经走到了生命的尽头。

有如蜡烛，照亮了别人，毁灭了自己。

他也曾经幻想过，等到孩子都大了，都已经不要他照顾了，反而他成了孩子的负担的时候，他就立刻退隐，或者就跟心爱的人浪迹天涯。

是晓岚，还是冰如？

虽然他钟情晓岚的心从未变过，但他也晓得，晓岚只怕不会舍下一切陪他去走生命的最后一段路程；他甚至也不知道冰如会不会，无论如何，他和冰如虽然交情不浅，但却从来也没有捅破那隔着的一层薄纸。

他有时也会怀疑，他对冰如的感觉，会不会是一种自作多情的误区？

甚至他也会暗自指责自己：莫非我是在迷迷糊糊地把冰如当成晓岚的替身？

如果真的是这样的话，不论对于冰如，还是对于晓岚，都不公平。

他虽不想这样做，然而有时却身不由己。在潜意识里，大概也有一种反叛在躁动，冰如也未必比你金晓岚差呀……

只不过爱情本来也不能这样从功利角度作比较，而他也明白，这只不过是在绝望之后的自我安慰，以显示自己存在的价值。

人说义无反顾，他却觉得自己负荷不了。如果再不能适当地松弛自己，他就要崩溃了……

晓岚始终只是天边的一颗星，离他太远。

他不能满足于柏拉图式的爱恋。

只要你明白我心中只有你，那就够了，她说，这比什么都重要。

有道理。心灵比肉体更重要。但是当肉体在现实生活中永远隔绝，再纯情，只怕也有一种身心疲惫的感觉。

他永远只是晓岚真实生活外的过客，始终也弄不清楚深夜里她的睡姿究竟是怎样的？他也不知道情到浓时她又是何等模样？他本来以为对晓岚是那么的了如指掌，现在才赫然发现，所有的一切只是表面现象，他哪里又曾经深入过一丝一毫？

那时晓岚说，只要她接听电话，她老公必会挨了过来，手在她身上游走。虽然没有说得那么具体，但他可以想像她所没有说出的一切了。

他带着一丝醋意，说到底，那人想要做什么，都是可以的了。

言下之意，他最多只是纸上谈兵。

即使有机会，他也绝不敢造次，万一晓岚翻脸，他却不知道该怎么办了。

原来，在他的内心深处，他是那样的珍惜和尊重晓岚，以至有些缩手缩脚了。

晓岚却说，有什么办法呀！他有他的身份，我也要尽我的义务。

这个义务可圈可点。

晓岚说，你不也是要扮演你的角色尽你的义务吗，在家里？

他苦笑。已经有多久没有动过丽盈了？他也不知道。不过他不愿意跟晓岚说。说了又怎么样？或许她也不会相信。

信不信也都是那么一回事了，他也不是想要她知道他生活中的深层真实。但他却在乎她的家庭生活。他常常会猜想，在他面前笑吟吟的晓岚，到底是怎样在她丈夫的压力下呻吟？她的眉眼在他面前跳动，却已经是另一种面貌另一种风情了。这些念头带着某些情色的味道一闪而过，却又震慑了自己：难道我日日夜夜所追逐的，都是那些形而下的东西吗？

我只是个俗人，他喃喃自语。俗人有俗人的思路，谁也勉强不得。

我最担心的是，当你要离去的时刻，我不在你的身边……

指的是最后的日子降临吧？

是有些残忍，但谁也不能够避免。他一惊，有一种悲哀的感觉如水一般泻了过来。

我老了。原来我真的老了！

但他却搞不清楚，说这句话的，到底是晓岚，还是冰如？

萦绕在他心中的，只怕是一种无言的恐惧，有些莫名其妙，但却绝对真实。

他并不愿意孤独上路，那是一趟有去无回的单程路，眼睛一闭，心脏停止跳动，生命画上了休止符，脱离烦恼人生，或许也是一个解脱，然而他再也不能有回头望眼了，不论是对晓岚，还是对冰如。甚至对丽盈，还有全世界的人。

不过，生离死别，见不见最后一面，其实也没有多少差别了，谁也无力与死神抗争，既然如此，那又何必苦苦挣扎？

但终究还是渴望有一双温柔的手抚慰他最后温暖的脸。是坐在香港公园的石凳上吧，秋风轻轻，从夜色的深处飘了过来，撩起了些微的冷意。他躺在晓岚的腿上，仰望夜空，有一颗明亮的星星在闪烁。她用手盖住他的双眼，你睡一会儿吧！好像是被催眠一样，他迷迷糊糊地睡去，只觉得头枕在软绵绵的波浪上，载浮载沉，梦境高远而寥廓。忽然觉得脸上一凉，睁眼却看到晓岚低下的眼睛含着盈盈泪水，有两滴已经滴了下来。

难道晓岚也会为他哭泣？

原来只是南柯一梦。

晓岚哼道，你以为我是铁石心肠？

那倒不是，他从来也不曾这么认为。但晓岚即使对他并非无情无义，也仅仅止于言语口舌之间的来往，再要深入，只属幻想。

此生彼此的角色已经固定，既然晓岚不肯有丝毫突破性的改变，他也只好认命。

晓岚说，做男人要百折不挠……

但他却不。即使言语上受挫，他也会赧然止步。

那天在言语中情绪渐渐高涨，结束前他冒出了一句，吻你。她笑，回了一句，先想一想啦！他的热情顿时溃退，也只不过是表达一种意象，并没有任何突然行动，她也这样矜持，我叶清良图的是什么？

有时他甚至有些疑心，晓岚是不是有了别的俊男？

也并不是他太过敏感，晓岚的乖巧，他又不是不知道，何况他总觉得，那个赵西蒙有些醉翁之意不在酒的味道。

晓岚说，是画廊的老板。

一头撞进九龙酒店的咖啡座，在闪烁的烛光下，猛然见到晓岚，还有赵西蒙，他的心咯登了一下，却强笑着伸手。

回到座位上，已经有些心不在焉了。跟他一起来的几个男人笑道，喂喂，你怎么啦？是不是那个靓女弄得你有些失魂落魄？

他一惊，连忙打起精神，哪里的话？你们没看见有俊男陪她？

那不是问题，也不说明什么，问题在于你自己是什么意向？

他察觉到一个个也都带着窥视的嘴脸，便哼了一声，我不像你们这么心邪！

勉强支撑场面，等他发觉，晓岚和赵西蒙已经离去，连那小桌上的烛光也灭了。

云逊眼尖,笑道,你望什么望?人家早就走了,还等你呀?

他大惑不解。

云逊说,他们走的时候,那个靓女还举手挥别,我们都看到了,而且回了礼,就你一个视而不见,你还能够否认不是掉了魂?

我近视,他嘟囔着,朦朦胧胧的,我怎么看得见?她又没有走过来握别……

在这样的烛光之夜,在这样的钢琴声中,最好便是拥着美人跳一回。但美人已经远去,空留下许多问号,叫他苦苦思索。

他又不能够开口问她,喂,那个什么赵老板,对你很不错呀!

万一晓岚发起恶来,人权呀,我跟谁交往,不必请示你吧?那就不免有些自取其辱。

他也不一定完全说不过她,只不过唇枪舌剑到头来不免两败俱伤,他宁愿选择回避,那回他打电话找她,她却说道,我们要出去了,回头回你。但并没有。次日才打电话来,对不起。他随口溜出一句,知错了呀?她立刻提高声调,我有什么错?

他一愣,忙说,开玩笑而已,不必认真。

这时他才明白,话是不能乱说的,一句戏谑的话,在对方听来,有时就会变得严重了,世上的误会,大概也是这样产生的。人跟人之间,哪能随时随刻都合拍?

也幸好他懂得闪避。

也使得他在她面前口将言而嗫嚅,即使很想约她去长洲观看狮子座流星雨,终于也没有出声。几乎可以肯定,她去不成。她哪能通宵呆在外面?只不过他不愿意说破罢了。

冰如说，我陪你去！

观看流星雨，好像是在参加嘉年华会一样，光是在人群中挤来挤去的感觉，便叫人有一种说不出的温馨味道。

凌晨两点开始，夜空便像布满了闪光灯一样，闪闪发光，燃亮了他心里的每一个角落。流星在长空中爆开后，散发出的一缕缕烟圈便凝住了，有时还现出心形的图案，令他心中一动。冰如一面欢呼，一面叫道，那是火流星！他并不知道，他也不知道冰如原来有天文方面的知识，不免有些惭愧，但那种美丽浪漫的气氛，又让他有此时无声胜有声的感觉。

虽然是漫天光华，但随着黑夜消尽，那种灿烂的景象也消失得无影无踪。

为了这个刹那，你巴巴地等，觉得值得吗？冰如在渡轮回航时，笑盈盈地问了一句。

他望了望窗外，四海茫茫，有一种空旷的感觉。也没有什么值不值得，我觉得该做的想做的就赶快去办，时间稍纵即逝，哪里容得你犹豫彷徨？而我却已经左顾右盼失去太多东西了。

人生苦短，必须当机立断。而且人也不总是能够把握自己。就说这狮子座流星雨吧，有天文学家预言，下次在2097年11月15日再来时，便会撞向地球，令地球毁灭。

世界末日？冰如望了他一眼。

他很高兴她也有她不知道的东西。

那岂不是说，人不论怎么努力，最后还是躲不过命运的安排，抗不过自然的威力？

不过，你和我都已经看不到这一天了！他说，甚至连你我的子女也是，最近的也就是孙子辈了，将来的事情就让他们自己解决吧，也许到了那时，科学更发达，能够转危为安，我们何必杞人忧天？

有什么办法可以解决地球的危机？

把彗星击毁！他沉沉地说了一声。

电影《末日救未来》的翻版？

不是幻想，而是绝对可能。

对话的时候，他们已经坐到船尾的甲板上，靠着椅子比邻而坐。秋夜的海风阵阵吹来，凉意深深。海阔天空，却没有一颗星星。要是有星星，哪怕只有一颗，恐怕也会给这个夜晚留下一丝亮色、留下金色的回忆吧？

是一种很奇怪的感觉，当渡轮缓缓靠上港外码头线码头，中环的灯火灿烂，他却已经没有在大海中的那种心情。

他想对冰如说，多谢你陪我癫了一晚，但终于没有说出口。

折腾了一夜又一日，他要赶着回去睡觉，明天又是一个上班日，他不能掉以轻心。听说他要去的时候，丽盈早就不以为然，看来你的位子已经坐得不稳了！如今到处裁员，在这样的节骨眼上，你还请假去看什么流星雨，流星雨跟你有什么关系？我看你是活得不耐烦了！他喃喃地说，我请大假呀！丽盈哼道，你大假太多了呀？有大假也留着陪家人出去旅行呀！我真觉得你有些不知所谓。何况你也不要以为请大假就没事了，老板要开刀，随便抓住一个借口就可以动手，你又不是初出茅庐的小伙子，这一点的社会经验也没有了？

他当然也不以为自己做了主任便稳如泰山了，但他需要松懈一下。已经两年没放过一天大假，人又不是机器，何况办公室政治又那么可怕，再不休息一下，精神高度紧张而又暗箭难防，他会发疯的。

何况有冰如同行，以后有什么后果他也不理了，走一步算一步吧！

但去完了长洲，看完了流星雨，他却有点不安了：明日回到银行，会不会变天了？

只见总经理黑着脸，连总经理室的门也不关，便提高了嗓音，如今人人都在奋战，你却一走了之，你的任务完成了没有？

原来是在推广信用卡，每个人都有必须完成的客户名额。

还差两名。两名罢了，用不着那么紧张吧？

总经理把手中拿着的杯子重重往桌上一放，"砰"的一声，有些许的咖啡溅了出来。不是名额多少的问题，而是你的态度问题！

他的眼泪几乎夺眶而出，这就是老臣子的下场了？连请大假也要遭受这样的训斥？

他不敢回头张望，他知道，总经理室外，那些同事肯定在偷眼笑他。活到这个年纪，还要这样当众羞辱，也不知道前世造了什么孽？他的气往上直冲，差一点就要拍案而起，就算前路茫茫，也要争一口气！

但还是强忍下去了，眼泪也往肚子里吞。如果只是自己一个人，那倒也变得轻松，可是他肩上背负的终究是妻儿老小，哪里容得他那么潇洒？人降生在世界上，莫非命里要承担这么多的义务？自己的脸皮和自尊也就不值多少钱了。

踏出了这个银行的大门，以这个年纪，肯定就是失业了，他明白，总经理更明白。如果在前几年，他稍微做出个姿态，总经理便极力挽留他，甚至不惜加薪。银行生意好，人才争夺战剧烈，水涨船高，哪像现在，为了节省开支，裁员从工资较高的中层人员开始，他只觉得刀光剑影笼罩全身。

但再怎样委屈，在冰如面前在晓岚面前甚至在丽盈面前，他都只字不提，好像根本没有发生过什么事情一样。表面上的理由冠冕堂皇：上刀山下火海，男子汉只能自己闯去，何必叫旁人担心！但实际上他却明白，他不想让她们看轻了。毕竟，针刺不到自己身上不会觉得疼，把心灵的伤口展示给别人看，最多只能收回一两句同情的话，于事无补。

所以他从来不大愿意跟别人诉苦。廉价的同情固然不需要，假如给别人抢白几句，那更是自取其辱。活在这个世界上，人在本质上即是寂寞的，是好是坏，最终也都需要自己承担。过去了的事情成了历史，曾经有过，总比一片空白强。流星之夜朦朦胧胧，朦朦胧胧的意境，朦朦胧胧的情意，是不是还有朦朦胧胧的憧憬、朦朦胧胧的未来？

朦朦胧胧就像“龙记”结业前，他和晓岚带着惜别的心情匆匆赶赴的最后一个周末之夜似的，灯光闪烁，老歌悠扬，男男女女一个搭着一个肩膀，“拉龙”跳起了长长弯弯的蛇舞，他望着晓岚的眼睛，那末，这“龙记”的传统，是不是今夜就画上了休止符？

而在他的内心里，惋惜的并不一定只是“拉龙”，而是一个青春时代的甜蜜记忆。今后恐怕再也没有一处更温馨的实地，可以让他时空穿梭地回到跟晓岚眉目传情的梦境中去。

也许晓岚也怀有相似的心境吧，不然的话，她怎会跟他盘桓到晚上十一点半，“龙记”打烊的最后时分？自从她嫁人之后，即使和他去喝杯东西，不到十点钟，她总是匆匆离去。这一夜，她已经是破例了，我还能怎么样？

打烊之前，餐厅播出《最后的华尔兹》，他拥着晓岚，缓缓跳出的是风雨同路的舞步，还是载浮载沉的岁月？如果可以的话，他很想就这样一直跳到天涯海角，一直跳到月落日出，然而，《最后的华尔兹》一曲既终，最后的时刻降临，时间的脚步，有谁能够阻挡？

走出“龙记”，他仰望夜空，都市的周末没有星星。晓岚说，星星都已经给灯光摘走了。

但晓岚的笑容却掩盖不住她行色的匆匆，他嘴上不说，心中却不是滋味，也不知道是为了晓岚的谎话，还是为了自己的寂寞。跳了这最后一舞又怎么样？即使手上的体温犹在，但她照样又回归到她固有的生活轨迹上去，而他也照样思念到天明。

那是个辗转难眠的夜晚，闭眼尽是投身深渊的感觉。

也不是没有闪闪烁烁地追问过，那感觉究竟怎么样？但回答只是：儿童不宜！

不是无可奉告？

他却不能再纠缠不休了，无论如何，他不可以涎着脸，我早不是儿童了……

何况问的时候表面上虽然笑嘻嘻，但在内心深处却有一种苦涩酸楚的感觉在悸动。他想要得到的回答当然是味同嚼蜡，然而他却不能确切知道，哪句是真，哪句是假。如果她说如鱼得水，他问来岂不是在自我伤害？

最好什么都不知道，什么也不闻不问。原来，做人难免要阿Q一些，不然的话，恐怕很难生活在这错综复杂的世界上。

但他已经记不清楚，他是问晓岚，是问冰如，还是在梦中问一个并不确定的异性。因为在理智的时候，他明明知道，诸如这样的问题，实在难以启齿。假如对方发起恶来，分分钟都可以告他"性骚扰"。

何况这已经涉及到隐私权了。她也完全可以反问一句：那你自己呢？

我？他愣了一下。那已经是十分遥远的事情了，他和丽盈，遥远到几乎没有什么具体的记忆。有时丽盈也会旁敲侧击，喂，你是不是未老先衰，还是突然变成性冷感？他只是顾左右而言他，连他自己也很难把握得明明白白，当然也不能对丽盈说，我不想。他不想在言语间伤害她，那样未免太过残忍了。

但他却很清楚，他依然是血气方刚的男人，他依然跃动着青春热血。也并不是因为丽盈不再年轻不再漂亮，其实不论年龄还是容貌，丽盈也未必不如晓岚或者冰如，只不过那种微妙的感觉已经消失了，他也无可奈何。

也不是没有抗拒过这种危机，他也压制过自己，但终于节节败退。年纪愈大，他愈感到生命的脆弱，时光一去不复返，有朝一日当我赫然惊觉，只怕做什么也都已经无能为力了！

可怜的单程路，可怜的单程车，一脚踏了上去，我偏偏又还目迷五色，是不是在自讨苦吃？而他又不能做到心如止水，他需要一种心灵的碰撞与感伤，但他与丽盈并没有。

如果仅仅满足于男欢女爱而不追求心灵上的合拍，他也可以守住丽盈，心无旁骛。多少人都这样过日子，似乎也自得其乐，偏偏他却不能满足。人生一晃几十年就过去了，我实在不甘心于接受命运的安排。

只不过人言可畏。那些妒嫉的眼光，那些搜捕的眼光，还有那些变态的眼光。这些眼光组成一张恶毒的网，虎视眈眈，他岂能不防？即使他洒脱得可以不顾一切，晓岚只怕也不能，甚至冰如大概也不能。到头来，他岂不是要独舞到天明？

人到中年万事哀，以前只是听说，如今却深深感受到了。爱情不是没有向往，但已经身不由己了；职业不是没有追求，但已经不能把握了。甚至连身体也不再那样强壮，老眼开始昏花，记忆力开始退却，这上有老下有小的日子，距离逍遥快活实在太遥远了。他忽然记起年轻时一个朋友对他说过的一句话：五十岁以前一定要储好一笔钱。

当时他听得有些不屑，你怎么那么市侩？人生在世，并不是只有金钱而已……

现在才明白，理想与现实总是有个不可逾越的障碍。假如他真的有了足够的钱，只怕当总经理训斥他的时候便可以很豪气地打断，我不捞了！只留下那张胖脸惊愕不已。

但他终究不能。在金钱，在生活面前，自尊心又值多少钱？鬼叫你穷呀！

只可惜连感情上也不富裕。这世界上哪有什么倾城之恋？嘴上说说倒也还轻巧，一旦认真了，只怕也都躲在各自安全的战壕里左顾右盼。晓岚如此，冰如如此，他自己又何尝不是？

也许是一种惰性，也许是无力打破那种已经形成的格局。人生如梦，梦里如雾……

即使晓岚对他怀着情意，他也明白，在很大的程度上，那是精神层面上的寄托。有时他也会觉得，他只不过是她的一种幻像。

夜深人静的时候，他也会叩问自己的灵魂，假如晓岚真的可以舍弃一切，和他奔向天涯海角，他是否可以坐言起行？他并没有那样自信，且不说丽盈的反应，他连自己有无能力照顾晓岚也没有把握。

他知道他没有能力，晓岚如今生活悠闲，即使她愿意，他又哪里能够忍心让她受苦，跟着他去浪迹天涯？

有没有钱其实不要紧，只要我们开心就可以了，何况我手上也有一笔钱……

那岂不是说，我不但不能支撑你，反而还要成为你的负累？说到底，我是男子汉……

男子汉又怎么样？男子汉就不用吃饭了？用你的用我的又有什么所谓，那么认真干吗？

他沉吟不语。

也并不是没有心动。人家说我靠女人就靠女人吧，只要自己活得愉快，那又有什么！何况也不是每个男人都有这等福气。不过万一将来晓岚后悔，只怕当初一切美好的回忆，也都会变成噩梦，他不想有这样的结局。

说什么有情饮水饱，那只不过是自欺欺人之说，生活中有太多的事例足以证明：贫贱夫妻百事哀。与其到头来相爱变成互怨，他倒宁愿趁早挥剑斩情丝，即使心中的伤口不能痊愈，也总胜过理想幻灭。

那么，我们是注定有缘无分了？

他不敢接触晓岚的目光。我不值你这样情深义重，何况我已经老了……

晓岚掩面而去。

但他极力追忆，却又不敢肯定那究竟是晓岚，还是冰如，或者两个都不是，只不过是一场梦境，一个幻影，或者是心魔。

他惨然一笑，我叶清良何德何能，怎么会有这样的红颜知己倾心相爱？大概正因为实际生活中根本没有，这才引起心湖中的无数涟漪，以致幻想联翩。

假如一切都可以重新安排，那该有多好！只不过生命无情，未曾曲终弦已断，这大概也是人生永远不可弥补的缺憾。

晓岚说，现在真不敢照镜子。

当时她在翻看年轻时的相片。年轻的晓岚笑靥如花，那青山那白云那草地那流水似乎都在春风中沉醉，她亭亭站在树下，好像在等待一个美丽的时刻。

青春无限，也有用尽的时候吗？

但尽管她脸颊上的红颜已经消褪，他也并不介意。我不也一样不再年轻潇洒了吗？

青春永远都是一笔用之不尽的财富。

既然青春已去，他也就幻想着有一个美丽和谐的黄昏，或者静静地住在山边湖畔，每天面对着朝阳升起、夕阳落下，回首前尘，也是一个令人向往的晚年。只不过他不知道到底有多少可以值得回忆的片断，他总觉得此生活得太过庸碌，与自己的初衷相差得太远了！

有什么办法？冰如说，人活在这个世界上，便要受到制约。你总不能真的想做就去做。如果你真的不理世俗眼光，结果你会发现到你不由自主地便掉入一种被猎捕的境地中去，你难道不怕晚节不保？

晚节？我连早节也没有呢，理那么多干吗？不过我不够坚强，明知可以不理那些追捕的眼光和吱吱喳喳的议论，但心理又不足以强大到可以抵抗一切流言蜚语。明明想这样做，结果也都放弃了。他沉沉地叹了一口气，责任、义务，耗尽了我的年华。

一步走错，满盘落索。生命与青春根本经不起折腾，稍微迟疑，我已人到中年万事休。

晓岚是他心中的烟花，灿烂温热的夜空；而冰如是他眼里的雪莲，冷艳飘香在天边。如果生活的齿轮没有咬错一格，他本来应该是个幸福的男人，然而，现实中他只有踽踽独行在他那寂寞的心路。

他觉得他实际上只不过是别人生活中的一个点缀，或者是盛宴里酒足饭饱后的一道甜品，根本无足轻重。警觉自己有些自怜自哀的味道，他赶紧收拾心思。

男子汉大丈夫，即使遍体鳞伤，也不要向别人展示伤口，更不要当众流泪；再痛苦的心情，也不会有人跟你一样有切肤之痛。实在忍不住，倒不如躲进被子里，在夜深人静的秋夜里颠倒人生高歌狂舞，让思潮泛滥决堤。

明天又是一个清凉的日子，太阳照样从东方升起，流星雨去了听说还会再来，地球毁灭的日子，真的已经逼近了吗？

只有那静静的笑靥，常驻在他逐渐衰弱的心房闪耀不止。

1998年10月25日—11月25日

# 天外歌声哼出的泪滴

1

机场候机室的灯光从头顶苍白洒下，萧宏盛看到，落地玻璃窗外的跑道上，一架巨型飞机正在缓缓开出，腾空时刹那心神一悠的空荡荡感觉，便像电流一般感应在他身上。此去关山万里，何日君再来？

"何日君再来"这句话，还是昨晚伴着笑颜从他嘴上溜出来的，不料此刻忽然忆起，却已经是别一番心思别一番滋味。毕竟那氛围已经迥异……

杯光酒影下的餐厅，他还记得洪紫霞笑靥如花"……这句话，该是我问你呀！"

喝完了这一杯，请进点小菜，人生难得几回醉，不醉更何时……

那旋律在他耳畔悠扬而起，待到定神来，只有那高脚玻璃酒杯清脆地一声碰撞，餐厅喇叭播出来的，却是浑厚男音唱出的《Only you》。他的心一动，张嘴想要说什么，却又不知从何谈起。

这时即使可以说了，哪里还有什么歌声？满耳都是嘤嘤嗡嗡的人声，间或广播喇叭传出女音播出的最后召集声。

过了机场海关，也只有勇往直前了，哪里还有回头的余地？他甚至也分不清楚，身后到底有没有挥别的手在轻扬？

一排排靠背椅上，几乎都坐满了等待起飞的乘客。都是匆匆过客，奔波在这路途上。举目一张张都是陌生的脸孔，怎么一下子我就被抛弃在这冷漠的茫茫人海中？

空中的道路依然遥远。

定睛望着那屏幕，班机迟飞，却没有确切的时间。可长可短，可慢可快，这种不确定性，令他有了无数种猜测的可能，也似乎给他某一种具有可塑性的希望。难道在这同一片天空下，即使有了看不见的距离，却仍然可以呼吸到那种对面拂来的气息？

就像那年春天，龙华的桃花盛开，那洒落一地的花瓣，艳艳地依然带着粉红的色彩，只有香如故？啊呀不对，那一团团火一般迎风招展的是深秋香山的红叶吧！而四月的太平山春雨连绵，那杜鹃花也漫山遍野怒放了……

花儿为什么这样红？嗯，那是电影《冰山上的来客》的插曲。曾经握住的手，如今哪里去了？猛然醒觉，他感到手足冰冷。

莫非是室外的冷空气渗透了进来？但周围的人并没有什么特别的反应。坐在他旁边的一个胖子，头垂得很低，身子不断地往他这边倾斜过来，重重压在他肩膀上，竟睡得死死的。他暗示性地动了一下，那胖子立刻警觉，睁开迷茫的双眼，抱歉地笑了笑，坐正了，闭上眼睛，不一会，又慢慢往他这边再度倾斜。实在太困了吧，这人？他既不想出声令人尴尬，又不想把自己的肩膀就这样借给不相干的人，于是在胖子靠过来之前便站起身，他看到那胖子扑了个空，自己惊醒自己的狼狈模样，觉得有些滑稽。

对不起，这肩膀不是给你靠的；虽然同是天涯沦落人。

假如是紫霞……

一股柔情缓缓从他心底升起。

但紫霞此刻在哪里？

不论紫霞在哪里，他都已经没有办法坐在她面前了，如昨晚。被困在这候机室里，他有些进退失据的感觉。唯一可以跟外界联络的，也就是电话了。

难怪打电话的人要排队。

排队就排队吧，反正百无聊赖，有的是时间。他的思路蓦然明确到某一点上，心立刻悸动起来，如鹿撞。

他也不知道该说什么。

喂！是我呀，我走了……

飞机迟到，很闷，打个电话聊聊天……

啊呀，我也不知道怎么会拨这个电话……

好几个"台词"轮番闪烁在他的脑海中，话到嘴边，他张口结舌说的竟是："……这回我真的走了……"

而且是带着笑声，有潇洒走一回的味道。但他的心头却有些苦涩。

他握住她的手不放，哑声道："我心里很难过……"

她避开他的眼睛，微笑着说："常来常往嘛！"

他蠕动了一下嘴唇，却猛然望见那的士司机带笑的侧脸，竟生生地叫他无语。

在昏暗的灯光下，他目送着她跨了出去，楼上楼下响起了热烈的对话，他顿觉自己是多余的人。

的士又向前一窜，他望见她的背影一闪，便消失了，依稀好像留下一句："一路当心……"

他仍记得她穿着那高领米色毛衣一脸微笑的模样。

只不过那已经是去年寒夜里的微笑了。

朦朦胧胧一觉醒来，花开花落又一年，人在旅途中，已经无暇仔细分辨，这节日与平时到底有什么不同了。实际上宏盛根本也常常无法分清，这一天与那一天有什么区别，除了发生了不同的事情之外，太阳似乎也都一样从东方升起，到西边落下。假如不是因为要赶赴机场，恐怕他也会与平时一样从容，哪里还有心思急急地观看初升的太阳？连那的士司机都笑问："今天还赶路？"

应该是精心选择的日子。

于他而言，本来提前或者推迟离去，都没有问题，只是，他不想在 A 城呆下，在这个日子里。

他耸了耸肩膀,“一个日子罢了,也没什么太特别。你不也一样?”

司机说:“找生活吗!”

生活无非也就是这样,他逃避节日,甚至元旦。

当然也不是没有过除旧布新的心情,当元旦的钟声乍响,全城欢腾,大街上的汽车和维多利亚港的轮船,一齐按响了长长的汽笛,把寒夜渲染得热气腾腾,热吻从天边悄然降落,但觉此情只应天上有。

是哪一年的除夕了?怎么遥远得好像抓不回那记忆?只有汽球的爆破声,还有那《友谊万岁》的歌声响自四面八方。是在海城夜总会吧?徐小凤歌声悠扬,年轻的旋律激荡着沧桑的心,原来这世界是这么美好。

一年复一年,他再也没有心情去追逐那浪漫之夜了。何况,身在他处,在节日里,他总不能缠着别人相陪吧?紫霞笑靥如花:“……那有什么要紧?你可以到我家来嘛……”

但他却宁愿放逐自己,在万里长空独飞。

也说不准是什么样的一种选择,此刻他却隐约感觉到,那是下意识的逃避。紫霞也不是没有邀过他:“……都来了,上去吧?”他摇摇头,每次都笑道:“下次吧……”

也许紫霞也察觉到那种微妙的思绪吧,只轻轻地说了一句:“三过我家门而不入,啊?”

他也不记得当时是怎么回答的了,也不想去咀嚼那心情。只是无意追索答案,那答案却冷不防窜上他心头:莫非,他不情愿面对的,是她家的另外一个人?

每一回也都是在那寒夜中乘的士送她回家,不是顺道,而是专程拐个大对角线。

走出餐厅,他扬了扬手,那辆的士停在他面前。夜空飘起了蒙蒙细雨,若无还有,洒在脸上,如水雾,凉凉的,好像夜深人静时候一首凄清缥缈的歌,隐隐约约,待要仔细辨认，却已一闪即逝，无踪无影。

紫霞一手拉开后座车门，回眸说了一句："绕个大圈子，还是我自己回吧！"

他迟疑了一下，假如她并不想他送……

他却把心一横，强笑道："那怎么行？就当我想跟你多聊一会吧！"

他也不知道这是否有些强人所难，但假如不是这样果断，那他就在这毛毛雨的街边告别了。

太阳下山明早依旧还会爬上来，但是这一挥手告别，明晚却肯定不会在这湿漉漉的街边说"再见"了。

但你难道可以留住这个时刻直到永远吗？他知道他不能，只不过想要努力延长握别的时间罢了。这实在有垂死挣扎的味道，面对命定的时刻；但人在某种情势下总会逃避物理时间，而将自己投入心理时间隧道中去。

至少在心理上，他模糊了那冷峻的现实。

就像他摩挲着她柔软的手心，她却四处张望，好像心不在焉的那个刹那。

那一刹那，他有些自尊心受损的困窘，只不过她既没有挣脱她的心，他也就有了从容的台阶。他一直在猜想，到底，她有情还是无意？

其实他也并非刻意亲近她，说来说去，大概也就只能归结到一个"缘分"吧？

即使她的电话号码，也是鬼使神差从天而降。

她说："……我早就写信告诉你了呀……"

没有。至少那封信没有收到。是什么样的一封信？结果就在人间蒸发了，连同她告诉他的电话号码。

他那时也只是 A 城的匆匆过客，没有电话号码，那也只好失之交臂了。

但无意中便从一个不相干的人口中拿到了，只不过她却游埠去了。

他耸了耸肩膀，放下电话，对自己说：不能怪我……

可是有谁会怪我呢？没有。只不过既然来了，连招呼也不打，未免无情。但我已经尽力而为。

谋事在人，成事在天。

反正明天就要离去，拨不到电话，在人生中也只不过是小事一桩，何足道哉！

说是这么说，但心却不由自主有些不自在了。就像事事顺利，但最后却留下一个小小遗憾一样。

什么遗憾？待要细细追究，那感觉却在云山雾罩之中，朦朦胧胧不肯现身。

也许，遗憾便成了希望？

他摇了摇脑袋，好像想要摇掉那些不着边际的念头。简单收拾好行李，他和衣斜躺在床上，随手拿起本什么书，刚翻到第一页，电话铃便响了。

有些懒洋洋的，他提起了电话筒。

突然，他便坐直了身子。

那灌进耳朵里的声音，竟叫他心跳。

但过了一会，他才省悟到，这乍听的声音，是发自紫霞的口中。

后来，他曾经笑着对她说："……不知道为什么，虽然是头一次听到你的嗓音，我却觉得很亲切，好像多少年前就认识的老朋友一样……"见到她微微一笑，也不说话，他忽然感到有些失言，是有些讨好的味道，但这确实是他发自内心的感觉。

这世界上的人，可能还真可以分为"有缘"和"无缘"两大类。有些人无论如何经常接触，却始终走不进你的心；但有的人只须一面，便可以常驻心上。

但他不能这样对她说。

而在接到电话的时候，他觉得她一个筋斗便从天外翻了回来。

也好在自己留下了电话号码，其实他并不抱任何希望，只不过习惯使然。

这酒店房间，只不过是匆匆过客歇息的地方，他根本也不奢望在这有限的时间会发生什么奇迹。

但奇迹便这样自然而然地发生了，如这清脆的电话铃声，轻轻划破了他宁静下来的心湖。

放下电话筒，他仍然有些怀疑究竟是不是在梦中。

就像在那个寒夜里，她俏生生地站在他房门外一样。以往在他脑海里偶然浮现出来的无数种可能性，电光火石般在眼前定影，那字迹那声音立刻变得立体玲珑，他好像认识她许久许久了。

难道紫霞竟是他在前世的知交？

是那种亲切的感觉，乍见就没有了他平生对陌生人的距离感。后来他也曾经闪闪烁烁地说："……这种感觉很奇怪，至少我是不曾有过的……"她听了只是笑："是嘛？是嘛？不过，在我的眼里，你那时只是一个匆匆的过客……"他顿时语塞。他不明白她是脱口而出，还是故意拉开距离。以他的心高气傲，当然也不情愿给人看轻了。

其实那时他也并没有任何非分之想，只有一颗温温暖暖真真诚诚的心。

自然，他也有眼前一亮的感觉。朦朦胧胧，他总是认为，那张脸孔，那个神情，那种姿态，在遥远的什么年代，他见过，而且熟悉得似乎伸手可及。

突然间他便想起，人是不是有前世？明明是一个陌生的地方，在他眼中却似曾相识。那日，他走过一间林中小屋，便有这种被电击的感觉。他肯定这辈子从来没有踏足过这 A 城的郊野，可是又明明有久远的模糊记忆，而且越来越显得清晰。他甚至记起他爬过的那棵白杨树，秋天的夕阳斜斜洒下，那片片叶子反射出金光，在微风中哗啦啦地响动。他走近那棵树前，仔细地抚摸树皮，那刻下的字迹依稀可辨:“记住这丰盛的岁月”。他越思索就越觉得,那时,他便用那把黑柄的折刀,一笔一划地刻的。洪紫霞的笑声清脆,“这岁月,怎么叫丰盛?”他也说不清楚,只好含含糊糊地说:“这是一种感觉嘛……”

蓦然一惊,恍惚的心神驰回现实,他极力回顾,他明明没有去过那郊野,可为什么会有那种感觉,令他越想就越觉得确然有过那棵白杨树,有过那秋天的夕阳,而且还有紫霞那玲珑的笑声。他抬头望着那阳光,但觉晃眼的金星乱冒中,有一群归鸟吱吱飞过。他差一点便要武断地对紫霞说:“……我肯定在遥远的年代见过你……”但他终于也还是没有出声,说出口来,也许紫霞会笑他发神经。

许多事情就是这样,只能在心里沉思默想,一旦宣之于口,旁人看来便是不正常。

但你确然是我灵魂上的朋友。他在心里这样叫着,灵魂却已经掉在那盈盈的眼波中。

而这眼波也成了他的记忆,在同一片天空下,只是已经隔着不可逾越的空间。

只有电话可以穿过距离。

终于也轮到他了。

按下一个号码,每一按都如一次心跳。

但是占线。

他有些微的失望,但也想及,占线证明她在,心又从空空荡荡的感觉中回到了现实。现在也就是等待了,不必担心她不知道奔走在哪一个角落。

她总是说:“……你看看这交通……”

他当然也有体会,那天傍晚约她吃饭,不料竟没有一辆空的计程车。他一向都不迟到,何况跟紫霞相约?即使是在冬夜里,他也急得满头是汗;但却一点办法也没有。等他赶到,只见紫霞在寒风中缩着肩膀伫立的模样,他差一点便想要一把将她搂在怀里,可是他终于只是微笑着抱歉:"……没有想到……"

他暗想,她心中大概已经把他骂了千百遍吧?换了是他,也会焦躁无比,何况是像紫霞这样的漂亮女人独自站在寒流乍起的街头?

没有一点绅士风度。

可是这并不是他的过错,她笑着说:"……我差点就要离去了……"

他看出在她的笑容背后闪过一丝不快,却又不知道应该如何恰当地表达自己的心情。幸好紫霞也并没有发小姐脾气,他忙说:"……我也领教了这交通……"

在车水马龙的夜街上窜下跳,哪里想到竟没有一辆计程车停下。他甚至觉得自己像个小丑而脸热了,可是除了继续奔走,又哪里有其他办法?

不管怎么样,那噩梦已经搁浅,仅仅是为了紫霞并没有被冻得拂袖而去,他也要赞美这个冬夜。紫霞拉开车门,街上的一股冷气被她一带,在关上后座车门的同时,他感觉到扑面的寒意。一种怜悯和自责混合而成的柔情从他的心湖升起,他轻轻地拍了拍她的肩膀。

一切尽在不言中?还是沉默是金?

有些事情是不能解释的,如果要从头到尾巨细无遗一一说起,就算有时间,也未必有心思。许多时候只好欲言又止,知我罪我,也都全凭感觉了。

轻拍她的肩膀,也是一种下意识的动作,在黑暗的车厢里,他甚至也看不清楚她的面部表情。街边的霓虹灯光闪烁而来,不断地映在她的侧脸上,明明暗暗,而她却端坐着,如一尊庄严的铜像。他甚至不敢动弹了,唯恐惊醒她渺茫的梦。

有朋自远方来的心情?

他也不大明白,怎么在刹那间就会这样迷糊?这些年来走南闯北,他总以为自己的心已经给磨砺得十分粗硬了，哪里还会有脉脉温情流泻？

十八岁那天青色的心，已经远走了……

谁知道只要一息尚在，隐藏在心角的那颗最柔软的灵魂，便会飘荡而来，在适当的时候。

这一向以来的沉静，大概也是因为外界没有什么足以令他心动的冲击力出现吧？

紫霞无疑是漂亮的，但他也见过不少漂亮女人，在他看来，比漂亮更引起他灵魂翻飞的，还是精神上的投合安详。他已经超越了为单纯的漂亮所迷惑的年纪。

不知道这是因为已经淡漠，还是因为已经成熟？

那个时候跌入情网，也全然是为那耀眼的面孔所俘虏。是一种震慑得不可逼视的眼波吧？最初他甚至连对视的勇气也没有了。

也只是在抓拍的一瞬间，快门按下，宏盛才感到那刺人的光芒。

回头一笑百媚生，这个袁如媚？

这个灿烂的笑容，便这样被定影在铜锣湾的人流中。

忽然发现给人拍摄，袁如媚皱着眉头，走了过去，气哼哼地说："给我！"

他看到她伸出手来的模样，分明又带着一点娇憨的味道，连忙解释："我是摄影记者……"

一面掏出自己的名片。

"记者？"她用拇指和食指轻夹那张名片，一面用不屑的眼光瞟了一下，一面说："记者就有权乱拍？我又不是古董文物，也不是明星……"

他张口想说："你比明星吸引人……"

但却终于说不出来。这等话，即使出于真心诚意，人家也会认定是别有用心的恭维话罢了；他知道。

没有想到就这样在街头相认了。

后来当他看着她画他时那副认真的模样，不禁笑道：

“我们可真是不打不相识……”

她却说道：“别动！”

其实她画的是风景画，给他素描，已经破例了。她放下画笔，他问她：“有什么感觉？”

她扫了他一眼：“好像触摸着你脸上的每一处神经一样，弄清你面部的轮廓走向……”

他感觉得到她那时的真情，一点也不掺假。他心中一热，忍不住便把她拥进怀里，任那油彩溅到他衣服上。他觉得她的悸动，就像第一次拥抱她一样。那时，她喃喃地说：“……喜欢我的人，都不在香港……”

当时便一愣，他问的明明是：“喜欢我吗？”

是有些答非所问。

不过他没有追问下去。他知道世上有好多事情是很难说得清楚的，就像他明明知道她的丈夫在美国，却不能抑制地爱上她一样。

这当然已经是稍后的事情了，不过回想往事，他觉得一开始就有了预感。不然的话，以如媚不到三十的女性，光靠画画，怎能维持生活？

只是没有想到她老公在美国做生意，他以为她可能是香港什么富豪的外室。但他不敢开口问她，倘若不是，那岂不是太过伤害她？

他什么也不追问，只要两人相处得感觉良好，其他也就不必在意了。他甚至有些自欺欺人地暗想：她要是想说的话，早就说了；要是不愿说的话，也必然有她的理由。既然如此，我又何必强人所难？

话是这么说，但当他置身于她独居的城市花园家里，便有一种坐立不安的躁动感觉。当时他也不很明确，到底是为了什么原因，这舒适的环境竟会叫他这般浮躁？到了许多年之后，人事已经全非，他才省悟到，原来，在他心底埋藏的某种不安情绪，竟悄悄地被这间房子的装饰给证实了，只不过他当时宁愿当鸵鸟而已。

2

排队的人依然很多，而且一堆人挤在三部电话机旁，各嚷各的，表情丰富；只有柜台后那负责收钱的女职员，一脸的冷然，好像一切人间烟火都与她毫不相干。这样的环境，连说话的心情也没有了。他不能想像，最温柔最机密的话，可以在这样的气氛下自然流泻出来；也许，提起电话筒，也只能带笑说一句："……再见，珍重……"

要是有个隔音间就好了。把自己关在那个独立的小天地里，四顾无人的感觉真好。可是，难道他真的可以毫无顾忌地尽诉心中情？

他不知道。那道心理障碍，始终横亘。他向来拙于言谈，以为任何的语言都是苍白的，说出来不是无力便是过火，哪能恰到好处？只有心灵的流动才最真实不过，可惜不能直接传真。他宁愿那血管那脉搏那心跳可以一眼望穿，那就不用再多费唇舌了。

而紫霞总是那样矜持的笑容，令他想到不知谁说过的那么一句："……看起来她很孤傲……"

他虽然不认为她拒人于千里之外，但也觉得有时很难抵达她的内心深处；不像袁如媚，也只不过一来二去，便已经无话不谈。

如媚笑道："你说我单纯？是蠢吧？我不会拐弯抹角，该怎么样便怎么样。"

他一愣。当然不是这个意思。他决不是利用她的单纯，一直以来，他以为最重要的便是沟通，假如心意不能相通，无论如何都有障碍。

那个时候，如媚真的对他很好，他可以感觉得到。那回，他奉命出差西北，当时如媚去了美国，在长途电话中知道了这个消息,她只说了一句:“……你也该出去散散心了……”

放下电话,他怔忡了半天。

其实也只不过一个星期罢了,而且如媚并不在香港,但不知为什么,他心里总有一种沉甸甸的感觉,倒好像这一别,便是跟如媚永远分隔在天涯海角一样。

没想到他动身前的那一晚,如媚竟出现在眼前,投身到他的怀里,絮絮地说:“……我对我自己说,一定要赶回来见你,不然的话,我不会安心……”

她把一件件东西掏出来,拿到他手上:人民币、Walkman、润喉糖、傻瓜照相机……

他心头一热,哑声道:“照相机我有……”

“那是工作用的,拍个纪念相什么的,还是用傻瓜机好,方便。”如媚微笑,“你多照几张,拍回来给我看看。”

每当回首往事,他便会为这个夏夜感动。

袁如媚的眼神、笑意,连同那温柔的昏黄灯光,以及那阵阵吹送的冷气,仿佛伸手便可以触及。

他以为这便是天长地久了,但后来每每想及,他总是有些疑惑:这是不是有些告别的味道?

假如这极度的温柔竟象征着分手,那他就宁愿没有这一夜。可是回心一想又觉得,无论如何,在漫漫人生旅途中可以碰到这样的温馨时刻,总也算是自己的福分。

如媚她不顾一切地提前回港,所有的目的,只不过是为了给他送行,“……今夜,你再抱我一次……”她说。

也许这便是恋爱中的女人。

但是,恋爱中的男人又何尝不是如此?这个夏天的夜晚苦短,却并不是沉醉在情欲之海,只是一种十分温暖的感觉。半夜醒来,微光中他睁眼看到一绺黑发湿漉漉地挂在她的额头,一直延伸着遮盖她合着的右眼眼帘;他忍不住轻轻地把它拨开,她忽然睁开一只眼睛,睡意浓浓地咕噜了一声："很困……"身子却往他怀里钻去。

毕竟是刚搭长程飞机，而且还有那要命的时差。

这么匆匆赶来，倒好像是一场生离死别似的。不对不对，怎么就会想到那里去了？如媚一片柔情满腔热血，飞行万里，兼程赶来，还不是因为我？不然的话，她还要在美国多呆一个月……

于是便有一种虚荣的满足感。

至少在这场两个男人的较量中，他感受得到她的天平明显地向他这一方倾斜。

但他不想去正面证实。

有许多事情，只可意会，不可言传；他愿意就这样，让他所珍重的东西悄悄地客观存在，而不愿经过言语的渲染，变得刻意或者矫情。

他从来也不觉得自己有什么过人之处，可是，如媚却以她的行动，叫他明白什么叫做魅力。

也许也未必是魅力，只不过是情人眼中……怎么说呢？我又不是西施！

但如媚的眼睛温热。

那天中午，他正埋头工作，冷不防就听见接待小姐扬声叫道："萧宏盛——有花到！"

他几乎以为幻觉。

但他望见许多眼睛"唰"地望了过来，有个女孩调侃说："你就好啦！我们女孩子都还没有收到，你就收到了！你的女朋友真是太好了！"

这才想到今天是情人节。

那一束鲜花，是满天星衬着的红玫瑰，捧在手里只感到娇艳欲滴，又好像青春跃动的痕迹。

虽然那卡片上只有写了他名字的上款，却没有署上送花人的下款，但他的脑海立刻浮上如媚的笑脸。

他记得他无意中说过："……我这一辈子没有送过花

给别人,也没有收到别人送的花……”

那天晚上,他们驻足一家花店门口看花时,他很随意地讲了这么一句。当时,如媚应了一声:“那你现在还不快快买一束送我?”他只是笑了一笑:“这样刻意,反而不好。”如媚带笑地哼了一句:“不是舍不得?”

当然不是。只不过凡事都要自然。

也不是没有机会,平安夜跟她逛尖东海旁,突然便从暗影里窜出一个女孩,手中捧着一捧花,追着他说:“先生,买枝花送你的女朋友啦!你女朋友这么漂亮,配上这枝花更漂亮……”

到了这个时候,不要说是四十块钱一朵,便是四百块,也就是一句话了!

但如媚却把他一拉,回首对那女孩说:“对不起,我们不兴这一套……”

宏盛却有些不舍:“也没有多少钱,物轻人意重……”

如媚笑道:“不要那么虚荣好不好?而且爱在心里,也不用太讲究形式。”

话是那么说,他却真心诚意地想要在这温馨的夜晚,借花献玉人。

只是说不出口,虽然不是刻意讨好。

而且机会也就这样眼睁睁地错过了。

本来应该是水到渠成的事情,怎么一来二去便阻塞在这样的情状里?

他唯有轻轻叹了一口气。假如重新再来,一切便显得迹近刻意安排,既然不自然,他唯有放弃。

没有想到如媚不声不响,竟选定这样的一个日子,冷不防便差遣一束耀眼的鲜花,轻轻飘到他的桌子上,令他满怀红橙黄绿青蓝紫的绚丽缤纷,有如那年农历大年初二之夜维多利亚海湾腾起的烟花。

办公室男男女女在起哄:“哗!佳人多情……”

他讷讷地说:“是啊,没道理,啊?会不会是送错了对象,不是我的?”

但在内心里,他却明白极了。

也就是心有灵犀一点通吧?

如媚笑道:“既然你从来没有收到过鲜花,那我就让你破一下纪录……”

至少也要五百块钱吧,这束情人节的鲜花?

“也不算太贵吧,但求开心。”她说,“你开心吗?”

当然开心,而且感动。但是不值得呀!错开情人节,这束鲜花大概两三百块就可以了吧,又何必一定要赶在这一天?

但如媚不以为然:“日子当然绝对重要,不然的话,这一天跟那一天又有什么区别?”

他顿时语塞。

想起尖东海旁的平安夜,他甚至差点问她:“那四十块和这五百块怎么比?”不过终于还是忍住了。他不想给她以耿耿于怀的感觉,男子汉大丈夫,如果这般纠缠于婆婆妈妈的琐事,也太无聊了。

他唯有说:“谢谢。”

那天下班,已是华灯初上时分,但见铜锣湾闹市满街都是手捧鲜花的少女,虽独他是个男人。她们个个笑吟吟地顾盼自豪,他却有些狼狈不堪,生怕熟人看见。

袁如媚笑着摇摇头。

他却连忙把那束花往她身上一送:“鲜花配美人,我一个大男人,抱着鲜花满街跑……”

“那有什么?男人更高兴!”

“不是我。”他的眼睛投向那夜街上的车水马龙,霓虹灯下,流过来的是黄色车头灯,流过去的是红色的车尾灯。这尖沙咀的夜景,就这样流进他记忆的屏幕里。

其实他是很感激于她的一片心意的,只不过缺乏合适的环境，他说不出口。

如媚却有些不高兴了："你不要鲜花，是不是要宝剑呀？我可没有！"

他当然不是这个意思，急切间又无力挽回局面，他总不能嘻皮笑脸去讨她欢心。不是不想，而是实在放不下这个面子。

后来如媚搂着他的头，叹了一口气："你这个人，就是不知好歹……"

怎么会不知好歹？只是他不爱宣之于口罢了。

他总是记得她的每句话，甚至每个眼神。

那回他发烧，她听了，放下电话，便搭的士赶来，手上提着哈密瓜和无核葡萄。

他心里一热。看到她慌慌张张的样子，他不用问也可以猜到，还没吃饱，她就把她的朋友抛弃在饭桌上了。她常常这样，和别人吃饭，中间便溜出来打电话，也并没有什么要紧的事情，他却更可以触摸她贴近着的一颗心。

但他在骨子里却始终有一股傲气，不愿低声下气。

他也常常问自己，这是不是因为自卑而产生的自傲？

当如媚负气地把那束花往垃圾筒一扔的时候，他的心一跳，大吃一惊。他想飞身扑过去，已经来不及了。假如他放得下臭架子，最多也就是把它捡回来，大事化小，小事化无；但他克服不了心理障碍。假如就这样兵败如山倒，那将来还有什么置喙的余地，在如媚面前？

只不过是一时之气，事后却叫他后悔不迭。明明是一件甜甜蜜蜜的美事，怎么一个不经意，竟变成了如此不欢而散的收场？

如媚硬梆梆地说："……我不是要强迫你呀，宏盛，你不要我的花也可以……"

他的心一阵绞痛。刚接到那束玫瑰花的时候，一慌神，他的手指便被玫瑰的刺扎了一下，一滴血立刻冒了出来，鲜红得可以跟那玫瑰花媲美。有微痛的感觉，他下意识地用嘴去吮那血，似乎有点腥味，但不敢肯定；连忙掩饰着打个哈哈。

被玫瑰刺无端扎了一下。并无恶意却引起如媚的不快。这个浪漫情人节之夜，莫非是乐极生悲？

也不是事后诸葛，当时就有了一种不好的预感，只是他尽力强迫自己不往那方面去想。而整个的情绪，他与她已经难舍难分了。

他终于老着脸皮，跑到她家陪罪。

她叹了一口气："我们好像是刺猬一样，挤在一起互相伤害，分开又觉得孤单寒冷。"

但他不这么想，即使看来并不现实，他依然向往着天长地久。

而他也不怀疑，那个时候，如媚跟他一样，也期望着天长地久。

在轻风徐吹的维园之夜，并排躺在那绿色草地上仰望星空，有稀疏的星星在闪耀。如媚的声音好像梦一般飘了过来："要是在草原上就好了……"

蒙古草原的夏夜，天高地广，星星繁多而且晶亮。凉风不断吹来，哪里还需要什么冷气机？

说着说着，如媚便轻轻地哼起："……大青山顶上盖房子还嫌低，我坐在哥哥你身边还想你……"

是那草原上的民歌哩，只听得他心里一阵甜蜜的迷糊。

那个时候，她在那边速写。

他几乎就要问了："你跟谁去的？"

但终于还是没有开口。

假如她说："我跟……"那又怎么样？还是不知道为好。

难得糊涂。

只要此刻感觉良好，又何必去破坏？

如媚说："……你不如辞职，我们到大陆去旅游，租个车子，去草原去戈壁，去新疆去西藏，你去拍照，我去画画，也不枉这一生……"

他立刻神往。假如能够摆脱这世俗的羁绊，在广阔的天地里做一对自由的小鸟，简直就是神仙过的日子。

"你说呢？"如媚盯着他的眼睛。

他的视线滑开了。小鸟飞翔在天空，其实也未必完全自由自在，也许有老鹰窥测，也许有猎枪在侍候，冷不防便遭到致命一击。

难道这世界并没有一块世外桃源？

但他不能直言，也不是虚伪，只不过他知道，那会伤她的心；而在此刻，他最不愿意做的事情，便是伤她的心。他不能忍受她不开心的样子。

结账之后，她说了一句："你稍微等一等，我去打个电话。"

不用她说什么，他也知道她打什么电话，突然间他便涌起了一股说不出来的滋味，顿时令他有些心不在焉。

他的视线离开了她站在那一角打电话的背影，她刚说的话却汹涌着不能在他的记忆屏幕上退潮。当时他也担心她期望过高，是一句老话吧：期望越大失望也越厉害。他很想给她泼点冷水，这种事情，用淡然的心情去看待，也许还会有意外的惊喜哩！只不过她正说得兴高采烈，又哪里体味得到他那颇有分寸的暗示？

她说她去打电话的时候，他下意识地抓住她的手，她笑吟吟地说："怎么啦？舍不得呀？"

他只好放手，或者说是那走过来的侍者的眼光令他不由自主地放手。如媚扬了扬手，娇俏地扔下一句："你就等着我的好消息啦！"

但好消息并没有等来，他望见她那暗淡下来的脸色，便明白了那结果。她完全没有思想准备，满怀期望却从高峰中摔下，也难怪她不能接受了。他拍了拍她的肩膀，说了一句："走吧！"

她本来以为她的第一本画册可以顺利出版，哪里想到在给了她并不可靠的空头承诺之后，那出版商忽地改变态度，强调在经济上的不可行性。

宏盛一直也没有追问，为什么这出版商先前会那样给她以希望，随后又变卦？但他也有他的猜测，他认定，在这个功利社会，恐怕都脱离不了交易，大概是如媚在美国的先生，与这个出版商有什么生意上的关系吧？但如媚不说，他也不想纠缠。

踏出这红屋餐厅，夜空正洒着倾盆大雨。宏盛张开那把黄色的雨伞，用右手撑着，左手轻抚如媚的肩膀，慢慢走进雨林中。那豆大的雨点哗哗地敲在伞面上，如暗哑的鼓声，他的裤脚很快就给溅湿了，有一股冰冷的感觉从脚跟升起，一直湿透他的灵魂。

准备横过马路的时候，斑马线的红绿灯亮起小红人。停候在路边，雨势随着不定风向飘舞，突破雨伞的围护，他把伞极力往如媚那一侧遮去，凉凉的雨水成片地洒在他的右肩上，渗透他的背心，紧贴着他的肉体了。

他打了个寒噤，忙以大动作掩饰。

如媚依然情绪低落，他热血上涌，半拥着她，柔声道："没关系，天塌下来，还有我呢！"

也只不过是脱口而出的一句话罢了，虽然绝对真心，并无虚言，但他也知道经不起推敲；这豪言壮语，无非适时地表达了自己的一种怜爱之心。

明知自己只是一个凡人，哪有本事顶天立地？

但如媚终于有了笑容，说："我太傻了……"

在夜雨中街灯下，他以为看到的是一种凄美的笑意，几乎就要说了："你既然那么喜欢，不如自费出一本吧，我帮你……”

帮她什么呢？也只不过是奔走罢了，至于金钱，她并不缺。

可是他也摸透了她的心思，她向来自傲，假如由他说出来，她会不会觉得有伤她的自尊？

人家帮她出版，可以证明她的画的价值，自己掏钱出版，会不会感到没有面子？

但听得如媚在说：“……我现在好多了，你这么一说……”

而在他的内心里，那种失望的感觉深深，假如可以，他愿意为她做任何事情。

那种一刹那的情绪，不知为什么竟会永恒留驻心头，而且后来也因此而勾起那个夏季雨夜的回忆。也就是这么一句他不经意流泻出来的话，令如媚印象深刻，当她失望的时候，便会皱着眉头说：“要是你能对我再讲那句话就好了……”

但他不会矫情，不是出自心头的话，又怎么讲得出口呢？他没有办法强迫自己昧着良心说些逢场作戏的假话。他也很惊异于自己心理上的这种微妙变化，甚至怀疑是不是在骨子里潜藏着喜新厌旧的因素？但想来想去，只觉得自己处于被动状态，他所珍视的那种默契，似乎已经从如媚的身上消逝了，尽管她并没有立刻从他身边引退。他甚至不能接受这个现实，变得有些恍惚，甚至有些力不从心。如媚推开他，说：“怎么搞的呀你？表现这么差劲！枉我封你为‘大内第一高手’！”

他有些羞惭，无言以对。

心灵的感觉看不见摸不着，却最真实，即使嘴上口沫横飞，但有情无情或者是并不投入，怎能分辨不清？即使蜷缩在他怀里，如媚也总是变得心不在焉，于是他便明白，她已经从深沉里走了出来，带着一种无所谓的态度，这让他失去了心跳的律动，可是她却反过来埋怨他。他不说什么，心里却在想，对不起，我不是只需欲不要情的男人，有了情才会有欲，既然两颗心不再碰撞，那我也就无能为力了。

都说男人具动物性，或许是真的吧。我也有过青春的烦恼，记不得是哪一年了，那天下班，阿勤便说："喂，去冲凉呀，我请你……"冲凉？回家去就是。阿勤大笑，"你是真的那么天真，还是装傻？"

看着那狡猾的眼神，终于明白是怎么一回事。

"嫦娥奔月。"阿勤指着那招牌说。

我立刻逃走了。阿勤讥笑道："你是不是男人呀？有哪个单身男人不去滚？"

也懒得去解释。我知道，不论怎么说，阿勤肯定认为我装模作样假正经。

此刻唯有沉默是金。

他也知道他自己不是圣人，不是坐怀不乱的柳下惠，哪能清心寡欲？不过他决定不肯用金钱去购买肉体，一想起跟一个素不相识的陌生女郎初见便交钱上床，即使对方再如何性感漂亮，他也不能克服心理障碍。而男女之间，他总认为心理因素绝对压倒生理因素。就像同样还是面对一个国色天香的袁如媚，他前后心境竟会如此不同。

一直到最后，如媚也并没有说什么分手的话，但她的热情不再高涨，却有蛛丝马迹可寻。以前她每次游埠，总是对他说："你不要送我的机，回来时你接我吧。我们不要离愁，只要重逢的欢乐。"每次远游回来，尽管机场人山人海，她也总会借个机会挨了过来，侧起脸让他吻一下。但到后来，她不要他接机了，他问她："为什么？"她说："飞机经常误点，你何必白等？"

他当然知道不是真的，不过他也不想追问下去。许多事情，最要紧的是要知趣，假如不知趣，也许会问出个满天星斗来,那又何必自取其辱?

不过他心里很悲哀。就好像是眼睁睁看着夕阳绝望地西沉,他却一点办法也没有一样。

是的,毫无办法。此刻太阳西斜,但是那一班飞机仍然没有任何消息。如媚说:飞机常常误点。那时他心中不以为然,怎么今天偏偏不幸被她言中。

如媚的那句话,他以为早已淡忘了,今天冷不防又再冒了出来,这才叫他想到,其实他一直耿耿于怀,只不过他以为不再介意,哪里知道一旦有适合的时机,便在他耳畔响动着复活了,而且叫他的心有些隐隐作痛。

但终于也弄不很清楚,这种感觉,是为了如媚那一句早已成为历史的话,还是为了别的什么。

那时他尊重如媚的意见,不曾送她上飞机;这近乎自欺欺人,难道不送就没有了别离?但他只能微笑着说:"好。"既然他爱如媚,那就不要逆了她的意。这次自己要上飞机了,如媚却早已飞到美国定居,这世界上还会有谁为我一路送行?

除了紫霞。

或者更准确地说,他唯一的希望,便是紫霞来送他。送君千里,终须一别,就算是她送到机场海关,那又怎样?只是双手一握,还不是始终要分开?只可怜他竟在乎那种感觉,实际上,他也不大记得清,望见那回眸的一笑,究竟是在送机的时候,还是在下车的时候。

他该问问紫霞……

为自己幼稚的想法,他摇摇头。紫霞已经不在他的视野,这是一种明明可以感觉得到,但却无法触摸的冰冷的事实。

距离是个天涯,即使是身处同一个城市。

这城市那么热闹繁忙,人海茫茫,怎能轻易在某一年某一月某一天某一个刹那便迎面相遇?那机会不是没有,只不过渺茫。何况自己已经被隔离在这候机室,就算是紫霞忽然想要找他,也已经不可能。

仿佛已经隔成了两个世界。

也不是没有可能。惶惶然上了飞机,找到自己的座位,刚坐下,一回头,啊呀!旁边含笑望着他的,不是紫霞是谁!

狂喜过后才发现,那是电影里的镜头,成了幻像。

这嘤嘤嗡嗡的机场候机室依旧,他打了个盹。再看看电话机旁,轮候的人们依然络绎不绝。

3

萧宏盛只感到百无聊赖。

为什么这时间过得慢悠悠,连蚂蚁都比它爬得快哩。无聊之外,心情也烦躁。

原来时间并不是只是物理的,有时还是心理的。

他走到落地玻璃窗那边,只见中午的阳光直射而下,亮丽地在机场跑道上腾起一种耀眼的暖色。那起起落落的飞机,怎么没有一架可以载我破空而去?

并不是归心似箭,但是既然已经被困在这里,回头不能,也就只好火速向前了。

如果上了飞机,一切都在转动之中;如果被限制在此处,生命就好像是静止了。假如真是静止了,可以无所感无所思,那反倒好了,可惜又不能。

不能遏止的,是滚滚的思潮。人有记忆,不知道是可喜还是可悲?假如人人都可以转眼就忘却,做人也许就可以快活得多。

今朝有酒今朝醉?

紫霞说:“……我上大学的时候,宿舍里的床头上,摆着一瓶二锅头……”

这二锅头有什么好喝?

"你不明白。"她说。

缓缓地,她点起一根香烟,抽了一口。

她喷出的烟雾袅袅娜娜,散向天花板。

往事如烟……

他偷眼望了一下她食指与中指轻夹烟头的潇洒姿势,显然不是装模作样。虽然他并不抽烟,但可以接受。读书时,他班上几个男同学,最后只剩下两个不抽烟,其中一个便是他。也并不是认为抽烟不好,只是他觉得并不是享受,所以没有兴趣。

紫霞笑道:"刺激?那咖啡不也一样?"

那怎么相同?咖啡飘香,光是那个味道,便……

他说:"我不是怕刺激……"

怕刺激也就不会喝"人头马"白兰地了。

酒香。灯饰。乐声。

落地长窗外,霓虹灯招牌闪烁,亮着车灯的车子淹过来又流过去,这都市之夜,可以这样凝住吗?

*夜色多么好,令人心向往……*

而且是雨夜。

那夜雨若有若无地洒下,肉眼看不大清楚,只有那街面反射出的亮光,才可以看到那湿漉漉的一片。还有那慢驶的汽车阵。再仔细一看,挡风玻璃上,都摆动着划水器,双双对对地从左划到右,又从右划到左。

视线回到对面,紫霞两手捧着高脚玻璃杯,脸却侧向街面,凝住的轮廓,如一座慑人的雕像。

此时无声胜有声?

他不忍惊动她,也就自成了另一座笨拙的雕像。

却被悄声而来的女侍者破坏了这静谧的氛围。

这难得的雨夜,餐厅里生意寥落,空荡荡的,简直就有包房的感觉。女侍者送上菜式之后,便乐得远远地站在一角聊天。

这个世界恍惚就剩下对酌的你和我，甚至连世俗的尘嚣，也被隔绝在玻璃面的那一侧，只管灯红酒绿地成为一种背景，悄悄闪烁不止。假如没有色彩的流动作为陪衬，这挤来的两人世界，会不会寂静一些？还是求之不得？不知道紫霞是怎么想的，但他心里却在十分热闹地对话。

万语千言却又不知从何谈起，此刻唯有不言不语。紫霞的笑声，又将他带回现实里，但紫霞明明依旧凝望着窗外，在她那张侧脸上跃动着街上车流折射的光影，她的眼神似乎坠入了遥远的地方，虽然嘴角含着一丝隐约的笑纹，但这笑纹，是决然不会发出声音的，就像静夜里悄悄盛放的昙花一样。

*夜来风雨声，花落知多少？*

紫霞却说："花开花落，也是有声音的。"

他用眼神打了一个问号。

"你听不到吗？"她一脸虔诚，"'嘶'的一声，花开了，'啪'的一声，花落了，在夜深人静的时候。只要有生命的东西，就该会有声音……"

说的也是，虽然我没听过，但可以想像。

不知道紫霞是出于想像，还是有敏感的耳朵超人的听力？她说："只要多一点同情心就可以。"

他所感慨的，却是寒夜里落花哭泣于那短促的生命。鲜花比烟花还要寂寞，烟花在夜空中有流动的色彩，衬以炸开的啁啾声耳语声，五光十色之外，还有音响。

而鲜花呢？只有紫霞听得见它生命的律动。只是不知道她听不听得出我的心的悸动？

轻啜一口那白兰地，酒味香醇，流入喉管，有些微的苦辣味道腾起。

脸颊泛红，是因为不胜酒力吗？应该不会，连二锅头也只是一句话罢了，没有理由喝不了这白兰地。

紫霞笑道:“我早已经退出江湖,海量,是那个时候。现在根本不怎么喝了。”

但脸红未必表示不能喝酒,喝下酒而脸色发青的人,看来能喝,其实酒力都焖着,反而伤身。他说:“脸红酒散,你肯定能喝。”

“那个时候罢了。”她说。

在吃吃喝喝间一连灌倒四条大汉,她仍谈笑风生,怪不得人人都竖起拇指赞她一句:女中豪杰!

他也看不出来。在他的眼里,她始终女人味十足,很难想像斗酒时豪气干云的模样。

“是气氛。”她说,“有了气氛,就一定能喝。如果只是喝闷酒,半杯就可以醉倒。”

说是那么说,如果没有酒量,就是有胆量,最终也还不是醉倒酒场?

好在有如媚挡住。

那些人是存心要把他灌醉,看看他的醉态吧?不管他怎么推却,但七嘴八舌围攻而来,再不喝就是不给面子了,他只得喝了一口,为了不想把那场面弄僵。

谁知道喝了第一口,便再没有任何防线可以抵挡了。他说:“我不会喝。”但是人人都起哄:“喝了这一口,证明你能喝,不喝就不是朋友了……”

兵败如山倒。

又不想跟他们翻脸,他只好喝下一杯。

但他们仍然不肯放过他,他已经有些昏昏沉沉了,再喝下去,今夜真是不醉无归了。好在如媚排开众人,说:“他不能喝,我来代他喝!”

人人起哄:“哗!你公然代他出头呀?”

如媚一笑:“正是。谁来跟我斗?”

似乎立刻给她镇住了,没有一个人应战。宏盛虽然有逃脱的轻松,却又惭愧于如媚的庇护。

他明白，他们故意要他出丑。尽管他平时对酒敬而远之，此时却多么希望自己就是个酒仙，可以当着他们的嚎叫而面不改色。

但终于也只有如媚救了他。

她说："你该一开始就滴酒不沾……"

"是你的画展开幕的好日子，大家这么高兴，我不想发生什么不愉快的事情。"宏盛苦笑，"没想到他们非要把我灌倒不可。"

"能够过我这一关吗？"她冷笑。

惭愧惭愧，说什么男子汉大丈夫一人做事一人当，到头来还不是个女流之辈"救驾"？

忽地便一惊。不是女流之辈，是女士。这个世界，女性越来越强，这个女强人那个女强人，叫男人自惭形秽。如媚也应该属于女强人的性格，她说："我肖虎……"

猛虎扑羊？

她的女强人性格，在于她对绘画的执著上，宏盛有时甚至想要问她："你画这些东西，在香港有没有出路？"

她只是置之一笑。

自然她不用为生活奔忙，可以潇洒得起。而她周旋在各色人等中间，也是游刃有余。

"你怎么那么古板？说说话嘛！"她说。

相逢开口笑？但他不能。也不是不会说话，只是性格上他并不是见面就熟的那一类人，要他言不由衷、嘻嘻哈哈地与陌生人应酬，总是觉得别扭。

如媚叹了一口气："我原本想得太理想，我带你去认识我的朋友，你带我去认识你的朋友……"

他听得很感动。其实他又何尝不想能够像她那样，手握一只酒杯，满场游走？但他有自知之明，人的性格很难改变，太过勉强自己，说不定还会弄巧成拙。

"枉你还是记者呢！"她说。

我只是一个摄影记者，又不用怎么采访。必要采访时，我自然也能够动口，只是，纯粹为了无谓的应酬，我不想太委屈自己。

“就你清高！”如媚哼道，“告诉你吧，清高可当不了饭吃。跟人保持个关系，有点联络，有什么不好？”

这也许正是如媚的乖巧之处。

他看着她剪彩，他看着她致词，周旋在众男士之中，她笑嘻嘻的，满面春风。他惊叹于她的从容不迫，而且显得十分得体。

他只是远远地躲在一个角落望着她，他知道，这个时候，他只是一个无关紧要的观众。他看着她那身粉底红蓝相隔的上衣，想起陪她在时装店奔走的那个晚上。

“也只有你肯陪我挑衣服了。”她说。

其实他不喜欢逛时装店，何况如媚也挑剔得很，大概因为她是画家的缘故吧？

“真累。”下来的时候，她长长地舒了一口气。

“我也替你累。”他说。

她把头靠在他的肩膀上：“女人再强，也总得有个结实的肩膀靠一靠……”

男人又何尝不是如此，在奔走到灰头土脸之后？何况还有那些刺人的满途荆棘。

只不过男人不可以对女人说：借你的肩膀靠一靠……

不能说，但有时可以做。

如媚叹了一口气：“你呀你呀……”

是在沙田吧？那个夏天的夜晚。

在上下两条马路之间，有一道长满树木的斜草坡。

躺在那草地上，透过树叶间的缝隙，他望见稀疏的星星：“比在维园看到的要大要亮……”

如媚“吃”的一声笑了起来：“这算什么？在大草原上，那星星才叫又亮又多哩！”

他的心一跳：又是大草原！

但此刻没有大草原，只有小草地。夜风从枝叶间跑过，发出哗啦啦的一片声响，如梦幻。

"很困……"如媚慵懒地哼了一句。

这时世界缩小成这一片小小的草地，草地上只有我和她，一切的言语都成了累赘，此时无声胜有声。

红唇半启，眼波横流。漫天的星星颠倒着纷纷坠落，那拖着的长长余韵，也是炽热的吗？

而他却明明感觉到不可遏止的悸动，从肉体到肉体，从心到心。灵魂却徐徐地游出，在有意识和无意识之间漫天翱翔，在惯性滑行中达到终极目的，他长嘘了一口气。

如媚伸手拨了一下他的头发："满头大汗！"

他闭上眼睛，耳畔却不断地呼呼响起车声，从头上，从脚上，掠过。

这时他才重回现实，突然便一惊：莫非是色胆包天？

不能说不必说也不知该怎么说，激情过后唯有相视一笑而已，无言中却已经沉淀为历史。

而这一切，历历如昨，立体玲珑得好像看得见摸得着闻得到，色香味俱全。如媚幽幽地说："谁叫你不早几年碰上我呢？"

他顿时哑口无言。就算是能够说什么，也都是空话废话吧？如媚却横了他一眼："你看看你看看，一到关键时刻，你就只会保持缄默！"

还说什么呢这个时候？他不能劝她跟他私奔吧？但他又不能说些哄她开心的假话。

如媚说："看来，无论怎么样，我都比你强悍。"

他承认。他一向认为，女人比男人有韧力，在娇弱的外表下，其实往往有更顽强的生命力。

那时，她从黄土地写生归来，送了他一套红色的剪纸。她说："我住在一户人家，那个女主人的手艺很好，我请她剪了两幅，这一幅给你。”

是猛虎扑羊图。

他摊开在桌子上，指着那构图，说：“这倒在地上的是我，那狠狠扑下来的是你。你看我多可怜……”

如媚笑道：“我可不是这个意思。”

他说：“这是潜意识的反映。”

但他并不介意，甚至有些暗自欢喜。不管是谁扑谁吧，也总是那样纠缠在一起了。当时他以为永生永世也不会分开，即使如媚永不离婚，而他永远单身，他也不计较那名分。

他甚至不清楚如媚打了什么主意。有一回，她握着他的手：“我们在一起，也有两年了吧？”

他一怔，他倒没有计算过日子。

“两年也够了，虽然不是太长，在人的一生中有这样的两年，便可以成为永恒。”她好像自言自语。

他的心结成了一个巨大的问号，但是终于也没有问出声来，他让这个谜语悬在那里。悬着，有如那人们抓着的电话筒，看着看着，在他的眼前竟化成一个个黑色的小问号排列，也不知道是困窘于那些蠕动的嘴巴有什么说不完的话，还是疑惑于自己该对着那话筒说什么。

4

萧宏盛衷心地感激着电话的存在，不论远近，只要一摁电话号码，立刻就把对方的声音拉到耳畔，有如就在身旁那样可以紧密交流。

可惜不能看到对方的面貌。

只是，那声音流泻而来，自然便可以联想到对方的情态，凭着往日的经验。

除非对方是不曾谋面的一个人。但即使是陌生人，也可以根据那声音，展开想像的翅膀；至于准不准确，那又是另一回事了。

不要说电话，连电脑也还不能显示对方模样呢。在夜深人静的时分，他坐在家中的电脑前，脑子的细胞特别活跃，一点睡意也没有。这个时候，他是指挥千军万马的元帅，那些符码无一不俯首贴耳，即使他指示错误，电脑也只是沉默提醒，并不会使他失去面子。打着打着，他的灵魂便飘飘荡荡，好像在漫天滑翔，而且随心所欲，无所不至。为了生活，白天在功利场上拼斗厮杀，即使遍体鳞伤，只要一退回家里，面对电脑，便有如面对一个温馨的情人，可以诉尽所有的秘密心事。

这一刻他自由无比，有如意识的流动。

突然间他便一愣，怎么会有阻滞？

一个陌生的讯号竟与他的电脑联网，是误闯他电脑的神秘怪客？

这让他想起了那部美国电影。

也唤起了他强烈的好奇心。迟疑了一回，他忍不住去回答她——虽然他其实并不知道对方是男是女，但他在直觉上已经把这陌生人先行归结为女性了。

这电脑上的交往热烈无比，每到午夜时分更是高潮迭起。并没有任何涉及感情的话题，一切的对话都在外围进行，即使绮琴还没有入睡，也都可以公开进行。何况绮琴从来也都不曾往他那电脑屏幕上瞄过一眼，她说："一个大活人，也不知道是玩机器，还是给机器玩了？"

她说他太沉迷电脑，但却并不知道在他内心深处有一种深深的寂寞感，无法摆脱。有时他也试图向她暗示，期望获得理解或者安慰，但绮琴却不以为意，好像根本没有听懂他灵魂的绝望呼叫。打电脑打得难分难解，有时他会回头轻声求她："给我倒杯茶，好吗？"她却冷冷地崩出一句："有手有脚，你不会自己来？"

他立刻有一种窒息的冰冷感。

但紫霞却笑着说："人在本质上都是寂寞的。你没有办法解决别人的寂寞，别人也没有办法解决你的寂寞。所有的寂寞，归根结底，还是要靠你自己去面对去解决。"

我怎么没有想到这一点？或许是因为自己依赖性太重了，以致认为可以借助别人强有力的手臂？

再细细一想，也并不是就不能自己动手了，只不过他期望的，实在是一种心灵深处的交流，哪怕只是一个动作，一个姿态，或者一个眼神。

但是并没有。他所企望的心理上的和谐，并没有得到。他不知道究竟是在什么地方出了差错，也不想再去细究。

唯有那跟他在电脑中无言对话的陌生人，成了他隔着茫茫空间的"情人"。他甚至不知道她究竟是在香港，还是在地球的某一角？也不知道她是老还是少，是丑还是美，是高还是矮，是瘦还是胖。甚至，确切地说，他也不知道对方是男还是女，可是他却不可制止地跌入一种畅快的精神乐园之中。午夜，变成了属于他个人的秘密领地。

当那讯号消逝，他从沉醉中醒来，四周万籁俱寂，便会有一种迷茫萌生：我是不是掉入了不可自拔的魔障中？

但也只是一刹那的反思罢了，到了次晚，他便周而复始地紧张地等待着与那个从空中翩然而来的神秘怪客做无声的交谈。

"是你的电脑情人吧？"绮琴看都不看，远远地便在客厅里嘟囔了一声。

明知她言者无心，他却猛然吃了一惊，敲下去的手指摁错了键盘。

电脑虽然坚决但却温柔地指出他的失误。现实生活中我怎么就没有一个这样的情人？

紫霞一副轻松自如的笑颜："……这只能说，命中注定。生活本来就已经天生这样安排，不可改变。”

击在他心里，如给利刀剜了一下。

看来，紫霞是个幸福的女人，口口声声说：“……我很知足，也不想有什么大作为。我的家庭幸福，我离不开他，他也离不开我。我这一生，除了他，没有一个男人可以令我动心。”

心动如水？还是心如止水？

但宏盛自然不会开口追问。

心乱如麻。这个晚上他背水一战将紫霞逼到死角，毫无回旋的余地，为的就是讨个水落石出。明知这几乎是无望的战争，但他仍不惜赴汤蹈火。他安慰自己说，即使是惨遭滑铁卢，我也是一个拿破仑。

是悲剧的英雄？这问号竟使他的心充满了壮烈感。

紫霞仍在絮絮地说：“……有些人认为我可以找到更好的，但我不觉得。反正我什么都不在乎，只要有他。他是强盗也好，总统也好，对我都没有什么区别。我也说不出是什么原因，你可能也会觉得，他也并不是那么出色……”

他的确不觉得她的丈夫有多么吸引人，也不仅是他一个人的偏见，他知道许多人都在暗暗替她叫屈。但别人的感觉又有什么用？最要紧的还是紫霞自己。或许她丈夫果真有外人不能洞悉的内在美，谁知道？

他的心堵得慌，却尽量保持着微笑："听见你这么说，我恭喜你。无论如何，我都希望你快活。我嘛……看来是在用肉拳去尝试铜墙铁壁的硬度了！"

紫霞"咔"的一声笑了出来："告诉你吧，我很依恋他。如果他不在家，我一个人总是惶惶然，什么事情都干不了。只要他在家，我也不必跟他说话，但心就安定下来，做什么事情也都很踏实。很奇怪的感觉。"

再说下去，恐怕就是那句"在天愿做比翼鸟，在地愿结连理枝"了。

宏盛努力保持着倾听的风度，蓦然望到紫霞的双眼发出，仿佛在咀嚼一段甜蜜故事最慑人心魂的精彩细节，他的心潮翻江倒海涌起一股股又苦又涩的浪头。

绝望把他推进死胡同，前路已尽，回头却是一片茫茫黑夜，他不知道还有没有返身回到起点的精神和力气。但紫霞一副轻松的口吻，似乎并不在意他该怎样从跌倒的泥泞中爬起身来，只是一味地说："……我是十分信赖你的，不然的话，我怎么会独自见你？"

也许她说的是真心话，并且认为是对他的一种好评，但他却深深地被伤害了。我萧宏盛虽然喜欢你，但也决不会强人所难。男女之间的事情，也说不上有多少道理可讲，但我并不是卑鄙小人，一个巴掌拍不响，你不愿意，我怎会胡来？孤男寡女同处一室又怎么啦？

他哑声道："我很尊重你。我并没有其他什么阴谋。当然我不是柳下惠，不过也没有美女坐怀的福气，所以我也还不至于会迷失本性，你放心。"

"我不是这个意思。"紫霞笑吟吟，"你知道我不是这个意思。我也很尊重你，只不过，这种事情……不可能。不过你不要在意，我们还是好朋友对吧？”

“我还是喜欢你。我不想瞒你，我也不在乎我的自尊心。”他的眼睛望向那淡蓝色的窗帘，风一吹来，便徐徐抖动，如心的震颤，“是怎么样就怎么样，我不瞒你。”

紫霞也跟着望了望那飘飘的窗帘：“那就把感情转化一下吧，你就当我是妹妹好了。”

他苦笑了一下，不吭声。说得倒轻巧！说转移就转移了，你以为我在练气功呀？假如可以这般轻易滑走的话，当初也并不是真情了！

“你笑什么？”紫霞问道。

他的笑脸背后，心却淌着血。不过他明白，自始至终，也都是他自己在唱独脚戏，岂能怪人？

而且其实早就有了暗示，于今他一一回忆起来，便觉得自己悟性实在太差。

也不一定是笨吧，只不过当时迷醉在自己构设的图画里，每句模棱两可的话，他都会迫不及待地往有利于自己的方面解释，怎能不越陷越深？

紫霞说：杂志社会派她去海畔的B市。

他立刻决定去看她。

急急忙忙跳进飞翔船，看那玻璃窗外的海水涌动，他以为他是一条自由自在的鱼。

傍晚时分从酒店拨电话过去，与她同行的女伴说：“……她在冲凉……”

立刻，他的脑海里便朦朦胧胧地呈现出洪紫霞裸身的模样，但又给骇住了。我是不是很猥琐？但是他自问并没有其它什么绮念。

再拨电话听到紫霞的声音时，他很想以一副玩世不恭的腔调，调侃一声：“……我在想像你冲凉的样子……”但终究也不敢出口。

紫霞却在那一边笑骂:“你说话怎么这样怪怪的?吞吞吐吐,一点也不爽快!”

他无言以对,只得强笑:“喂喂,我赶山赶水来看你,你就致这样的欢迎词呀?”

紫霞哼道:“怎能怪我?又不是我请你来的,你自己要赶来……”

是不能怪她。她白天都忙着在外面活动,只有那天晚上带着一脸的倦容跑来,第一句话便是:“累死了!”

公事在身,他也明白。

但她说:“明天一早我们就走了……”

他立刻有被遗弃的感觉,怎么风云变幻说走就走?

也怪他自己太贪心,回程船票订在三天后。那时紫霞说:五天后离开……

猝然的变化令他措手不及,但又不能哀求她多留两天,只好用一副满不在乎的口气,轻轻松松地说:“你走你走,我正好在这里好好度几天假……”

“那你自己当心。”她说,“不能怪我。”

“当然不怪你。”他笑着说,一面努力压抑内心里的负气,“从头到尾,也都是我自己抢着要来的。”

他想这样也好,既然来了,也就独个儿呆下来吧。不管这决定是对是错,也总要有面对的勇气,不能只是一味软弱地逃避。

何况,即使她能多留几天,也都只是忙着她的事情;他不想到头来好像领了她的恩惠似的。他甚至在幻想,或许紫霞一走了之之后,某个瞬间突然会想及丢下他孤零零地搁浅在B市,那么无助,因而产生一种或者怜悯或者过意不去的心境,那就值得了。

但看来紫霞毫无歉意,在她来说,大概这也是天经地义的安排,要怪也只有怪我萧宏盛自作多情了。

这当然是回想起来的顿悟,只可惜当时他仍没有觉醒。甚至当他满怀祝福诚意地送她一盒水晶音乐球《幻影》的时候，紫霞带着几近拒人于千里之外的神情，说："我一般是不接受别人的礼物的，对你已经是很例外了……"

他的心"咯噔"了一下，好像跌碎了一样。

重新整理思绪，他吃吃地说："我不是这个意思。我没有居高临下，也没有任何功利目的，只不过是一片心意，十分虔诚的。如果你误会我另有企图，那……"

怎么一片诚意也会弄得这般一团糟？

一定是有什么地方接错了线路。

假如这么一点小小的心意也会引起误会，那紫霞她也太小看她自己也小看我萧宏盛了！

而紫霞的那话语虽然平和，但他却怀疑，她是否随时就要扔出一句老话："糖衣炮弹！"

人与人之间，是不是果真这么难以完全沟通？

而紫霞却已经转换了话题，笑着说："你们香港男人，喜欢到大陆来包二奶。我看真不公平，也是因为经济差异吧，大陆那么多年轻漂亮的女孩，香港男人花一点钱就把她们给包了，你们香港男人……"

他一愣。怎么便扯到包二奶的问题上了？

忙说："其实包二奶的香港男人，也未必真有钱。真有钱的恐怕也不会跑到大陆……"

"便宜嘛！"紫霞哼了一声。

莫非她也把我打入想要"包二奶"之列？天！这层次也太低了，侮辱了你也侮辱了我……

他说："包二奶纯粹是为了肉欲，为了发泄。与爱情无关。也不是所有的香港男人都这样。这种事情闹得纷纷扬扬，倒好像是凡到大陆的男人，一概都不怀好意，这也是不公平嘛！"

"想当初，香港也只不过是个小渔村……"

他立刻不以为然，笑道："你这话，就像阿Q说的，我先前比你阔多了!”

争论这样的话题,根本没有什么意思,紫霞又说了一句什么,他没听清,也不想追问。

紫霞的一句“包二奶”,叫他情绪低落。

这样的事情,他连想也没有想过。他不想隐瞒他对紫霞的爱意,但一直把它浪漫化了。只是因为喜欢,也并没有更具体的目的。

他说:“我对你只是一种感觉,但绝对没有下流的想法,你可以相信我。”

至于终极目的是什么?他以为是水到渠成的东西,至少一开始他并没有任何的计划。

假如是为了肉欲,又何必这般奔波这般自讨苦吃?午夜十二点,他独睡的房间清脆地响起电话铃声,敲断他的胡思乱想。虽然不大可能,但他却固执地认定:除了紫霞还能是谁!

也不能说是他自以为是,因为除了紫霞之外,也没有人知道他住在这房间了。

赶忙提起话筒,流进他耳朵的,果然是女声,但决不是紫霞:“先生你寂寞吗?”

人人都寂寞的啦!废话!

不过他却警惕起来,生硬地答道:“有什么事情?”

女人说:“要不要姑娘陪呀?”

终于也碰到流传了很久的故事了,正待将话筒扔下,他忽地又产生恶作剧的心情,便问了一句:“怎么陪呀?”

“先生你愿意怎么陪就怎么陪啦,只要先生你高兴。”

“多少钱呀?”

“五百块。”

“啊呀,我没那么多钱。”

“先生你讲笑啦!你一个香港老板,五百块钱小意思啦!服务真的很好,人又年轻漂亮……”

他突然失去了继续开玩笑的兴致，连忙收线。

他甚至害怕那电话会再次响起，但没有。

年轻漂亮又怎么样？没有感情，一切都是虚假的。明明都是一场交易，“包二奶”是批发，这“一夜风流”是零售，本质上没有什么不同。

不过，他当然不跟紫霞提及这件事情。

其实他也明白，洪紫霞一向的高傲，也是因为她的漂亮。美人总是容易给男人们簇拥，萧宏盛虽然理智上极不愿意成为当中的一个，但是却不知不觉在情感上滑落。我毕竟是个俗人，自然也不能免俗。不过他又觉得自己也并不是没有见过世面，什么样的靓女没有见过？回想起来，大概是那个晚上她瑟缩街头的模样，就那样潜进他心里，让他感觉到一阵揪心的疼痛。

等你等到我心痛？

张学友的歌声缓缓响起。这个时候我也心痛，一个人留在这里动弹不得，而洪紫霞一大早就离开了，甚至临走前连一个告别电话也没有，上天好像刻意惩罚他的自轻自贱。

这时，中午的阳光正好，它亮亮地洒在他房间窗下的马路上，车子不多，交通因而畅通无阻；而在街边矗立的棕榈树，正在微风中轻轻摇摆。突然，亮丽的柏油路面漂过一团黑影，接着又恢复亮光；原来是天空云块翻飞的投影。

他立在窗前，有些发呆。

那黑影，是一团又一团地掠过，于是路面便暗一阵亮一阵，富有节奏感。这种节奏也一阵重一阵轻地敲击他心房，有一股阴暗不定的情绪，始终徘徊不去。

紫霞所搭乘的早船，该早已抵达彼岸了吧？隔海她踏上码头，还会不会有回头的望眼？那晚送她回来，一路无言，他没话找话地说：“一路小心。”她笑着说：“没事，几个人作伴，而且那边有人接应。”他本来也知道这些，说这话无非是为了打破沉默带来的压抑感，当然也顺便……表示一点关切之情。就算是她含蓄地婉拒了，他也不能自制地满怀着柔情送她，眼眶里是不是含有萨克管才能奏出的眼泪？他不知道。月夜里，只有附近的士高舞厅传来的节奏强劲的乐声，没有催人泪下的萨克管缓缓吹起。

在树影下握住她的手，他抑制住激动的情思，沉沉地说：“再见。小心。珍重。”

她回头一笑，“再见。多多保重。谢谢啊！”

声音清脆，高扬而快乐，没有一点离愁。

也许对她来说，这一别，简直如释重负？

望着她的背影走向那大堂亮着灿烂灯光的招待所，他跟自己打赌：假如她还会回过头来，那就证明……

还没等他想好，紫霞那穿着横条圆领T恤和蓝色牛仔裤的背影已经一闪，吞没在拐角处。

紫霞一去不回头……

那修长的身子那么一晃，灯影下好像是一个大大的惊叹号，但立刻便像在电脑屏幕上那样消逝了，即使他想要追上去，也追不回那目标了。

忽然便觉得，紫霞那么飘走，真有点像这空中飘过的流云，来无影，去无踪。

又一块黑影在街面掠过，他的心里充满了悲哀。

这三天，他成了酒店里的困兽，除了按点下楼去餐厅吃饭，他把自己关在房子里，不看电视，也不翻报纸，长时间把双手枕在脑后，他躺在床上，仰望天花板；他恍惚听得见那时光在他耳畔汩汩流过。

有些百无聊赖，但也难得有这般松弛的机会。

女服务员问他：“怎么不去逛逛市容？”

他本想告诉她，他不是来旅游的，不过转念一想，大概也说不清楚，他也就笑而不答了。

5

这个城市一下子就变得陌生起来，虽然萧宏盛以前也来过几次，但每次都匆匆忙忙。有似曾相识的感觉，但并不深入，他甚至叫不出街道的名字认不出酒店的方向。可是在心理上毕竟认定这是一次故地重游，来的时候轻轻松松，突然之间洪紫霞便离开了，他这才意识到，四顾茫茫，他在这里连一个认识的人也没有。

紫霞把他扔给了这个城市。这城市十分安静悠闲，不像香港，任何时候都是车水马龙、人头涌涌，常常令他十分烦躁。可是这时候他竟怀念起香港来了，不论怎样，香港是他生活的地方，不像在这里只是一个一无所有的匆匆过客。

莫非，在骨子里，我还是喜欢那热闹的生活？

害怕寂寞，萧宏盛连一个人上路都不乐意，但结果他却偏偏总是独来独往，为了职业上的需要。但那一回，如媚悄悄地飞回到A城，找到他："……我特地赶来，明天陪你一起飞回香港……"

一股热血上涌，他竟说不出话来。

在飞机上，袁如媚一直斜靠在他的肩膀上，忽然轻叹了一声："我们总也算是一齐坐过飞机了！"

他一愣。他是对她说过，多希望一起走……

但这一回由如媚口中幽幽说来，倒好像是在还愿，他立刻有一种说不上来的不好的感觉。

但他不知道为什么。

后来才知道，如媚其实是用这个方式，向他道别。她说："……以后回想起来，我们也有更多的内容可以回忆，不至于脑子里空白一片……"

可是这真的是值得一辈子刻骨铭心地记住么？

如媚把镶上有机玻璃纤维的那幅画推到他前面:“送给你,做个纪念吧!”

他的心揪痛了一下。

双手捧起,画面上只是两株狗尾巴草似的无名花。如媚指着说:“那边的人们把它叫做‘长相随’……”

他的心动了一下:长相随?

又是从内蒙大草原画回来的,看那迎风摇曳的姿态,一时之间他也不知该说什么好。

长相随只是留下个空洞的意念罢了,袁如媚已经决定去美国定居,长相随在她丈夫身边了。

他也悲怆地追问过:为什么?

袁如媚端起那杯咖啡,望向红男绿女川流不息的街面,道:“九七快到了……”

她丈夫在美国立下了脚跟,她能不去吗?换了是我,我也会去。香港以后会变成什么样,没有人能够知道……

但是他总觉得应该还有其他理由,比方说,如媚认为已经到了分手的时候。

他猛然想起如媚的那句话:“……我们在一起,也已经两年了吧?”

也许,在她看来,两年便是一个期限,也是短暂的一生。

“我走了,你也好好找一个人,成家吧!”如媚说得很平静,至少在表面上不触动任何感情。可是他却固执地认为,这并不是真实的她。

一直到现在,萧宏盛也始终相信,跟他在一起的日日夜夜,袁如媚绝对是真心诚意;不论他如何挑剔回想,他也不能昧着良心说,袁如媚由始至终都没有一份真情。

真情与假意,总是可以在沉淀下来之后分得一清二楚。

只不过也许后来情已逝,再说也枉然。

“无论如何，我们曾有过……”如媚说。

是有过一段炽热得快要将自己焚烧殆尽的日子，那到底是甜蜜的还是灼痛的？一言难尽……

他从头到尾几乎说不出什么话来，直到如媚起身，伸出手来跟他相握，说了一声：“再见……”

就像以前的老规矩一样，他没有去机场送她。

她总是说：“不要送，只要你接。”这一回她也说：“……我不能忍受送行的场面……”

他也是。

他望着她融入人流中，站在街边，扬手召的士的模样。她一去不回头，就如洪紫霞一样，给他留下的最后一眼，便是那窈窕的背影。

只是，如媚告别时，手很紧地握了过来，宏盛觉得手心似乎有汗，这一握，好像也有万语千言尽在于此的意思；不像紫霞，甚至连在最后握别的时候，也只是轻轻地伸出几个手指给他触了一下，并没有任何回握的热情。

他甚至有些后悔，到了这个地步，也许连握个手也该免了吧？偏偏他又不想显得太小家子气。

甚至最后的对视，紫霞的眼角眉梢也都尽是笑纹。

离别，对于她来说，看来并不是什么一回事。他惜别的话已经涌到舌尖，也终于给他吞了回去。

紫霞不会流泪，大约是因为我不值得她流泪。连如媚离去的时候也没有泪。很早以前，如媚就对他说：“……我已经没有眼泪，不论碰到什么事情，喜怒哀乐，我都不会流泪。也许，如果将来哪一天我和你告别，我可能会掉出眼泪来。”但是也并没有。

他只看到如媚一双不动的眼珠，暗淡得没有光泽，令他心悸。

本来如媚的眼睛也是水汪汪的，像紫霞。

紫霞是一家生活杂志的编辑，只因为偶然用了萧宏盛抓拍的一张香港人的照片，无意中结识了。

也只是机缘巧合而已，宏盛出差A城，那天办完公事，闲极无聊，在酒店胡乱翻名片，突然便见到“洪紫霞”这个名字。

并不是一见倾心，在他看来，紫霞是那么年轻，而且那么傲气，好像是匆匆人流中飘浮的一朵彩云，虚幻得似乎不在人间。

但接着便莫名其妙地不可自拔，在以后的日子里。他明知当中横亘着一道鸿沟，而且覆盖着白云望不到沟底是何等模样，但他已经制止不住耸身一跳了。

这时，他听见的，只是恩雅那种仿佛飘自天外的歌声，缥缥缈缈，迷迷茫茫，却极有韵味。

这个吉尔特人的歌声，谜一般地神秘。有时他会想，她到底是在哼唱，还是在祈祷？

而宏盛便被催眠似地勇往直前了。

他觉得必须追赶时间，虽然他一向不觉得自己已经老去，但究竟岁月不饶人。

他与紫霞的年龄差距，常常令他绝望不已。三十岁的紫霞正当花季，而他已经是午后的太阳。他为自己的青春日子无多而慨叹，却无力扭转乾坤。

仅仅为了这一点，他便感到自卑。

而且他认定，他也就只剩余一点年华了，趁着热血还没有完全冷却，他必须当机立断，期望可以赶上爱情的末班车，呼啸而去。

也就剩下这么一点点勇气了，倘若不抓紧，他知道自己只能随波逐流听任命运的安排。

但现在他还不甘心放弃。

老了脸皮迂回曲折去多方暗示，以紫霞的聪明，他相信她早就明白无误地破译他的浅白“密码”，但她却不动声色，若无其事，令他有些束手无策。

她说:"……自从我成人以来,一直到今天,总是不断地碰到各种各样诸如此类的事情……"

他绝对相信,以她的魅力。

而事前没有想到的,是萧宏盛他自己竟也成了这些男人中的一个,这叫他十分悲哀。

本来他也不是没有过一切听天由命的想法,欣赏紫霞也未必一定要拥有她;只不过他毕竟是凡人,具有俗世男人的一切弱点,加上自身家庭生活的种种不如意,他竟不能抑制亲近紫霞的念头。

也许远观最美? 如水中花,镜中月……

但血肉之躯终究情不自禁。

紫霞笑吟吟地说:"……在我的眼里,除了我先生,其他男人都不存在了。有时候我跟我先生开玩笑,说,我是不是有些不正常?"

他也笑吟吟地听着,其实紫霞的话却硬生生地敲在他心里最柔软的部分,而阵阵发疼。

看来我真是自作多情了! 她就这么几句话,便已经把我当成透明物体。

但嘴上却说:"我真的要衷心祝贺你了……"

那个晚上便有些失眠,除了遭到拒绝的尴尬难堪,他也苦苦思索自己何以会这般不堪。

但他无法解释清楚。

迷迷糊糊中便跌入半睡半醒的浅浅梦乡,他走入一片森林中,前面赫然有一条巨蛇挡住去路,他双脚发软,钉在那里,既不能前进一步,也不能退后一步;他与蛇对峙成一个凝镜。他张口结舌,想叫也叫不出声。惊醒满头都是汗,好一阵都动弹不得。那狰狞的蛇已经在眼前消失,他却心有余悸。

他打开床头灯呆想,紫霞坐过的那张椅子,在灯影下寂寞孤立。蓦然便想起弗洛伊德学派的说法,梦见蛇与压抑梦想的性有关，他一惊。

也不知道这种说法有没有道理，而且他想来想去也找寻不到任何足以支持它的证据。

莫非那只是潜意识作怪？

朦朦胧胧中脑海里突然电光火石般划出一句：当你微闭眼帘，我已投入深渊。

还没有完全明确那是什么意念，他已经再度昏昏沉沉入睡。当那条蛇卷土重来，顽强地潜入他的梦中，他又惊醒过来。心咚咚乱跳，他望了望手表，时针指向早晨六点钟。这时，正该是紫霞他们离去的时刻吧？

本来他可以睡懒觉，但梦境连连，使得他一点睡意也没有了。

渐渐的，他重压的心获得了一点纾缓。这大概是置之死地而后生吧？已经绝望了，再没有什么可以去幻想，他反而有重生的感觉。

自然是一种再也没有任何期望的重生。

他甚至怀疑，匆匆忙忙将紫霞逼到不能回避的死角，他为的就是这一句明明白白的答案。

这几乎就是快餐式的一来二往，而他也明白，时空不允许他细水长流，他以为，凭着一副真情，假如可以打动她，也尽可以了；假如不行，以后也就没有希望了。

这种想法似乎有些功利，他也承认。他对紫霞说："我不是柏拉图，当然不是毫无所求。不过，天地良心，我是真诚的，绝不是玩玩……"

心里却在想：好在我从来没有在她面前说过轻浮的话。也不是这颗心纯洁，只不过在她面前我不敢放肆。邪念吗？当然不是没有。是属于男人的一种狂想吧？但也只是点到即止，甚至在灵魂深处，他也不敢亵渎了她。

但紫霞她却似乎把他看成了一般街上的男人，顶多也就是安抚他："……我对你，已经是很随和的了……"

他也绝对相信。也不是没有听过别人对她的评价："她呀！才貌双全，当然很难接近的啦！"

也因为毫无把握，但又不想放弃，他冒进了。明知在前面等待的，只是一段情感的墓志铭，坚硬而冰冷，他却依然义无反顾地一头撞了过去。

完全只是为了表白而已。

因为他下意识中认为，此刻不说，他便会将那句直截了当的话永远封冻在心底。

但他不甘愿这样沉默。

好比烟花，即使燃烧过了也就是一片寂静，但它毕竟在夜空中划过，曾经灿烂一时。

会不会永恒，那是另外一回事。

他只是把表白当成了一件当务之急，大有只问耕耘，不问收获的豪气。他安慰自己说：能够坦率跟她说、敢于坦率跟她说，毕竟还是男子汉大丈夫。

谋事在人，成事在天。

直到溃退，他也还在自我安慰：总算是了却一件心事，从今以后，我可以轻装。

好像全部目的只是为着求个了断罢了。望断紫霞最后的身影，他独自走那回头路，暗淡街灯下，他闻得到茉莉花香隐隐地在夜色中潜来，却也已经没有那种沁人心肺的气息，只觉得那短短的路程不知怎么走也总走不到。原来，有了结果，心头也并没有一轻的感觉。

只是他明白，他的目光不再年轻，他的步伐也不复轻快。他本来以为内心坚强得足以抗拒任何风暴，谁知道只须轻轻一碰，便顿时六神无主。只不过在紫霞面前，他仍要强装笑脸，仿佛这只不过小事一桩。

但他知道，有一份沉甸甸的情感，已经像流星一般，坠落在他荒芜的心田，成了一块再也不会发光的陨石。

自从如媚远走高飞之后，他自以为已经不再相信爱情。即使再热烈的男欢女爱，到头来还不是一样经不起时光的磨蚀而灰飞烟灭？如媚当初的真情，哪里去了？

如媚叹了一口气，“我知道你怎么看我的，我也没办法。不过，我可以告诉你一句，从头到尾，我是真诚的。只不过我没办法离开他，我知道这并不是爱情，只是一种亲情，没有任何激情，但可以维持，因为有女儿……”

他也能够理解，只不过心仍不免受伤。

都说只有女人才容易受伤，满街不是流行过那首《容易受伤的女人》么？其实，男人又何尝不容易受伤？只不过男人不能在大庭广众面前失态，即使有天大的委屈和悲伤，也唯有强忍着留到夜深人静之时，一个人偷偷地把眼泪尽情流泻，或者干脆就……吞到肚子里。

于是他便和王绮琴结婚了，没有什么轰轰烈烈的感情波澜，只过着一种很世俗的生活，他以为已经不再心动如水。

过去了的恋情好像是风一样，只能感觉得到却不能看见，有时他甚至也会有些怀疑：曾经有过袁如媚么？曾经有过那一场炽热的爱情纠葛么？它从哪里来，又到哪里去？彷徨四顾，他甚至觉得连一点可以把握的证物也没有。

除了那一幅她画的《长相随》。

他本来把它立在客厅的组合柜里，但不久便不知给绮琴收到哪里去了。他也曾经装成不经意地问她：“咦，那幅画呢？怎么不见了？”

绮琴哼了一声：“那么难看，放得这么显眼干什么？”

他有些心虚，便不再吭声。

连这个实物，也好像不存在了。是不是人世上一切曾经发生过的事情，都可以不算数？

就算是那幅《长相随》可以堂而皇之地挂在客厅当眼的墙上，袁如媚也已经从他的眼中消逝了。留下的是一些合影，存在他的银行保险箱里。

在苦闷而又无聊的日子里，他便会溜过去，翻看那些已经有些褪色的相片，如抚触结了疤的伤痕。

可惜那个时候还没有过胶这一说，不能保持鲜艳的色彩。不过即使活色生香如故，难道还有能力保持当初那份鲜活的爱情么？

往事如昨，历历在目。

那张穿着睡衣的合影，他坐在床沿，如媚站在旁边，两手环绕着他。他记得是用闪光灯自拍的。

那张在港澳码头附近对着镜子的合影，怎么头发都倒向左边？哦，记起来了记起来了，那天路过，如媚说："我们在这里拍一张吧……"

难怪他胸前挂着相机。

对着镜子就这么一摁，于是便有了迹近错体的这一张相片。虽然他并不迷信，可是当如媚离去，他一看到这个景象，不由得便会有些疑惑：难道这相照得有些邪门？

所有的这些相片，都是双份。如媚临走之前，把一堆相片和他写的信件当面交给他，郑重地说："这都是我的，只是交给你暂时保管，主权属于我，我随时可以收回……"

他当时就觉得她在布置退却，不过回心一想，比起一把火将这往事烧成灰烬，她总还算不太绝情。

至少她绝对相信他的人格。

6

在那个B市最后的夜晚，他怀着最后一线希望，憧憬着奇迹的发生。

但是并没有，并没有紫霞回头的望眼。她的背影走得那么匆促，跟大街上的匆匆脚步没有什么两样。

就算是她回眸一笑，那又能够证明什么？现实冰冷而缥缈,简直不可把握,能够把握的便是绝望。

只有恩雅的歌声,宁静圣洁有如从天外飘来,令他怀着宗教般的虔诚,膜拜那寂寞的夜空。于是紫霞连同尘世的一切渐去,他熄灯仰卧床上,心头一片清明澄澈,那歌声那回响,令他的眼角溢出一颗泪滴。

哀莫大于心死,一切都可以这样埋葬了吗?

只不过他已经无能为力。既然努力过了,最后仍要全军覆没,只能认命。

也许此生注定没有缘分,非战之罪。

也并不是计较成败,只不过有一种很真挚的情感,深深埋葬在他的灵魂深处。他强笑着对紫霞说:"……我不收回,但是从今以后我不会再提。"

打落牙齿和血吞,男子汉大丈夫,何必婆婆妈妈粘粘乎乎惹人讨嫌?纵使有天大的理由,也无需乞求人家的同情。双方只要有一个人没有感觉,就绝对不能勉强。

而且,人再强,也强不过命运。

何况,紫霞只是轻轻地笑着,好像沉静在甜蜜温馨的回忆之中。他甚至觉得她有些残忍,明知他的心思,却偏偏宣扬她的如鱼如水。

或许,她正是用这个方式来彻底摧毁我的一切非分之想,以使我死了这条心?

其实他是极度敏感的人,只须她的一个暗示,他便会立刻退却,倒不是胆怯,而是不愿舍弃自尊。那个时候,如媚便曾经摇着头说:"你呀,没见过像你这样的男人。男人都要百折不挠,不然的话,怎么显出诚意?"

但他不这样想,诚意应该是双方的,"……比方你和我,就不存在什么问题。"他说。

后来如媚要走了,他连一句挽留的话也没有。

如媚也问过他:"我说我要去美国,你怎么不叫我留下来?你舍得呀?"

他的心隐隐作痛。

只是,他竭力表现得平静一些。

他抬起头来,直视着如媚:"说又有什么用?比方说吧,我真的叫你留下来,你难道真的会留下来不成?既然说不说都是一个结果,那就什么都不要说了。"

一切都不必说,她既然决定去了,那必定有她非得要去的理由。她的视线飘到窗外,他也跟着望了过去,那一片夜海上,正飘过灯火通明的渡轮,好像梦中划过的流星,他听见她低声说道:"那也不一定。要是你真的求我,我或许答应你留下来,你说没有这个可能吗?"

他的心头一热,几乎就要开口相求了。

可是他立刻又清醒过来,就算是她答应下来,那恐怕也是一时冲动。她终究不属于香港,留也留不住。

青山遮不住,毕竟东流去。

到时,也许就是无休止的摩擦与矛盾,还不如趁彼此仍有情意便断然分手,至少也可以留下一份美丽的回忆,胜似相互厌倦成为陌路人。

不在乎天长地久,只在乎曾经拥有;他这样告诉自己,心里却十分明白,只因为已经走投无路,只好这样安慰自己了。

是近于鸵鸟的心理,不过人生在世,恐怕有时也免不了要当一当鸵鸟的,我萧宏盛又岂能例外?身边的朋友一个又一个移民去了,说他完全没有感觉,那自然是假话,可是,他又能够怎么样?

绮琴也总是在他耳畔絮絮叨叨:"你看看人家,一个个不是移民美加就是移到澳洲,你倒是想想办法呀,九七转眼就到,你不为自己考虑,也要为孩子着想啊!"

他苦笑着应她:"要是我有大把钱,那还用说?如今这个环境,移什么民?不要说人家会不会接收,就算是接收了,到了那边靠什么谋生?难道真的要去唐人街的餐馆洗盘子维生？这么一把年纪……”

绮琴愣了半响，才说：“怎么人家那么容易，我们就这么难？上天真不公平！”

“你以为好混呀？如果好混的话，隔壁林先生一家就不会回港了。”他说。

那天在电梯口碰到，林先生就说：“走遍天下，还是香港最好！”

他明明知道林先生一家就像许多香港人一样，移了民报了到又再跑回香港，毕竟这里是一块福地，至少在九七来到之前，还可以捞一段时间。

林先生说：“到了九七，就难说了，这也就是我们要搞移民，先买好后路的原因。”

九七以后会怎么样，萧宏盛也不知道，绮琴问他：“你能够保证不变？”他耸了耸肩膀：“我又不是大人物，也不是算命先生……”

他只是怀着不变的愿望，有些无奈地留下来罢了。只不过饭后茶余提起这热门话题，他却也不肯在那些即将移民的亲友面前自认没有经济能力，人家问起，他只是一味笑着说：“我嘛，我是留港派。五十年不变嘛！”

人人摇头：“没见过像你这样沉着的……”

他只是摆出一副莫测高深的模样。

也不完全是装模作样，已经颠簸了半生，他不想再离开香港了。他对绮琴说：“外国地方再好，也始终是外国人的。你以为西方就没有种族歧视呀？我看多多少少也会有。总之，有钱就能买自由，没钱那就不要妄想。”

毕竟他的心依然跟大陆有千丝万缕的联系，即使回去旅游也常常碰到不开心的事情，但不能想像这辈子永远不回头。

那些亲切的朋友令他难忘，相聚的时候便常常怀旧，彼此都说：“现在这个时代，念旧的人不多了……”

也许在滚滚商潮中，这本来也是不足为怪的事情，他笑道："是我们落后了，跟不上时代……"

他有时也会有些困惑，也许大陆的朋友私下也会认为他没有用吧？他们对他说："你在香港，怎么不去做点生意？多点铜臭味，也不是什么坏事情。"

他也不知道该怎么说才好，只能说性格决定命运吧。他明白他自己该扮演的角色与位置。"做生意，也是一种本事，就凭我？哪里行啊？只好认命。"他说。

"也不要太清高了。"有人劝他。

他苦笑："你以为我不想呀？只不过不能罢了。要是我能够做到李嘉诚，怎会不做？但我有那本事吗？"

他从来就不曾粪土金钱，这个社会很现实，没有钱，寸步难行。他只恨自己天生一碰到数字便心烦意乱，头昏脑胀。

不要说别的，就说税务局每年寄来的个人收入申报表，每回都令他心烦。其实也并不太复杂，只不过一旦要和数字游戏一番，他便觉得好像是世界末日来临。

既然如此，此生除了拍点纪实照片之外，大概也没有什么出息了。

他也已经认命。

忽然间，如媚一个筋斗便翻回香港。但他从她的身体语言中获得讯息，情已逝。他强笑着，心潮却有悲伤的暗涌一浪接一浪；再热烈的感情，是不是也会有淡化的一天？

而那回她离开香港时，并不是这般淡然的神情。这一次，她悄悄地来，根本没有叫他接机；而且不是到达当日就打电话给他。

袁如媚望着寥落的食客，问了一句："怎么搞的？这家菜馆以前晚晚都爆满，怎么现在人这么少？"

"是啊，经济不好嘛，股市又跌，谁还有闲钱？"他望了望四周，"能省就省。何况九七快到，一般人的心态都是存点钱在手里，不管以后怎么样，也都安心一点。"

也不是信口开河，那晚他搭的士过海，司机便慨叹："……现在不好做。尤其晚上，出来玩的人少了，常常都是开着空车在街上游荡……"

完全是一副生意难做的失落感。

"物价也吓人，比起我三年前走的时候，贵了不少……"如媚说，"昨天我去逛了一下，就有那个感觉。"

他也不是不知道。刚才一路走来，商场的店铺间间冷冷清清，他就不禁暗想：他们到底是怎样维持经营的呢？据说铺租越来越贵……

大概只有工资越加越少，今年的加薪幅度，也就是向通货膨胀率看齐罢了，加了等于没加，这个日子怎么过？不满意吗？老板耸耸肩膀说：没办法，你自己看着办吧。

他知道老板胸有成竹，报纸从业员从抢手货变成了剩余货，从市场的供求规律来看，自然便不那么吃香，没有炒鱿鱼就偷笑了，还能要求什么？只好忍气吞声，先保住饭碗再说。

远的不说，年来关门的，便有《现代日报》、《华侨日报》，如果加上娱乐杂志，还有《星期天周刊》。谣言满天飞，甚至言之凿凿地说：这两年陆续来，最后只剩十二家报纸……

到了这种地步，还有什么抗拒的余地？

吃完晚饭，他刚想付账，如媚早已把金卡一丢，说："我来我来……"

这也是她一贯的作风，但今夜却令他的脸孔发烧，唯有讪讪地说："这是我的地头，应该由我来……"

什么时候就变得这般计较了？

明知不复以前的浓情蜜意，却毕竟不能视同陌路人，在如媚回美国的前一天，他打电话给她："今晚送送你。"

如媚说："去希尔顿酒店吧！"他听得心中一跳，在最缠绵的日子里，那里的鹰巢厅正是他们消磨时间的地方；那两年的除夕之夜，他跟如媚握着手，听着叶丽仪唱歌的情景，便潺潺如在眼前流过。

但今夜不是除夕夜，今天是1995年4月29日，也是希尔顿酒店营业的最后一夜，以后，希尔顿就要拆卸，不复存在了，难怪酒店内挤满了前来告别的人们，连猫街外都排成了人龙等候入座。假如不是如媚预订了座位，哪里还能够这般从容进去？

二十五楼的鹰巢厅里，大都是一对对的中老年人，今夜十足是怀旧夜，也是惜别夜。人家惜别希尔顿，我惜别袁如媚。

自然也只是不再抱任何幻想的惜别。

连续三十年的除夕，叶丽仪都在这歌台上以歌声告别往岁，今年除夕已经没有着落，她破例在不是除夕的晚上高唱她的拿手名曲《上海滩》："……爱你恨你，问君知否，似大江一发不收……"

那歌声在宽阔中显得有些悲凉，难道此情不再？

人们相拥着翩翩起舞，他竟觉得眼眶有些发热。如媚轻声说："我们也去跳吧！"

旋转着他便有些朦朦胧胧，这希尔顿的最后一夜，莫非也是他和袁如媚的最后一夜？

叶丽仪的歌声，回荡着令人心酸的韵味。今夜以后，再也不能在这里静听她的这首招牌歌了……

如媚似乎也很伤感，"繁华璀璨之后的寂寞，不能忍受。也许九七后香港也这样。你想不想去美国？大家朋友一场，能够帮你，我一定会帮……"

难道真的去投靠她？他缓缓摇了头，说："我的翅膀已经太过沉重，再也飞不动了。谢谢你的好意。"

7

二十年后，萧宏盛已经垂垂老矣；他孤独地躺在床上，自知那个命定的日子正在来临。

离开这个世界，其实他也没有什么太舍不得，只是，他心中仍然还有未了的情缘，不知道应该怎样划上句号。

儿子和女儿都垂泪问过他："有什么要我们办的事情，您尽管吩咐，我们一定照办……"

但他摇摇头，微笑着说："没有什么了。我去了之后，你们好好照顾妈妈。"

两颗混浊的泪滴忽地从眼角滚了出来。

一向以来，他的身体不错，甚至连他自己都以为永远都会这样强壮。没有想到自然规律不可阻挡，到头来风烛残年又有哪一个可以在岁月面前呈强？望着镜子照出的衰老容颜，一种虚弱的感觉明明白白地呈现出来。

他知道大势已去。

在躺倒之前，他便去过银行保险箱做最后的告别。好像抚触青春年华，他将那些与如媚的亲密合影，还有如媚给他写过的片言只语，又再仔细地看了一遍，好像要把它们深刻在心底，然后咬了咬牙，全部带走。

带走只是为了将相片和信件付之一炬，望着纸片在火光中发黑，烧成灰烬，他就觉得自己的生命差不多也就这样消耗殆尽。

本来，自从如媚远走高飞之后，他就以为自己也已经彻底地死了那颗跃动的心；哪里想到到了末了才发现，原来燃起了的大火，并不可能完全熄灭；而发生过的事情，也不可能一笔勾销，只不过那个时候他已万般无奈，唯有自欺欺人地故作潇洒罢了。

他也不是没有考虑过：是不是可以拜托儿女，代他珍藏这一段秘密的历史？

不管怎么样，事实终究是事实，他希望儿女可以知道他的过去，也能够尊重他的感情。他知道这样做必须拥有很大的勇气，甚至要冒着不被他们谅解的危险，这他都想通了，自认为值得一试。他甚至也想好了该怎么开口："无论如何惊骇，我请你们尽量保持冷静，并且能够设身处地为我着想，我并不想伤害任何人……"

但到了最后时刻，他却决定缄默不语。为了不伤害绮琴，所有的秘密必须跟他一起从这个世界上消逝。

也不是故意隐瞒事实，但是当这事实的公开只能叫人悲伤的时候，他宁愿不说真话。既然那么多年都这样过来了，我又何必在身后留下一个残忍的故事，让她独自在晚年去细细咀嚼其中的苦涩味道？

但烧毁之后的大恸，令他觉得再也没有什么希望。或许他的健康急剧恶化，根本就因为心中已经失去了最后的支撑力？

那种精力枯竭的趋势不可阻挡，他在心理上也不是没有挣扎过，为了还不曾料理的后事。他不知道在那最后的时刻，他会不会眼睛也闭不上？

如媚甚至连他离开人世的消息也不知道，多少年来，他们已经失去了联络，而且他们两个一向也没有什么保持联络的共同朋友。除了他们自己之外，在这个世界上，大概也只有天和地，以及太阳、月亮和微微拂过的风，曾经为他们的绵绵情意作证。

那个时候只觉得死亡是一个遥远的神话，根本不具威胁。他笑着对如媚说："……到了那个时候，也不知道你会不会赶来送我最后一程？"

本来只是不经意的一问，不料话一出口，心便一沉，他甚至也摸不清自己的心理。

如媚却伸手掩住他的口："别瞎说。你会长命百岁的。我还没走，你总舍不得抛下我，一个人走吧？"

当然舍不得。可是……

可是现实已经人事全非。距离是个天涯，而横亘在心间的，是如烟的往事；人生大概也是完美难求。

如今他最后的愿望，只是告诉如媚一声：我先走了。这愿望是那么卑微，但是看来却没有办法完成。

转念一想，她不知道，也许更好？

这样的大劫，从叱咤风云的人物到芸芸众生，又有谁能够逃得了！只不过是迟早的问题罢了。即使不告诉她，她也该会想像得到，我的日子不多了。

突然便想到洪紫霞，她也该五十岁了，不再那样顾盼生姿了。可是她还有时间，至少二十年后，她才会觉得人生的无奈。不知道到了那个时候，她还会不会有那样高傲的笑容？

而袁如媚只须用十年的时间，便会追了上来。十年生死两茫茫？在那不知名的地方，不知道还有没有再见的缘分……

8

重重地打了个盹，萧宏盛惊醒了自己。他惊异地望了望四周，明明依旧困在候机室，只不过那烦闷的漫长等候时间，令他陷入有些迷糊的状态。候机的乘客个个神情木然，他也依然不曾弥留在病床上，那二十年后的景象，是他的幻象，还是上天给他预演的一个最终场景？

神智在慢慢恢复，广播不时轰响，也并没有捕捉到明确的讯息，但他有个预感：延误了六个小时的班机，似乎已经有了起飞的可能。

袁如媚渐渐远去，咦，洪紫霞呢？他绞尽脑汁，但只记得这个名字，却完全想像不出很确定的模样，她一会像这样，一会像那样，可塑性极高。

游离的思绪突然固定在某一点上：在这个 A 城，又哪里有过什么洪紫霞了？洪紫霞只是一个幻影，无端便在他的脑海中生根，迷离朦胧地成了他的一腔心声。

他只是独来独往的匆匆过客，没有回头的望眼，也没有送别的挥手。

但他确然记得，还是如媚专程飞到A城接他的那回，正值夕阳西下时分，那阳光把红房子照耀得一片慑人心魂的色彩。那是家西餐馆，那色香味从昏黄灯光下溢出，又有一种童话似的韵味。但他们只是放轻脚步从那窗外掠过，好像唯恐惊破那种不可言说的氛围。

怀着吃饭的目的而去，结果却过餐馆之门而不入，在宏盛的记忆中，这还是头一次。也许也正因为如此，他才感觉到那印象特别深刻吧。假如那次果然进去就餐，也许所有美好的期望会在一瞬间落空，也难说得很。

保留一份永恒的美丽记忆，实在太不容易。如那香港的“红屋”，而今偶然路过，他已经有往事不堪回首的慨叹。那末，这洪紫霞，会不会是路过红房子的印象，因为袁如媚而异化成的一个虚拟的人物？

他没有办法肯定。这洪紫霞好像是一阵缥缈的风，来无影，去无踪，在这样一个被限定的封闭环境中，袅袅娜娜地从他的心灵深处掠过。

但风从哪里来？又吹向哪处？凭着他凡人的一双肉眼，又哪里看得清楚？

他只好认为，洪紫霞未必真的曾在现实中闯进他的生活，但他却无法绝对否定她的存在。

他望向那排电话机，再也没有人排队轮候了，那些人仿佛在刹那间便自动消失。他可以轻易地走过去，抓起电话筒，打任何想打的电话，比方说打给洪紫霞。

洪紫霞的电话号码……

没有。脑子的记忆系统里没有洪紫霞的电话号码。再翻看电话簿，也没有洪紫霞这个名字。

洪紫霞只是个代号而已。

他再努力地思索了一遍，才确然省起，在A城他并没有什么朋友，一个也没有。为了什么竟会在那种非理性的状态中自以为有特殊的情结？从头到尾，他只是曾经跟袁如媚漫步在A城的那个黄昏街头而已。

也跳过一次浪漫的舞，在那爵士乐之夜。水晶灯下，咖啡飘香，而在室外，正飘着迷迷蒙蒙的夜雨。

是A城那年的冬夜吧？现实中已经遥远得不可企及，却时时照亮他寂寞的回忆。他还记得他轻托她的腰际，踩着那节拍，一面笑着在她的耳畔说道："……怎么这里的灯光这么亮？"

唯有半明半暗，才能够把情调烘托到至高境界，但那里的灯光，却灿烂得一览无遗，亮得就像眼前这机场候机室之夜一般。

这时，夜色从四面八方漫了过来，停机坪上的飞机都亮起了灯，另有一种气氛。

广播乍然响起，终于也轮到他那个航班的乘客入闸登机的时候了。

一阵轻微的欢呼响起，苦候已久的人们几乎是争先恐后地排队，是不是这六个钟头无言的等待，更煽起了似箭的归心？

他也有逃离困境的乍然释放的感觉。

只是好像有一种不能破解的谜语悬挂在那里一样，他又回头望望那排电话机，肯定在这最后一分钟也并没有要从这里打出的电话，便随着人群缓缓往前移动。

中午的太阳已然沉落在地平线上，冬天昼短夜长，原本应该在阳光下的航行，神不知鬼不觉便被推迟到月色中潜飞，证明人往往不能控制大自然。

他完全以无可奈何的态度接受任何现实中的变化，甚至突然冒出的虚无的洪紫霞。

在自己靠窗的座位坐定，他闭上眼睛假寐。

机舱里的广播响起，提醒起飞前的注意事项。请勿

……请勿……请勿……

为了安全的原因。

手提电脑？这个刚响过的字眼，蓦地像一颗坠下的流星，“咚”的一声撞击他的心房；他想起了那神秘的指令，那和他电脑联网的讯号。

他用的是家庭电脑，飞到 A 城，自然便没有办法随身携带。在他离去之前，他的电脑仍在与对方热烈地无言对话，也并没有什么功利的因素，只不过在漫漫长夜里却活跃了他的思维，增加了他的生活乐趣。他也没有给对方留下即将离开香港一段时间的讯息，当他离去，因为他觉得从来未曾谋面的对方，只是像外星人一样缥缈，也不知道是不是一个存在的事实，他没有必要报告行踪。

这六个钟头的错位狂想，会不会是对方的电脑指令追踪而来，与他的脑子形成了某种联网？

他知道这种猜想简直滑稽，不过他对任何未经证实的东西都无意排斥。至少到这个时候为止，他只能这般解释这种混乱的现象。

电脑都可以在某种偶然的机遇中与毫不相干的另一部联网,那末人脑呢?所谓的心灵感应,是不是可以归结到脑子联网的一种?

洪紫霞只是虚幻地闯入,也许她根本就是袁如媚以脑子联网的形式输入到他脑子里的讯号。

忽然便一惊:袁如媚和洪紫霞相差十岁……

可不要只是一个被指令的虚无的替身而已!

他不敢面对这个令他惊疑的问题,因为只要他再想深入一步,便不可避免地直接面对一个黑色的大问号:这个突如其来的非现实的故事,是不是如媚在另一个世界里向他传送的诡秘消息?

那末,如媚她是不是已经……

他赫然想起那个二十年后的情景。

难道如媚要比他走得更早更快?不可能。可是他又该怎么解释这心血来潮般的大紊乱思绪?

他戴上耳筒,恩雅那缥缈有如来自天外的歌声响起。飞机正在加速,圆形窗外掠过一片夜景,他的心蓦然一悠,飞机腾空,A城的万家灯火,逐渐远去了。

1995年4月1日—5月28日,香港—珠海—香港。

# 二 都市传真

# 认人，你肯定？

在迷离朦胧中，他以为身处《百万富翁》的现场中。但回过神来，眼前的人并非陈启泰，而是便衣探员。我肯定，不过倘若认出那人来，以后会不会有什么大祸临头？

要考虑一下？

他点头。《百万富翁》有"爱心锦囊"相助，但我没有，是或者不是，全靠自己决定。是那个人了，他忘不了那个凶狠的眼神，即使蒙住那张脸，只露出一双眼睛，他也可以一眼认出来。是一双令人胆寒的眼睛，眼白多，一翻，便射出一股慑人的杀气。那沙哑的声音一直在他耳畔徘徊不去：靓仔！你醒定啲！① 不然的话，嘿嘿，就算逃到天涯海角，我也不会放过你。你不信，可以试试看。

脚给打断了，他成了个瘸子，连女朋友也跑掉了。愤火在他胸中熊熊燃烧，如果可以的话，当然要把这个"仆街②"绳之以法，尝尝铁窗风味啦！香港是法治之区，哪里容得这帮人横行霸道！不过，倘若告不入，那恶霸来个大报复，我无财又无势，谁来照我？

怎么样？是不是五十五十？

五十五十。心中七上八下。指证还是失忆？感情与理智在对峙中失衡。

人人都知道这家伙罪恶滔天，他相信警方也清楚。不过法律的原则是宁纵勿枉，明知此人有罪，但拿不出真凭实据让他入罪，你也无可奈何。怪不得那家伙高调地在镜头面前扬言：我相信警方，相信警方会保护守法市民，我是

① 靓仔！你醒定啲：粤语，小子，你小心点！

② 仆街：粤语，趴下，诅咒别人死掉的话。

正当商人，是纳税人呀，警方怎么可以不保护我？

他相信这混蛋动手前，已经深思熟虑置身事外。有人便劝过他：喂，你要三思呀！听说那个人叫打手打你之前，都已经和律师详细研究过，不会牵连他，他才下命令的。你以为他是李逵呀？人家是“食脑[①]”的，要不，人人知道他的臭史，还能够这样纵横天下？

要不要打电话，或者问现场观众？

打电话问什么人都没有用，现场观众？现场观众是没有的，问题还是要自己去面对。是，或者不是，都容易得很，问题在于所要面对的后果。

你怕呀？怕什么？这里是香港，我们警方不会让歹徒逍遥法外。只要你照实说出真相，警方会派人保护你，一天二十四小时贴身保护，你怕什么？

怕什么？怕的事情太多了！保护我？你们能够一辈子保护我吗？就算可以，我每天生活在死亡的阴影下，连

① 食脑：香港口语，用脑子。

与女人亲热，只怕也要给监控，一点隐私也没有，做人还有什么乐趣？万一疏忽了，说不定哪天就横死街头……

喂喂，你不要以为在拍电影呀！现实生活中，哪有这么恐怖？

难说，反正我没有信心。君子报仇，十年不晚，烂仔报仇，那就难说了。

那你就说死了，认不认得出来？

隔着单面镜，十来个“戏子”排成一排，他可以很轻易地指出那个凶手，但指出之后，自己恐怕无路可逃，而那家伙恐怕依然风流快活。

罢罢罢，退一步海阔天空，反正这一辈子瘸子是做定了，出了一口恶气又怎么样？

他望着那探员，木然说：认不出。

人家参加《百万富翁》，半途弃权还可以拿上支票走，我折腾了半天，浪费时间也不知死了多少细胞，却两手空空什么也没有。他似乎听到那探员蓦地扔下一句：下次再玩过啦！

2001年8月19日

# 最后一招

突然间便失去了预算，他有些进退失据的狼狈感觉。

假如不能够在半个月内筹足二百七十万，那他就等于放弃了买那房子的订金。三十万，对他来说并不是一个小数目，怎么可以就这样白白送给别人？

但他自己口袋里没有钱。

这个世界，有钱才好办事，没有钱的话，一切免谈。于是在他脑海里便浮现出一串名字，掂量一下与他们的交情，也估计一下他们的经济情况。数过来算过去，没有把握的人名一一删去，剩下十个人，只要每个人凑一些，大概也差不多了。

事不宜迟，他开始去试探。活了大半辈子，从来也没有向人借过一分钱，哪里想到终于晚节不保，他仰望灰蒙蒙的天空，叹了一口气，难道这是天意？

但寒风只是呜呜地吹过。开口向人借钱，不免闪闪烁烁。

他并不是不知道，借钱伤感情，可是事到如今，已经没有其它办法，只好厚着脸皮。

"……一个月吧，给我一个月时间周转。"他期期艾艾地说，"我买下之后马上转卖出去，不是想赚钱，而是不想损失那三十万订金。就算转手还会亏几万，我还承受得了，但三十万，不是我所能亏得起的。"

人人都望着他望了好一会，才说："好吧，什么叫朋友，朋友就是对方有危难时挺身而出，我不能白白看着你就这样亏掉三十万！"

他心里非常感激，讷讷地说："我按银行利息还你，非常感谢你援手。"

阿成只是笑着说："利息当然要啦！我无所谓，但我老婆只怕不答应……”

“我绝对不会让你难做，”他由衷地说，“我哪能让你吃亏呢？你不收利息我还不敢借呢……”

他的心房为雪中送炭的友情温暖所胀满。

但他也慢慢发觉，打电话找他的人少了。莫非他到处借钱的消息传开去，谁都害怕成为借钱的对象？也只不过是周转罢了，至多一个月，而且也不是不付利息……

但阿成却说：“付银行息，只是小意思啦！你想想看，如果是楼宇按揭，你该付多少利息？”

他大吃一惊，阿成说得对，如果真的计算起来，借钱给我岂不是吃亏？

可是我是用来救急，并没有从中牟利，天地良心，难道这一点他们都不信？

阿成笑道：“钱嘛，始终还是在自己的口袋里最稳妥。借给别人，也要看怎么借了。”

他一时之间弄不明白，阿成是不是话里有话？但到了这步田地，他只好装聋作哑。

只要能够筹借到那笔钱，即使给人冷嘲热讽毫无尊严，那也只好认了。为了不白白损失三十万，自尊心被践踏又算得了什么？

午夜梦回，他安慰自己说：大丈夫能屈能伸，只要度过这个难关，明日还不又是一条好汉？

反正自尊也只不过是自我感觉罢了。

其实他也并没有什么太不切实际的奢望，只不过想换一间稍微大一点的房子，以便孩子有活动的空间，怎么连这样卑微的愿望，也竟会难以实现？

买主的律师表示：“……你的屋契有些问题，属于业权瑕疵。为了保障我的客户，必须终止这项买卖。”

他大吃一惊，他委托的律师告诉他：“你可以告上法庭，我认为胜算很高。不过万一败诉，你必须把对方付出的三十万首期退回，而且要付律师费和堂费……”

说来说去，即使手中握有真理，也还是要有金钱做强大的后盾，不然的话还不是一样无奈？

而且官司也并没有必胜的把握，万一打输了，岂不是劳民伤财？几十年来从来也没有进过法庭，自认是一等良民，难道到了今天竟然也要成为“新闻人物”？

何况，那边的房子眼看就要到了交吉日子，二百七十万的尾数，一分钱也不能少。

前无去路，后有追兵，英雄气短。

而自己分明也不是英雄，只不过是在滚滚尘世间讨一口饭生活的芸芸众生罢了。

吃人家的饭嘴软，借人家的钱就当然比人家矮几截，那还有什么话好说！

他忙赔着笑，“我不会忘记你的恩典。要是有朝一日我谭志群发达的话，我……”

“到你发了达再说吧！”阿成打断他的话，“眼前你还是集中精神应付这一关。”

他大感没趣。说的时候确是热血上涌，一片诚心，哪里想到说了出来便好像成了假话空话大话废话。他暗暗痛恨自己，连眼前的三十万也要到处求爷爷告奶奶去筹借，我还有什么资格对债主预告报恩？

没有钱只好用一张厚脸皮去冲锋陷阵，反正为了活命就不能有什么尊严。提起钱来常常难以启齿，但终于也给他攻克了九位，还差五万。

到了这个时候，五万也成了关键。

幸好这最后一位，是他最有把握借到钱的老友。

平时忠平总是对他说：“……朋友嘛，患难见真情。平时吃吃喝喝算什么？到了关键时刻……”

如今便到了关键时刻。好在自己先难后易的策略终于成功，只要开口，忠平的五万还不是手到擒来？

他知道忠平有钱,五万算得了什么?

但忠平的脸色渐渐严肃起来,令他惊诧。自认识以来,在他的印象中,忠平总是笑嘻嘻的,今天怎么……

只听见忠平缓缓地说:“……这样吧,我帮你把这房子按原价买下。但是老老实实,律师费厘印费地产经纪佣金我就不出了,我这是帮你呀!不然的话你的损失可是三十万,现在你只须损失不到十万……”

他几乎以为自己听错。房价在上升,这房子外头已叫价三百二十万,忠平这一招,岂非在掐着我的脖子?

这才省起,这个黎忠平,是个地产经纪。

# 成交之后

也是因为一时心软，经不起嗲声嗲气地缠了几句，他便把公司的电话号码告诉了她。

他告诉自己说：这是不得已，如果不告诉她，只怕她还会继续缠住他不放，就在这个人来人往的地铁站口……

天气又是这么寒冷，这位丁小姐又穿着裙子，他似乎看到她瑟瑟地抖了。

那些同事取笑他："梁主任，这么一把娇滴滴的声音，一想就肯定是美人，你大概是怜香惜玉吧？"

他忙说："哪里哪里，萍水相逢……"

但午夜梦回，他叩问自己的内心，终于不能不承认，假如这位小姐不是长得令他怦然心动的话，只怕他早就已经掉头而去了。

丁小姐一副楚楚可怜的样子，一味说："……不会阻你好多时间的，你相信我啦！我不会害你的……"

但他实在有抗拒感。周围的人对于保险都没有什么好感，那些同事都说："要你交钱的时候，一天也不能迟，等到你生了病要追住院费的时候，他们就会推三阻四，说要查这个查那个，就是拖住不给……"

丁小姐却说："你信我啦！你要看你碰到的经纪是什么人。保险公司这么大，出一两个害群之马，也不奇怪，但是总的来说还是不错的，你找我啦，你找我做你的经纪，肯定不会出什么问题。"

天天打电话找他的时候，办公室里那些男男女女便已经窃窃私语；等到天天在他下班前跑上办公室找他的时候，人人更起哄了："哗！靓女的魅力果然不凡！"

他狼狈不堪，只想摆脱那困扰。

丁小姐却好整以暇，坐在会客室里，慢慢拿出那份打得整整齐齐的保险计划书，很近很近地坐在他旁边，给他详详细细地加以解释。他深深地吸了一口气，调动全身的神经，努力倾听，但是窜进他鼻子里的，却是她身上一股幽幽的香水味道，令他心猿意马。丁小姐的长发飘到他的脸颊上，痒痒的，他觉得他的灵魂出窍，好像在云端飘飞，再也寻找不到归程。

突然惊醒过来，丁小姐的眼波深深似海，在流盼之间几乎将他淹死，他只听见她的声音好像从远远的地方传过来："……怎么样？你觉得？我已经给你做最周详的计划，绝对保证你的利益。这种事情，我不会害你的，无非你帮我，我帮你……"

他甚至不好意思再拒绝了，她跑了这么多次，无非就是想做成这一宗生意，难道自己可以铁石心肠不为所动？

但他却不想太早就这么了断，于是便说："让我再想一想，好吧？"

丁小姐一脸笑容："没关系，我不会逼你的，我们首先是朋友，对吧？生意在其次。做得成当然最好，做不成也不是问题，你放心好了。"

他只是想把场合从公司转移到餐厅。他说："……这里太公司面孔，我变得好像公私不分……"

丁小姐立刻回应："哦！这个好办。下次我们一起吃晚饭吧，也不一定非说保险不可。"

但在餐厅里，话题还是离不开保险生意。

她指着那保险计划喋喋不休，他却望见那女侍者乘着送东西过来的那片刻，眼睛扫了过来，嘴角似乎含笑。他的脸颊蓦然发热，丁小姐似乎也察觉到场面尴尬，立刻把那保险计划收了起来。

他无话找话说："你们做这一行，有没有规定指标？"

她微微一笑："当然有。"

他也感觉到她的压力，听过太多保险女经纪被男顾客非礼或强奸的新闻，他不禁也为她的安全担心。“像你这样漂亮的女孩，恐怕要格外小心，不可以急于求成，不然的话……”他摇了摇头。

丁小姐轻轻叹了一口气：“我当然会小心。”

虽然她并没有透露什么，但他却从她那带些无奈的神情中，捕捉到某些讯息。

一张胖胖的脸伸了过去，油腻腻地笑着：“要我买保险可以，但是我只跟朋友交往，你是不是当我是朋友，我还不清楚……”

一双干瘦的手蓦然抓住她的手，紧紧地：“不如我请你去看一场电影呀……”

他尽力摆脱在脑海中盘旋的场景，热血汹涌：“我看你只有一个办法自卫，那就是非公众场合你别去。”

他想起了不久前保险女经纪在大屿山被杀的事件，一个女人出来行走社会，一不小心就会踩入陷阱。

丁小姐耸了耸了肩膀：“大部分男人都是这样，一副色迷迷的样子，只不过才见一面罢了，有的便直截了当地提出，要我跟他上九龙塘，不知当我是什么？刚开始的时候，我几乎连一点自尊心也没有了！”

“职业不分贵贱。”他随口安慰，“行行出状元嘛。其实我很羡慕你们那种工作的挑战性，只不过因为性格上的关系，我做不来，没有办法。”

“做女人真难。”丁小姐说，“长得丑嘛，没有什么人理你，你长得漂亮嘛，男人们就开始想入非非。”

“也并不是所有男人都那样。”他说，“你也不必太介意。自己小心就是。”

“当然。”丁小姐啜了一口热柠茶。

“比方说梁先生你吧，就绝对不是猥琐的男人，你从来也没有向我提出过什么额外要求，我很明白也很感激。”顿了一顿，她又带笑补充了一句，“大概是我的吸引力不够吧?”

他心中暗叫惭愧,难道自己从来没有躲入阴暗的角落里想入非非么?

害怕被她的眼光洞穿似的,他连忙把话题岔开:“协议书你准备好了吧? 我来签吧!”

丁小姐欢天喜地:“我早就知道你是好人,我知道你是想帮我,你放心,我的保险服务一定很到家,如果你不满意的话,随时可以中止。”

别人却对他说:“你小心点,会不会不熟不食?”

他强笑道:“不会吧。我跟她也不熟,只不过是一宗投保生意罢了,公平交易。”

他期待的是周到的服务,当然也期望可以不时看到她那粼粼的眼波和甜蜜的笑容。

只是,当他投了保,她便不再主动来电话了。

# 连环扣

兴冲冲地跑上律师楼，不料，那个“师爷”脸色凝重：“……你们的这份屋契，有小小问题，对方律师传来了三页纸，提出了十多个问题，有的问题我们认为不是问题，可以不必理会，但是有一个却有些麻烦……”

原来是屋契加名字的问题。

他有些不忿。“有什么问题呢？买这房子的时候，我还是单身，当然是我一个人的名字。后来我们结婚了，到律师楼加了我太太的名字，没什么不妥呀！”

师爷说：“不是屋契本身有什么问题，而是加名字是用送半份契的形式有问题。如果你们自己住下去，当然也没有问题，但要转卖就产生问题。”

三年之内有个遗产税的问题，但三年已经过去了，可以不理。还有破产问题，加名之后十年内仍然有效。“你们加名字才八年，还有两年……”

他和阿兰面面相觑。

师爷继续说道：“……如果对方坚持，那没有办法，只好退还订金，宣布双方交易不成功。”

阿兰急了，“这份契不是假的呀！”

师爷笑道：“没人说是假的。但是买家买下之后，便要承担风险，你们破产的风险。”

“我们又不做生意，破什么产？”他嘟哝一句。

“但站在对方的立场，不可能这样说。对方的律师肯定要保护其顾客的利益。”师爷说，“你们过去八年纪录良好，但还有两年，谁也不能保证这两年你们肯定没事。过去的事情可以证明，将来的事情只能预测。”

“那是不是说我们一点办法也没有了？”阿兰绝望地问道。

“我们会尽量去回答对方的问题，”师爷说，“但是，对方接不接受，很难说。不过，你们也不必紧张，最多就是不成交，你们的损失不大。”

他暗暗叫苦，如果不成交，他就必须将那三十万的订金退还对方，那新买的房子的款项，岂非没有了着落？

师爷说：“反正你那房子还在手上，如今房价还在升，也许迟些还可以卖更好的价钱。”

但是那几十万订金，岂不是要给卖家没收？

师爷叹了一句：“你们本来应该先把房子卖了，收到钱了，再去买房子，这样稳当一些。”

如果早知道这样的话，倒不如先找家银行去“楼换楼”啦！

事到如今，也只好听天由命了。师爷拍了拍他的肩膀，“放心啦！我们会给你努力争取，也不是没弯转。”

但阿兰已经有些六神无主。

他长叹一声：“命中注定，如果该我们倒霉，我们也只能去承受，何况现在也还不是完全绝望。”

“但看来很棘手呀！”阿兰急道。

“事情已经这样，我们该做的已经做了，剩下的只有等待结果。”他故作轻松，“反正你吃不下饭也好，睡不着觉也好，也不会有什么帮助，倒不如不理它，吃饱睡好，也许一觉醒来，什么东西都 OK 了……”

“想得倒挺美！”阿兰哼了一声，转身冲凉去了。

其实他心里也担心得很，万一出事，只怕五十万就化为流水。但如果连他都乱了方寸，不但于事无济，阿兰肯定更加慌乱不堪了。

他告诉自己说：我是一家之主，凡事都要镇定……

他告诉自己说：物极必反，峰回路转……

他知道这些都是自我安慰的话，不料竟然真的峰回路转，师爷变了口气：“……看来问题不大……”

阿兰说:“这个师爷翻云覆雨,是不是为了表功,想要多收一点律师费呀?”

“那倒不会吧!律师费一早就讲好了。”他说,“只不过这个师爷特别喜欢表现自己……”

那个时候,师爷根本不容许他提出疑问。

师爷说:“……陈生陈太,对方律师并不是太空闲没事做,故意挑剔。他们提出问题,肯定有他们的道理,我们只能见招拆招……”

阿兰哼道:“不如打电话去挖苦那个师爷几句。”

他皱了皱眉头,“我们的目的只不过是顺顺利利,不是呕气,何必惹是非?”

阿兰嘟哝了一句:“我就是气不过……”

气不过怎么抵得上交接顺利?

不料从地产经纪那边传来消息,买家也是卖房子来买他这个房子的。

买家说:“如果对方毁约,恐怕我们也没有钱再买房子,只好损失订金。”

他突然感到,原来自己的命运完全拴在别人手中,吉凶如何,自己根本不能作主。

现在面临的困境是一环扣着一环,只要买家的买家毁约,买家也要跟着毁约,他也要跟着毁约,结果只有他的卖家坐收订金之利。

就好像多米诺骨牌效应似的。

明知有这样的一种危机,但他却眼睁睁的,无能为力,根本无法做什么工作。

他唯有迂回向地产经纪打听:“他们的买家,到底是什么人?”

他想知道,对方毁约的可能性有多大?

地产经纪说:“听说是以公司的名义买下的,看来有可能是买来炒的。如今房价开始下滑,什么可能性都存在……”

几十万的订金，对于个人来说，数目不小，但对于一家炒房子的公司来说，恐怕又不同，反正房价下跌，壮士可以断臂，再设法从别的方面赚回来。

求神拜佛也都祈望顺顺利利，不要出问题。

阿兰说："为什么人家买房子卖房子都那么顺利，我们偏偏就这么多灾多难？"

他耸了耸肩膊，随口说："大概是流年不利吧？今年是牛年，跟你我的生肖相冲……"

"咦，你一向都不信这一套的，怎么现在也都相信了？"阿兰奇道，"是不是转了性？"

他叹了一口气："人一到了没有办法的时候，只好便向这方面寻找原因。"

他本来并不想卖房子买房子的，可是终究缠不过阿兰，她每晚都在枕边絮絮叨叨。

但这时他总不能说：都怪你……

# 猎 物

他望了望，在灯光下，他觉得那位"西装友"可能有钱，于是便悄悄地跟踪着。年关呀，要等钱用啊！工厂突然倒闭，老板不知所终，连最后一个月的工资都拿不到，回家都不知道该如何对老婆讲，只好瞒着，每天依旧早出晚归，捱了两个月。可是，家里等钱用呀！一年盼到头，不也就是年底双薪么？这几天，她就开始唠叨了："钱呀！怎么还不拿钱回来？"一面吃晚饭，也一面对他说："雄仔也该买件新外套，买一对新鞋了！你呢，你也该做一套西装……"雄仔立刻插嘴："爸爸，我要买'圣斗士'玩具！你答应过的！"

他的心一阵刺痛，又烦恼又生气，只管粗声粗气地说："行了行了，我心里有数！"有数？才怪呢！到了这个地步，死守也不是办法，只好主动出击啦！四十岁了，要重新找工作谈何容易。六合彩又期期买期期落空，唯有打劫啦！这个念头乍然在他脑海中一闪的时候，他自己也给吓了一跳。不过，思前想后，既不能将真相告知妻儿，唯有铤而走险了。

可惜出师不太利，刚才那个看上去似乎有钱的女人，他以为是一块肥肉，尾随着她入电梯，他壮起胆子把利刀搁在她脖子上，压低声音喝道："打劫！我这是要钱不要命！快把钱拿出来！"不料，那女人竟看穿他是生手似的，微微笑道："不是真的吧！"他一急，手里的刀不由自主往前一送，那女人尖叫一声，血从她的脖子上冒了出来。他更紧张了，不禁脱口再喝："快拿钱出来！"那女人抖抖嗦嗦地将钱包递了过来，他一把抢去，便逃出电梯。

本来以为只做一宗就可以回家交钱了，谁知道钱包里才只有两百块钱，买一件雄仔的外套也不够啦！他迟疑了一会，决定一不做二不休，今晚干脆大干一场算了。

那个仍在傻傻地走在前面的"西装友"，拐进一条僻静的小街，他暗叫机会来了，脚一发力便窜上前去，迅速把刀锋抵在“西装友”的腰间。他感觉到“西装友”浑身一抖，公事包“噗”地掉在地面上，犹可怜巴巴地告饶：“我替公司收钱，一家也收不到，刚被炒鱿鱼，就那么一点赔偿费，你全拿去吧……”

# 闯

见到老公达明坐在沙发上，专心致志地看镭射影碟《偷窥》，玉婵倚了过去，将头倚在他的肩膀上。她感觉到达明微微缩了一下，眼睛却依然盯着电视屏幕。

她斜斜一望，莎朗史东果然美艳性感迷人，魅力没法挡，男人大概都把她当成梦中情人吧？

那缠绵的镜头过去了，达明似乎松弛下来。

她抬头叫了一声："老公……"

达明应了一句："什么事？"

"哼！刚才你看莎朗史东的裸体镜头，都看到傻了。"她掐了一下他的手臂，"男人是不是喜欢这样的女人？"

"我哪里知道！"达明有些没好气，"我又不是专家！"

"不知道那个男人是不是长得像白马王子？我那死党长得又不像莎朗史东，怎么偏偏要诱惑她？"她越说越生气，"明知她有男朋友……"

"谁呀，你那死党？"达明漫不经心地问了一句。

"说给你听也没用，"她没好气地说，"你反正也不认识。我也劝过她，她就是不听。那男人是已婚男人，我真的不懂得她，怎么就一头撞了过去？到最后，吃亏的，肯定是她。你想想看，男的已婚，女的未婚……"

达明将电视熄了，站了起来，扔下了一句："算了吧，又不关你的事，你多管闲事干什么？自己的事情都管不了，小心倒大霉！"

她愣了一下，达明已经趿着拖鞋，踢踢踏踏地走进冲凉房，冲凉去了。

完全没有想到达明会有这样的回应，平时不论说什么，他也都是嘻嘻哈哈，是是是……

十足一个好好先生。

既然如此,不再跟他提也罢,但是死党那么年轻漂亮,真不忍心看着她就这样滑下去,毁在一个无良的男人手里。

她决定做独行侠,务必将那个男人揪出来。

决定行动的时候,她内心竟充满着一股豪气。阿静可能会很生气,不过等到事过境迁,肯定回心一想会对她感激不尽。做死党嘛,就要两肋插刀……

回家跟老公一说,恐怕他也会折服不已。

闯进酒店的那个房间,她大喝一声:“咸湿佬!看你往哪里逃!”

但立刻便目瞪口呆:眼前全身赤裸的,是阿静和达明!

# 阴雨绵绵的下午

秋雨落在街上，他走得正愁，一抬头，凭着经验，便一眼看出，那个面貌姣好的少妇，可能是偷渡客。本来，他可以扬一扬手，把她拦住，说一声："麻烦你把身份证拿出来看看。"但他不。

这少妇实在惹火……

假如……假如什么？他吃了一惊，不再继续想下去。

那少妇撑着雨伞，提着菜和肉，在前面走着。那姿态，摇曳生姿。

他下意识地跟着。

忽然便在同一架电梯里，他看到那少妇的神色有些紧张，也就更加确定了他的猜测。

这女人惊慌如小鹿，而我就是猎手了；他这样得意地想着。这女人落单，哎呀我陈山林今天也落单……

有意无意便独自行动，将那正在签到的同僚撇走。

电梯门敞开，那少妇逃一般地窜出，他一愣，到底受过训练，反应奇快，他身子一弹，便抢在电梯门关上之前，闪了出去。

那少妇回过头来，有如一头等待宰杀的小羊。

他起了一股怜悯之心。不过，到了这种地步，总不能自我退却。

他清了清喉咙，明白无误地说了一句："小姐，身份证。"

那少妇目瞪口呆，过了一会才结结巴巴地说："我没带，放在家里。"

"那我跟你去看看。"

说着，心便有些微颤。孤男寡女……

两个人在一间小屋里，身上带来的雨滴洒落地上。

他站在客厅，忽然有些不大自然。“身份证呢？”随口问了一句。

那少妇说：“你等着，我去房间里取。”

但许久都没有出来。

这早在他的预料之中。她是偷渡客，哪里有什么身份证？只不过在做戏罢了！好，我就坐在沙发上慢慢等你，看你有没有本事变出一张证件出来！

那少妇终于走了出来，怯生生地递上一张身份证。他一愣：她有……

接了过来，他说了一句：“对不起，我要 check 一 check①……”

正待揌通话器，那少妇便倚了过来，颤声道：“阿 Sir，给我一次机会啦！”

原来是假身份证。

纠缠中不经意的身体接触，忽地令他失控，警察与偷渡客，忽地摇身一变成为一个男人和一个女人……

风雨过后也就是睁一只眼闭一只眼，那少妇说：“放过我吧……”

反正香港多一个偷渡客也没什么不得了，不会陆沉。就当我什么也没见到。

回到街上，那一同巡逻的同事找他找得正急：“喂喂，你死到哪里去了呀？一个钟头的时间，做什么都可以啦，你叫我怎么向上司交代，如果有劫案发生的话……”

他点头哈腰地赔罪，心里却断断续续地回味这个阴雨绵绵的秋日下午，还有那个令他失魂的女人。

---

① check 一 check：英语，查一查。

# 重施故伎

小时候，他最喜欢的游戏之一，便是到书店偷书。

他父母知道了，也总是笑嘻嘻地说："叻仔！偷书，高雅得很呀！"

得到了鼓励，他更加肆无忌惮。

他甚至对周围的同学扬言："孔乙己都说了，窃书不算偷……"

是风雅贼，人家不会认为下贱。

只是有一回，跟着他去偷书的一个同学，笨手笨脚给抓住了，那店主喊打喊杀，说要报警。最后逼得那个同学写悔过书，连同相片一块贴在书店门前，令他大吃一惊。

那店主还将那悔过书影印一份，寄给学校校长。

那个同学终于被开除了。

从此以后，他也就收手了。

但是，偷书的那种快乐心情，始终在内心里躁动不已，人即使已经渐渐长大，并且进入社会做事情，成了一个小名流，但他也不能彻底与那偷书的意念一刀两断。

连他自己也感到这有点不正常。

他并不是没有钱，根本不必偷书。

说起往事，他的女朋友芬妮也感到纳闷："如果没有钱，倒也罢了。你自小家庭环境不错，干什么不好，去偷书？书值多少钱？又不是什么金银珠宝！"

他实在也说不清楚，既然如此，那就不如不说，免得越说越糊涂。

芬妮只是摇摇头，叹了一口气。

她说："过去的事不要再提了，反正你已经洗手不干了。"

他瞒着她的是，至今，只要见到好书，他就有一种窃为己有的冲动。

这大概也是一种收藏欲吧？

好在自己是个高薪的专业人士，在行内颇受尊敬，几千块钱的书，对于他来说，也并不是一个大数目。

几千块的《秘戏图》，他也认为不贵。

其实他一直就想要购买这么一本书。

那个时候，他曾经以半开玩笑的口气对芬妮说："不如我买一本研究研究……"

芬妮瞟了他一眼，满面通红地啐了一口："你这个人，满脑子的邪念……"

他也不知道芬妮的反应为什么会这么剧烈，也只不过是翻着玩罢了，这么紧张干吗？但他不敢当着她的面买下。

自己一个人跑去留连，他简直有些爱不释手了，可是要他手捧《秘戏图》去收银处交钱，他又有些发怵。

那个女收银员，偏偏又认识芬妮。

这个周末，如果再不拥有这本画册，他觉得自己就会彻夜难眠。无论如何，他都要想办法把它带回家去。

他决定妙手空空，在洗手不干了那么多年之后。他觉得他的绝技依然在，不会失手。

哪里想到当他揣着《秘戏图》跨出书店大门之际，警钟轰鸣。

当他当场被抓住，这才明白，如今的防盗系统，已经比当年先进了许多。

# 裁员名单

老板把他召了进去,对他说:“现在的经济情况不好,你都看到啦!不知道你有什么良策,可以帮公司渡过难关?”

他愣了一下。

老板这话,不是借口。

也不知道为什么,突然之间,各行各业也都不大景气起来。那天晚上他搭的士过九龙,一路上都听到司机大发牢骚。

他有些疑惑:“也不会那么差吧?”

司机苦笑一声:“你可能很少出夜街,那些夜生活场所,现在不知有多淡!搭的士的乘客也明显少了许多。以前可不是这样,做都做不及,哪像现在这样水静河飞!”

仔细打听,果然不利消息不断传来。

对于工薪阶级来说,最可怕的便是裁员了,如今粥少僧多,许多人都在抢一个位置,这世界怎么捱?

以前的打工仔动不动就高叫炒老板鱿鱼,而现在,如果老板脸色一黑,人人便走路都踮起脚跟,连咳嗽都不敢。

世界轮流转……

他接口:“最好是利用自然流失的办法,有人辞职,不再找新人补上空缺,原有的工作分摊给其他人,这样既可以替公司节省开支,又不会影响公司的声誉。”

老板点了点头,“你的话有道理。”顿了一顿,又说:“但是行不通。现在这样的环境,有谁会轻易跳槽?如果这样拖下去,那岂不是要把公司拖垮?”

“老板的意思是……”

“现在也顾不得什么形象不形象了,最要紧的就是公司能够维持下去。”老板说,“困难时期,只好将就了。少一点人找饭吃，也总比公司关门，一个人都找不到饭吃要强得多。”

这也是道理。有些残酷，不过没办法啦，这是市场规律，既然身在其中，谁也不能不遵守游戏规则。

何况，像这样的一个重大决定，老板只会知会他，但不会征询他的意见。

他心中明白。而且有自知之明。

只听得老板又说：“裁员的事项，我就交给你全权处理，你提出一个计划吧！”

也就是要他当“刽子手”了。

他又惊又喜，喜的是自己可以确保平安，不会丢职，惊的是将要成为众矢之的，被炒的同事肯定会大骂他是无耻小人。

但他太太玛丽却大义凛然：“你管那么多干什么？老板授权给你，你就大胆用吧，不然的话，你会两边不讨好，更难做人！”

她当然觉得自己稳如泰山。

他想来想去，也没有其它办法，只得狠下心来，草拟了一份炒人名单。

他反覆斟酌，自以为绝对公平，他为公司清除瘀血。

老板看了看名单，便把它放到一边，抬起头来问了一句：“你认为大家可以接受吗？”

他一愣：“有什么不合适的吗？”

老板缓缓地说：“你看玛丽……”

这时他才明白，老板心中早就有个既定计划。

# 朋友老去

忽然间，他想起了赵世蒙，顿时好像捞到了救命稻草一样。

他的太太哼道："赵世蒙？哼！你以为他肯定会帮你的忙吗？你是他的什么人？"

当然不是什么人，只不过是老朋友。

朋友不是有通财之义么？何况也不是真的要赵世蒙慷慨解囊，以他现在的地位，只不过是举手之劳罢了。

但他也不想把话说得太满。你知道什么？我现在也不说给你听，等到我大功告成，你才知道我的厉害。他抿着嘴，一言不发地走开了。

他的太太在背后叫道："你看，说你一句你就'发烂渣'①！我只是想提醒你：不要太过乐观，这个世界，人情冷暖，锦上添花的人多的是，雪中送炭嘛，你几时见过？"

也不是没有，只不过你少见多怪罢了。

躺在床上，他却有些动摇了：赵世蒙果真可以那么信赖么？

人到无求品自高，一旦要求人，什么尊严也都丧失了。罢了罢了，到了这个地步，也不必讲什么自尊了。而今最要紧的便是自保，只要赵世蒙高抬贵手，什么屈辱也可以忍受；何况情势也未必真的那么悲观，赵世蒙老在别人面前提起："牛本清？是老朋友了，想当年……"

假如赵世蒙无情，只怕以他今日的地位，也不会这么说了，免得失了他的身份。

赵世蒙也常常在电话中对他说："……大家这么老友，

① 发烂渣：粤语，撒泼。

有什么要我帮手的，尽管说！我跟你之间还要客气什么？想当年……”

他也知道“君子之交淡如水”，千万不要对朋友有所求，不然的话，反而不美。不过情势已经不允许他犹豫，年过半百，公司裁员裁到自己头上，他还有什么选择？如果还有积蓄，粗茶淡饭可以过晚年，那倒也算了，他一向对生活要求不高。最糟糕的是手停口停，孩子长大又远走高飞，剩下两老还能怎么样？

他在电话中嗫嚅着说：“……我给炒掉了……”

赵世蒙在那头哈哈笑道：“喂，老友，讲真的，那不是更好吗？可以拿一笔钱，这个年纪，最好就是退休。你说是不是？我们没办法跟年轻人争了……”

他顿时语塞，也不知道该怎么说下去。

不过活命要紧，脸皮算什么？他下了决心，找了个机会便说：“……我不像你，我的工资一向不高，没有什么积蓄。你能不能够帮个忙，给我安排个工作，送信也好，多少有点收入……”

赵世蒙似乎愣了一下，才应道：“本来没有问题，不过我们公司也在紧缩呀，暂时没有什么空位，等有空位，我便通知你。OK?”

也没有什么话好说了，大概赵世蒙忘了，当年还没有高升时，每个月都问他借钱。垂头丧气放下电话，他太太不知从哪里窜了出来，斜眼望着他，一个字一个字地吐出：“你那老朋友不是做了总经理吗？应该不会连安排一个人也不行吧？”

# 周末晚上

游目于那一堆堆的镭射碟间，他的心突地一跳，迎入眼帘的那一张，分明是三级影片。他连忙把视线移开，走开几步，但他的灵魂却留在原地不动了。

从来没有去电影院看过三级片，倒并不是自己如何抗拒，只是放不下面子。万一碰上什么认识的人，这张老脸该往哪儿搁？说不定从此就会在背后说他是“六十岁的色鬼”哩。不久前《我为卿狂》公映，一时纷纷扬扬成为城中的热门话题之一，他也止不住好奇，那个周末晚上，便悄悄地往电影院走，刚踏进大堂，远远便望见 Miss 胡在排队买票，这一惊，立刻教他迅速转身，逃也似地离开，心还怦怦乱跳。

颓然回家的路上，他有些愤愤不平：三级片，十八岁以上的人都有权观看，为何偏偏我就不敢看？

但看了又怎么样？当然也不怎么样，恐怕还会益发感到孤寂哩！一个人守着这八百英尺的房子，连个说话的人也没有，还能怎么样！为什么不再婚？算了算了，女人太麻烦，当年阿珍说走就走，撇下我一个人，三十年也就这样过去了，我何必再去自寻烦恼？也不是没有心猿意马的时候，长夜漫漫，辗转独眠的滋味，有谁知道？

不提了不提了。三级片也别看了。

但在内心里犹有不甘。

又是一个周末晚上，租镭射影碟回来看看也好。怎么那么巧，三级影碟就在眼前！

他往周围望了一圈，没有熟人。他下了决心，又走了回去，只一抽，便将一张影碟抓在手中，心打鼓般咚咚乱跳，他急步离去，匆忙间却撞到一个年轻人，那人瞪眼喝道：“喂，走路要带眼睛，老东西！”

他陪着笑，脸有点发烧，暗想，这烂仔准看到我手中拿着三级影碟了！

他下意识地低头一看，手中哪里是什么三级影碟，分明是自己在电影院看过的《最爱》。

难道再把《最爱》捧回家去细细看一遍？什么是最爱？我不知道。我只知道阿珍三十年前私奔，从此便好像在这个世界上蒸发了。

毅然又走了回去，换上那三级影碟，他在柜台前排队等候办理租借手续。排在他前面的一个巴基斯坦人，正啰啰苏苏地向柜台小姐询问什么，他等得有些不耐烦，同时又怀疑许多灼灼的目光向他手中的影碟射过来，教他浑身不自在。

好不容易轮到他了，他上前把影碟往柜台一放，极力装成一脸满不在乎的样子。

那小姐望了过来，忽然似笑非笑地招呼："啊呀，你好啊，黄校长！"

他的脑海里"嗡"的一声，一片空白。

# 没有帆的船

## 1

快步穿过办公室的时候,他满面春风地向那些手下打招呼。

炎热已经过去,这秋凉,真好……

但是他总觉得男男女女的表情有些奇怪,莫非我今早穿得有些怪异?

关上经理室的门,他对着镜子照了一照,并没有发现什么异样。

管他呢!也许他们中了"中秋金多宝"六合彩巨奖,所以个个变得傻傻的。中了也没有什么了不起,最多就是他们把我炒了,我可以再请人呀!什么东西都不是没有什么人就不行了,只要有钱,本事再大的奇人,也可以请到。

敲门声。他知道是女秘书艾达给他送来他照例要喝的咖啡。

有什么消息?他问。

没有呀。艾达避开了他的视线。

他愈发纳闷。

等艾达走了出去,他漫不经心地翻看报纸。

突然间,他的心一跳,什么?"寻人广告"?而且是他母亲的寻人广告。

逐字看下去,但见白纸黑字写着:

> 汤邝玉霞寻找丈夫汤世成。自您于1990年9月1日失踪后,一直没有音讯,各方人士如知其下落者,请即与本人代表律师书面联络。
>
> 1997年9月10日

汤邝玉霞代表律师
莫英生律师行

不用看随后的地址电话，他都已经记住了。

莫英生，他也熟悉。只不过既然成了他后母的代表律师，他当然也不把这个莫律师当朋友。

看来是要摊牌了。

他并不怪莫英生，两军对阵，各为其主，他理解。只不过至少在这个非常时期，他不会再与莫英生去兰桂坊摸酒杯底喝酒。

莫英生醉眼朦胧地望着他，没办法，以我和你老爸的渊源，我不能拒绝你老妈。人在江湖，有许多时候是一点办法也没有的。你不要介意……

他斜眼瞟了莫英生一眼，不要那么说，说到底，做律师，也是一盘生意，有生意，没理由不做呀！

难得你这么通情达理，刚才我还担心，怕你想不通，跟我翻脸呢！

哈哈哈！他举起酒杯一碰，男子汉大丈夫，我怎么会为这么一点鸡毛蒜皮的事情动气？你也太小看我了！

相对将杯中酒一饮而尽。他感到一股火辣辣的酒滚过他的喉咙，直下他的心田，蓦地腾起了迷迷糊糊的意识。友情为重？哼！现在哪里还有这支歌唱？只要有利可图，友情算得了什么？

在他心中早已楚河汉界划了一道赫然的分水岭。

如今这广告，到底是不是莫英生出的主意？也许，当他们碰杯的那一刻，莫英生早就想到了这一招，只不过不告诉他罢了。

即使现在知道是莫英生在策划，也已经不重要了。既然莫英生是对手，想必定会全力以赴把他置于死地。一大笔律师费，当然不是白拿。而他最重要最现实的工作，便是起来应战。

兵来将挡,水来土掩……

也并不是没有见过世面,当面握手言欢转身便暗箭伤人,难道还见得少?滚滚商场早就使他练就铁石心肠。满面笑容又怎么样?面对着一个又一个的人,心中总要布阵设防,否则,一步走错,满盘皆输。

只不过人心终究是肉做的,又不是铜墙铁壁,哪能对一切都毫无反应?

比方在女色面前。

真的是英雄难过美人关?还是自己的道行还不够,没想到我汤炳麟竟会这般溃退。

好在也只是在女色面前几乎溃不成军,商场上,我依然勇猛如虎。

中五毕业,他爸爸斜着眼睛对他说,我看你也不是什么读书的材料,算了,你就收拾心情,去打理旺角那家快餐店吧,好歹也是个经理……

他知道老爸觉得他没出息,而他的后母邝玉霞更是语中带刺,是呀,你命好,有个有钱老爸,你不用怎么做,也是一辈子衣食无忧!

其实他最讨厌别人说他是“太子爷”了,不过,既然升学无望,他只好忍气吞声。

妈的!不要给我发达……

老爸说,你才十八岁,刚刚成年,社会经验不够,你可不要给人骗了,虽然这个快餐店亏掉我也不在乎,但究竟也是我的血汗钱呀!

旺角那家幸运快餐店,地点很好,照理应该很旺,但实际上却月月亏损。如今老爸叫他去坐镇,是不是有点要他往火坑上跳的意思?

老爸手中有十家快餐店,家家赚大钱,唯一亏本的,就交给了他,哪有那么巧的事情?

后母嘿嘿笑道，这可是求过签的，不能赖谁。连神仙都说只有你才能力挽狂澜！

老爸望着他，天将降大任于斯人，必先劳其筋骨。

他知道说也没有用，于是什么话都不说了。

老爸虽然是亲的，但却已经与那女人联成一鼻孔出气，再去求情，只怕徒然自取其辱。

儿子又怎么样？血缘又算得了什么？到了关键时刻，所谓父子情，怎能抵挡得了那莺声燕语的枕头状？

置之死地而后生，或许会出现什么奇迹也说不定。如果只是接手随便一家经营顺利的分店，后母只怕又会风言风语，当然啦，他又不需要动什么脑筋，一切都已经上了轨道，白痴去做也一样会赚钱！

他说，好，我去。

后母一转身便走开了，究竟是生父，他老爸拍了拍他的肩膀，叹了一口气，本来我想供你去加拿大读书，现在看来你也没有兴趣了。你就把这个快餐店当人生试验场好了，我也还亏得起，就当是为你交的学费吧，我也不给你压力。

他怀疑他老爸本来就已经打算把这旺角的快餐店关掉，如今如此这般地说来，他觉得不免有些虚伪，但他也不吭声，免得他老爸急了，连这个最后的机会也不给他。难道真要他一辈子做受后母白眼的"二世祖"？

背水一战，走马上任。

这时他才发现，旺角快餐店里尽是老臣子。他们的口头禅是：没有功劳也有苦劳……

快餐店前的人行道，日日夜夜行人川流不息，为什么就不见有什么人拐进来吃点东西或者喝杯什么？

他也不动声色，嘴上依然李叔张伯陈阿姨叫得特别亲热，其实却在暗自观察。从来也没有充当过这样的角色，他只觉得又新奇又刺激。只有有权有势的人，才可以如此这般地主宰别人的命运。

即使是小小的快餐店，那也是一个“店王”。

操生杀大权的滋味，果然不同！

也不是没有给他们机会，他低声下气地对老臣子们说，我不把你们看成是伙计，你们也不要当我是老板，我们组成个“兄弟班”，大家合作一起打江山，OK？

水涨船高，你好我好大家好……

但老臣子们都只是默然地点点头，转过头去个个依然故我，叫他无从入手。

甚至还听到风言风语：哼！哪有那么便宜的事情？赚了大钱，还不是老板落袋，关我们什么屁事！

他老爸也问过他，怎么样？你有没有办法搞好？不要说我没有给你机会！

后母什么也没说，只站在一旁撇嘴冷笑。

他知道她在等着看他的笑话。

如果这一役他惨遭滑铁卢，那他就永无翻身之日。后母也许就要趁这个机会，狠狠摧残他最后的自尊。她可以抑扬顿挫地对他老爸说，你看看你看看，不是我对他有什么偏见吧！你给他机会，我都不反对，但他自己没有把握住。既然他不是这个料，那也无话可说了，可别以后传来传去，说成是我这个后娘刻薄他了！

无论如何也要咬牙撑住，老臣子既然软的不吃，那就只好给他们硬的，为了自己的生存，有时狠心一点也是必要的，我是男人，哪能一味的妇人之仁？何况妇人也未必仁慈，像我后母。

人不为己，天诛地灭。何况我是自卫。

特殊的情势下，必须采取特殊的手段。他也不再发出任何警告，到了月初发薪的时候，他即时将老臣子全都炒掉，一个也不剩。

大师傅沈叔说，大少，你也太绝情了！

做生意不能带感情，你们不能帮我赚钱，我没有其它办法。他说，这是迫不得已的，我也已经按劳工法例向你们做出赔偿，大家互不拖欠，扯平了。

沈叔望着招进来的一批新人，叹了一口气，看来你已经下了决心，我们说什么也都没有用了！

在那个刹那间，他也感到有些不忍，只不过硬挺了过去，又觉得理所当然了。他说，我开的是快餐店，不是慈善机构，一切都以经济核算为准。

铁腕政策之下，谁想要赚取那份工资，谁就要真的付出。

哪个人付出多少，我都晓得。我不会亏待任何一个人，水涨船高，只要赚钱，我定会论功行赏。

他深知重赏之下必有勇夫的道理。

这帮年轻人，果然令快餐店面目一新，他望着蜂拥而来的食客，打心里笑出声来。

扬眉吐气的感觉，原来是这么美好。

甚至连他后母也换了另一种面孔，阿麟，我早就知道你不是池中物……

他本来想要讽刺她几句，但转念一想，也不必有风驶尽帆，于是便笑了一笑，只不过是运气罢了。

对于我来说，快餐店能够转亏为盈，实在是意外收获。老爸笑逐颜开，有其父必有其子，你果然有我之风，没有给汤家丢脸！

虎父无犬子嘛！他说。心里却哼道，当初你又不是这样的讲法！

这个世界，墙倒众人推，一旦你得势，人家便会跟红顶白好像早就是伯乐一样，说什么想当年……

他的商业兴趣给调动了起来，因为这初战告捷的甜头。他有时也会纳闷，莫非我血液里奔流的，始终也是老爸那商人的基因？

原来，有些东西是可以无师自通的。

快餐店渐渐纳入正轨，即使他不在，那些伙计也是照常运转。美琪也曾经问过他，他们怎么不偷懒？他笑，偷懒对他们有什么好处？

跑出来打工，无非就是想多赚几个钱，当赚钱成为大家的共同事业的时候，偷懒的人自然会成为众矢之的。

而他的眼光也决不只是放在这家快餐店上，快餐店虽然开始赚钱，但太辛苦，一天要做十几个钟头，而且连假期也没有。这样下去，只怕连女朋友也别找了。

美琪说，是啊，如果你还在快餐店的话，只怕我也不会认识你。

他搂着她热情高涨，喃喃地回了一句，是我的终究还是属于我的……

他利用快餐店的空档去炒股票，居然也有斩获，才二十一岁，他便成了“百万富翁”。

美琪也常常埋怨他，你本来就是太子爷，饭来张口，衣来伸手，何苦跑出来自己捱？我就没有办法，如果我不做保险经纪，家里也没钱养我。

为了赚钱，有时也只好冷落佳人了。男子汉大丈夫，事业第一。

他说，我要证明自己的价值。

即使在女朋友面前，他也不愿意将家里的真实情况和盘托出，他认为那是很失面子的事情。

好在现在他已经成为地产公司的顶级经纪，月薪高达三十万。

回过头来再看那快餐店，简直不值一提。

他也曾对老爸说，我已经尽了力，旺角快餐店现在赚了钱，我也没有多少时间去打理了，你看怎么办吧！

老爸似乎有些良心发现，拍了拍他的肩膀，你我两父子，还分得那么清楚吗？当初我就已经打算亏掉它，你让它起死回生,当然应该属于你。

他想想也是。至少自己是独生子,十间快餐店分了一间,还不是便宜了那婆娘?!

也只是月底结账的时候,他才会带着美琪走一趟。

你这个老板,当得倒也轻松写意,也不用操什么心,回来就分钱。

风险是我的,哪像他们,不论怎么样也都有工资出。而且,赚得了多少钱呀?

她笑。我知道你是单身贵族,那点钱不在你眼里,不过好歹也是老板身份呀,香港地,不是人人都能够做老板,说到底,还是打工的多,你就是人上人了!

什么人之上?他一脸坏笑,在你之上就够了……

美琪一愣,随即明白过来,她顺手拧了一下他的手臂,就你想得这么邪!

他的心却一荡,反身搂住她,你是不是嫌我不够严肃?

台面上的电话铃声突然响起,令他回到现实中。

原来是美琪。

你看到了吗?那广告?你打算怎么办?

他沉吟了一下,走一步看一步吧!

美琪哼道,就你这么若无其事。

他笑,又不是第三次世界大战爆发!更不是世界末日,何必自己吓自己?

放下电话,他却知道自己并非真的谈笑风生。毕竟是一种法律上的挑战,他不能等闲视之。

不是为了那一点钱,在地产代理这一行混了八年,那点钱对于今时今日的汤炳麟,已经没有多大意思了,但是还有那一口气。

如果不是那女人步步进逼,他拱手让回也不是问题。

他的视线又落回那摊在台面的报纸广告上,脑筋在飞快地转动。

终于,他揿了内线电话号码,吩咐艾达,请罗律师安排个时间,我要见他。

2

那个胖胖的男客,一直在纠缠着他。虽然他觉得已经解答得十分详尽,但胖男客依然说,……我现在买的不是一斤菜,而是一套房子!

他当然明白那种心情。虽然对他来说金钱从来都不是什么问题,但他却非常清楚金钱的重要性。人在这个世界上如此奔忙,到头来还不是为了金钱?即使他一向对顾客服务周到,有问必答,那也是为了那份佣金。

美琪总说他口水多过茶,你又不是跟他们做朋友,只不过是做生意罢了,说那么多干什么?

他也知道如果有金钱上的来往,与对方太过熟悉,可能会碍于情面,不能立于不败之地。好在他已经学会公私分明,聊天归聊天,一说到金钱,他立刻会退到堡垒里面,完全在商言商。

可是你要赚他们口袋中的钱,哪能一味冷冰冰?如今地产公司那么多,人家也不是非得光顾你不可。他有他的"必杀技",在生意面前,他必定做足工夫,决不偷懒。昨夜美琪约他吃晚饭,但他为了今天应付这个胖男客,必须开夜班将所有材料准备好,只好推掉了。

美琪失望地说,惯了……

他好言安慰,成功必须付出代价。

他告诉胖男客说,那房子银行已经估价二百五十万,可以按揭七成,我给你计算了一下,你分期十八年最合算,而且负担也不会太重……

美琪也常说他太笨,估价费至少也几千块,如果房子卖不成,那岂不是偷鸡不成反蚀一把米?

几千块也不是什么大数目。

但是一次一次的几千块加起来，就不是小数目了！

他知道美琪是好意，不过，做生意，目光不能太过短浅，小财不出，大财怎么进来？

做我们这一行，最重要的是口碑。人家觉得你服务周到，自然会介绍别的客人来。

你别跟我讲这些道理，这些道理我全懂。我们做保险的，也一样是这个道理，问题在于我们从来不掏自己的钱，哪里像你，生意还没有做成，便要先支出！

虽然他不同意她的看法，但毕竟明白她是心疼他，所以他也就不吭声了。

这大概也是岁月见真情？

那个时候，美琪好像恨不得把他口袋中的钱都掏光。

他以为她是顾客，才让她袅袅娜娜地飘进经理室。艾达打内线电话，汤先生，外面有位靓女指名要见你。见我？我不认识什么郑小姐！艾达说，她说她一定要见你，事关重大！

什么事情那么要紧？反正手中暂时也没有什么事情做，会会这位靓女也好，且看她葫芦里卖的是什么药！

靓女隔着台面坐在他对面，抽出一包烟，望了望四周，才直视着他，可以吗？

也给我一支。

吞云吐雾是不是有助于谈话气氛？

他喷出一口烟，郑小姐，你是不是想买房子？有什么需要我的帮助？

美琪咯咯直笑，我当然想买房子，全香港的人都想买房子啦，只不过未必个个都有本事，这房价发疯似地在涨，我可买不起！

别客气了，人家都说保险业好赚，个个驾靓车住半山，哪像我们这么辛苦？

你说的是最顶级的几个，不是我。保险从业员是金字塔形，我在最底层，没有工资，每个月必须拉到一定数额的生意，才不会给炒鱿鱼，你不知道我有多惨！

看到她楚楚动人的样子，他的心忽然潮湿了。打开天窗说亮话，你是不是要我帮忙吧！

汤老板人人都说你好人，真是一点也不错。你帮我买一份保险吧，不然的话连这份工我恐怕也会丢掉！

他嘿嘿笑着，我是个生意人，不是开慈善机构，如果人人都这样求我，我怎么办？

下不为例。直到现在，也只有我一个人开口吧？

他想告诉她，你已经是第一千零一个了，可是当他看到她的眼睛闪呀闪的时候，忽然便失去了说“不”的勇气。

是一种给淹没在海里，有点透不过气的感觉。

好吧，你既然说我是好人，如果我不买你的话，只怕你对我的印象会改观。

多谢，她笑得如鲜花盛放，不过，以你的江湖地位，我不相信你会在乎别人怎么说你！

他一愣，惊觉自己似乎已经有些把持不定。啊呀，我今天怎么啦？好像吃了什么迷魂药似的。纵横商场这几年，什么美女我没见过，怎么今天会……

美琪已经把一份计划书推了过来，而且娇娇嗲嗲地给他解说。

他一点也没有听进去。对于他来说，那只不过是一笔小数目而已，他不在乎。不过商场上的规则，并不在于钱多钱少，而在于铁石心肠，他才不愿意被别人当成傻瓜哩！而眼下他有兵败如山倒的感觉，只为了一时的仁慈。

然而他只能签字作实。

男子汉大丈夫，跟一个女人说话哪能不算数？一言既出，驷马难追……

你放心吧，我要嘛不做，做了你的经纪，我必定会全力以赴，服务到最好，随传随到。

那倒也不必，我又不是皇帝。

她笑，有什么问题你随时 call 我。

他并没有找她，但她时不时就来电，甚至干脆摸了上来。他看得出手下那些地产经纪挤眉弄眼的神态，却又不能下逐客令。

男人要有风度，不高兴是一回事，但也必须给人面子，毕竟人家是年轻靓女。

心中早就不知不觉地建成一堵墙，是一种职业习惯吧，在金钱游戏中，你不吃他，他就会吃你。

细细回想起来，他心中横起的警戒线，源自于半被迫地成为她的客户，使得他怀疑，她跟他交往的全部目的，都在于他口袋里的钱。

你放心啦，她说，买保险，其实是帮了我又帮回你自己，你绝对不会吃亏。

他笑了一笑。你当然这么说啦，换了我，我也会对我的客户说帮了我又帮回你自己。这话一点也没错，你买成了房子，有地方住了，不是帮了你吗？

所以，跟顾客打招呼，头一句往往都是：有什么能够帮到你？

不这样讲，难道可以说：喂，你有什么东西要我办让我赚你的钱吗？

美琪斜着眼看他，你就是心软。

心软？他笑。当初如果不是我心软，只怕也不会掉进你的陷阱里面去了！

美琪打了一下他的手臂，你真是得了便宜又卖乖！是你掉进我的陷阱还是我掉进你的陷阱？

那个时候，他们正在赤柱法国餐厅撑台脚。

是个浪漫的周末。她问了一句，今晚你不用去搏了？

美女在前，天塌下来当被盖。

就你油嘴滑舌，怪不得搞地产！

我是有良心的地产经纪，你没有体会到？

打情骂俏的时候，还没有登上二楼吃晚餐。是在夕阳西下时分，他们坐在楼梯前的小酒吧里享受人生。

白酒还是红酒？侍者一脸殷勤。

如今红酒流行，来到法国餐厅，怎么能够不喝一杯法国葡萄酒？

他举杯摇了几摇，停住，定睛一看，嗯，挂杯不错，到底是好酒。

你倒好像是品酒专家似的！

不敢。我只是略有所知，这色香味……

是有点卖弄的味道。不过酒喝得多了，不是专家也成了半个专家啦，只不过在美琪面前可以炫耀，在真的专家面前，他当然知道自己还未入门。

也只是在美琪面前，他才这般点评，他不能在她面前显得无知。

屋外斜射的秋阳残红，照得赤柱大街一片灿然，只见华洋男女来来往往，一时之间竟让他的思绪缥缈起来。

中学刚毕业的时候，到底是继承父业，还是去外国读书？他有些犹豫不决。

梦娜搂着她，幽幽地说，我肯定去加拿大的了，爹哋妈咪一早就计划好了，我不能违反他们的好意。

我相信做父母的都不会不替子女着想，但是他们的想法未必符合我们的实际。代沟，你知道吗？有代沟！

如果你不去，我一个人很害怕。就算是陪我吧，你跟我去加拿大，反正你们家的经济条件也允许。

他的热血翻涌，几乎就一口答应下来。

那时也是在赤柱，也是在日落时分，但不是这法国餐厅，而是在黄麻角道上漫步。左边是“邓肇坚运动场”，右边是海崖树丛，一路慢慢走去，树荫遮天，隐隐约约露出了夕阳被金黄的海手衬托。抬眼尽是金黄色的树，金黄色的路，金黄色的行人，当然还有金黄色的半抱在他怀里的雷梦娜，似乎在轻轻地悸动。

像这般温柔艳丽的落日，以后他再也没有见过。

可是他却硬起心肠对梦娜说不。

那一刹那间，他认为他忠于自己的感觉，但当梦娜果然远走高飞之后，他才感到一种揪心的疼痛。

至今忆起，也仍有些沉重，虽然是幼稚的爱情，但那是初恋情人呀！

本来以为关山万里也可以地久天长，哪里想到即使是现代科技如此发达，竟也维系不了隔着大洋飘动的心，不到半年，梦娜在长途电话中叹了一口气，我们分手吧！

也没有追根究底探问内情，心已变，再说什么也惘然。OK，只要你开心。

你开不开心？

美琪的声音缥缥缈缈地传来，他蓦然一惊。

连忙堆起笑容，像这样的傍晚，这样的氛围，这样的醇酒，这样的美人，今晚不醉无归！

你就想！

原来言之无心，美琪却听成另有弦外之音。

还是上二楼吃法国餐吧。

在夜色中，灯光柔和。窗外是一片夜海，涛声乘着晚风有节奏地一阵阵传来，酒不醉人人自醉。那浪漫情调不可阻挡，难怪饭后美琪已经完全没有了主意，风里雨里也任他拿主意了。

良宵过去，美琪睁开眼睛，有些羞涩，捶了他一下，男人都是这么急色……

他无言以对。

这一切根本在计划之外，莫非酒能乱性？或者在迷乱中，他把她当成了雷梦娜？他也搞不清楚。

才认识半年,他也觉得太快了一点,但到了这个地步,他已经不能轻易抽身。

美琪腻声道,我已经是你的人了……

或许是命中注定,他接受了她,甚至连心中的那点警惕,也渐渐消融了。他告诉自己,既然和她在一起,那就要相信她。

美琪也有意无意地问过他,如果我要你放弃眼前的一切,跟我去外国读书,你干不干?

他的心打了个突,沉思一会,才抬起头来:不会。我梦想中的事业刚开始,至少现在我不会丢开。反正我还年轻,过几年吧,过几年我达到了一定程度,我答应你,我跟你去外国读书。

你觉得很有奔头吗?高官们都在呼吁,叫市民不要急于买房子了,说不定政府会推出什么打击房价的措施……

看你怎么做啦!我始终觉得有得做,大有大做,小有小做,人总是要住房子的,香港地少人多,什么时候地产都不会不值钱。打击措施?政府怎么会去干预房价?那是很危险的,香港的整个经济问题呀!

他瞟了她一眼,你信我啦!

但即使是她信他,那个胖胖的男客却未必信他,一连串的问题排山倒海而来:房价还会涨吗?我现在是不是置业的最好时机?如果我刚买,房价就大跌,我岂不是太吃亏?不行,我得好好再想想……

妈的!要是我真的那么料事如神,我不是诸葛亮也成了地产大王李嘉诚啦!然而顾客至上,胖男客问题再刁钻,他也得强忍怒气,和颜悦色地一一回答。

但胖男客还是说了一声再想想,便溜之大吉。

美琪说,你可以再打电话跟进呀!

一看那德性就知买卖做不成,我才不花那工夫。

你倒是眼观六路,耳听八方呀!

你以为我的时间太多呀？明明做不成生意，还纠缠它干什么？时间就是金钱，真有什么闲情，也早和你一块消磨去了，跟这肥佬应付一下可以，我才不会投入太多心思。

原来我错怪了你。

我跟他周旋的过程，也是观察的过程，起初可以给他一点甜头，一见到他没有诚意，赶快收手，这就是做地产生意之道，不放弃每一个希望，不吊死在一棵树上。

你真叫我刮目相看。

这只不过是经验之谈，如果没有这两下子，我怎么可以赚那么多钱？

她怔怔地说，我做保险，八年了呀！怎么就施展不开？

他拍了拍她的肩膀，慢慢来。

3

汤炳麟虽然是笑着对美琪说话，但心里却不希望她太过进取，只因为做保险经纪处处陷阱。

特别是年轻貌美的保险经纪。

认识美琪之前，他看到过一则报道：女经纪为了拉客而跟一百多个男客上床。

当时也只是好奇罢了，看过也就算了。哪里料到如今又浮现在他脑海里，挥之不去。

这也是现实中很难解决的矛盾。年轻貌美的女性容易拉到保单，但却危机四伏；男人没有多大危险，但拉客的难度却太大。

他说，你小心一点，不是热闹的公众场所，你不要赴约。你的穿着也要密实一点，小心驶得万年船。

她笑，你对我们这一行有偏见。

不管怎么样，我是为你好。

是从八卦周刊看到的消息吧？

他点点头。以前不关我的事，但现在关我的事啦。

那个报道我也看过，太夸张了吧！一个女经纪要和一百多个男客人上床，那跟做妓女有什么分别？如果每招一名男客户便要献身的话，那不是好没有空？不如做妓女，收入没准还更多！

见她有些负气，他忙说，我不是这个意思，我只是怕你上当。你这么漂亮……

她打断了他的话，你是戴着有色眼镜看我们这一行。

看了那么多负面报道，没有一点心理影响才怪呢！不过他不可以这么对她说。

其实完全是好心，怎么三言两语一个不小心就走到岔道上，空气也变得凝重起来？

莫非人与人之间的沟通，真是那么不容易？

想要道歉一句，但年少气盛的他又放不下这个架子。一向以来，手下的人只有对他唯唯诺诺，甚至连他老爸还有后母他都从不放在眼里，要他厚着脸皮对她说一声 Sorry，心里尽管愿意，无奈却说不出口。

一言不合不欢而散。

回到家里和身一躺，思前想后还真有些后悔。那个女经纪是那个女经纪，美琪是美琪，干吗要拉在一块？那个女经纪有一百多个男客户的电话号码，其实很正常，为什么一旦她出事，人家便会往那方面去联想？

也就是年轻貌美女性的错！年轻貌美就会给许多男人以性幻想的余地。

他提了几次电话想要揿号，最终都放弃了。

他没有勇气跟她对话，次日早上路过花店，突然灵机一动。他吩咐店员把那束红色的玫瑰送到美琪的公司去，并且在致意卡写上：Sorry！

美琪果然笑逐颜开。

他可以想像，当这束玫瑰花招摇而去的时候，那些男女同事艳羡的目光,该让她获得多大的满足感!

就像是中了六合彩一样!她说。

或许这就是虚荣心吧,一时之间成为全公司的焦点,简直跟明星差不多了。

在保险公司当经纪,压力大,竞争性强。

可是,既然没受过高等教育而又想要赚大钱,那也只好出来搏一搏了。

那次开大会,三个成绩最好的经纪上去回答问题:你的奋斗目标是什么?

第一个是肥仔叶西门。我的奋斗目标,是一部靓车和一所房子!

第二个是高佬李志坚。我的奋斗目标,是一部“奔驰”和在半山区的花园洋房!

第三个是靓女葛丽丝。我的奋斗目标,是做老板,做王中之王,后中之后!

她吃一惊,怎么个个都口出狂言?

不料,总经理总结,说葛丽丝最有出息。一个人如果不把目标定高一点,那就不会得到所要得到的。记住,这是竞争的世界,是弱肉强食的世界,你们不要跟我讲什么斯文,我要看到的只是成绩!成绩!你们替公司赚钱越多,公司也绝不会亏待你们,会给你们更多的好处。

不但说,而且有措施有行动。

肥仔叶西门本来成绩很好,甚至给他一个单独小房间坐了,后来成绩下降,立刻就被踢出来,重坐大堂。

何况还有那公开张贴的成绩表,谁好谁坏,也全都在众目睽睽之下。

她也曾经私下发牢骚,这样连隐私都没有了!

不过老板也有老板的说法,这是公司规矩,你不做便拉倒,大把人要来!

为了拿到新的保单,有时也不得不施点美人计。

那些男人色迷迷的，并不是对保险有兴趣，而是对她有兴趣。

靓女，签了保单，跟我去吃饭看电影呀！这还算是比较斯文的男人。

那晚，她联络了好多次的男客，电话里约她说谈合约，她说，就在中环的那家“大家乐”吧！

她以为那是公众场所，人来人往，即使此人不怀好意，也不至于在大庭广众之下太过猖狂。

哪里想到晚间那家“大家乐”没有几个人，她拿起计划书口干舌燥地解说，那个叫彼得潘的男人忽然一把抓住她的手，郑小姐，我们交个朋友吧！

她一惊，虽然明白那弦外之音，但她还是强笑着连消带打，我们已经是朋友了呀！

彼得潘的眼睛灼灼发光，你明白我的意思……

这时，一个侍者走了过来，她连忙乘机把手抽回，顾左右而言他。

彼得潘沉下脸，生意当然也就做不成了。

看着那瘦长的身影扬长而去，她忍不住爆出一句粗话。这个小男人，他以为他自己是什么？如果个个男客都这样，我岂不是很不得闲？

但有时也迫于形势，不能不虚与委蛇，只要不过分，她也只好硬着头皮接受下来。世界上没有什么东西是没有任何条件的，我要他的投保，他要我的美色，各得其所，也算是一种公平交易吧！

比方说摸摸手。

据说根据律例，异性不经对方同意摸手摸脚，就可以构成性骚扰罪，但律例是死的，人是活的，只要在可以容忍的范围，还是可以变通。那个胡先生道貌岸然，却又明明流露着一种情欲，但也就是陪他看看电影，在暗影中间或摸摸我的手，我又没有实际损失，既然他是我比较大的客户，我也就把这个应酬当成必然的了。

如果可以清高的话，我当然也想，但是清高是要有钱作后盾的，如果我的生意额不够理想，老板哪里还会客气？只怕连坐在大堂的机会也没有了！这是商业社会，一切也都以金钱来做衡量的砝码了。

有时她也会怀疑，自己的选择到底对不对？

面试的时候，总经理对她说，我们保险公司工作人员，分为两类，一类为受薪顾员，享有所有员工福利，如果升到高级职位，还可以获得花红奖金；另一类为推销代理，和老板并没有正式雇佣关系，不能获得雇佣条例下的福利，收入就看你的成绩，可以大起大落。

要嘛领一份普普通通的工资，吃不饱也饿不死；要嘛冒点危险去闯天下。

她把头一昂，我做推销代理。

一方面好胜，另一方面她也想要置之死地而后生。她认为人的弹性很大，逼一下自己，也许可以出现奇迹。

如今才发现，想要从人家的口袋里把钱掏出，原来是多么辛苦的事情！

收入多的时候，那些雇员一个个都眼红，哗！还是你们上算，一个月的收入等于我们半年的工资。

生意做不成，一点收入也没有，那些雇员一个个冷笑，哼！不要以为你自己高人一等，钱有哪一个不想要，但也要看看自己的本事，没有那么大的头就不要戴那么大的帽！

看来，我还是修炼不够，她对炳麟说，这一行，未必真的适合我。

那倒也未必，凡事起头难，你做这一行时间也不算太长，你再耐心一点，循序渐进，反正你也不是等着开饭，赚不赚钱也没什么大不了。你不成，还有我呢！

你做地产的时间也跟我差不多，为什么你一帆风顺，我却磕磕碰碰？她皱着眉头问他。

人跟人不能比，有才能的问题，也有运气的问题。不过他不能这样对她说，唯有拍拍她的肩膀，慢慢来，我只不过走运，你看看周围吧，像我这样才不到三十便有这样成绩的地产经纪，能有几个？

如果我像你那样，家里有钱，我才不会出来这样混哩！饭来张口衣来伸手，多好！

他笑。我只是想要证明自己。你也知道，我家里是后娘，虽然她也不至于刻薄我，但我要向老爸伸手拿钱，她的脸色总不会好看的了，我才不要看她的脸色做人。如今是我自己赚的钱，谁能够管我？

你就好啦！可怜我一言难尽。

反正你有我，赚钱也只不过用来买花戴。

那不一样，她哼道，你刚才还在说，不是自己赚的钱，用起来也别扭……

那怎么同呢？他打断她的话，我说的是我后母跟我，你怎么自动对号入座？我跟你的关系，我赚钱你花钱，天经地义！除非你不把我看成是你老公……

不要脸……

我不要脸，要整个的你！

4

糊里糊涂便成了八卦杂志的封面人物，而且大字标题印出："太子爷不靠父荫走上发达之路"。

早上路过报摊，他用眼角扫了一下，见到有人买下那份杂志，他心里暗暗欢喜。

但表面却不动声色。

迎面一个妇人指着他说，咦，你不就是那个太子爷？

立刻便围上了一群男女，七嘴八舌指指点点。

警察赶了过来，什么事？

一看到他，哦，原来是太子爷……

成为公众人物的滋味，就是这样。

忽然便一惊，要是有人趁机打劫，岂不糟糕？

警察给他驱散人群，没什么好看的，大家散开，不要阻碍交通！

他立刻突围而去。

甚至有些怯意，人怕出名猪怕壮，怪不得好些有钱人都不愿意出名。不出名而有钱，实惠。有钱而太出名了，每分钟都有可能成为绑匪的目标。

你又不是地产大王王德辉，绑匪怎么会绑你？要绑也是绑超级富豪啦！你还不够资格！美琪安慰他。

但世事难料，只要有点钱，就要承担风险。

绑匪也不傻，他们肯定也详细计算过，绑这个绑那个都是大罪，要干的话，怎么会不选择哪个人值得绑？香港的富豪排下来，几时才会轮到你？

有道理。不过他仍然觉得，这个虚名出得冤枉，早知如此，就不该接受访问了。

只不过是一时的虚荣心罢了，而且那个漂亮女记者芝莉魅力不可挡，叫他无法说“不”。

芝莉汪汪的眼波横流，朱唇轻启，嗲声嗲气地问他，如果你父亲所有生意都交给你，你会继承父业做快餐店呢，还是继续做你的地产经纪？

他集中精神，使出浑身解数，在靓女面前，他不可以表现平庸。我会继续做地产经纪。

为什么？你接受父业，一大笔钱立刻就在你的名下，但如果你做地产经纪，不知要付出多少的努力，也未必一定能够赚到那么多钱。你愿意冒这个险？

他笑。我天生不是那种吃现成饭的人，对我来说，赚钱不是必要，而是乐趣。如果我可以靠自己的努力，赚到比我老爸的财产更多的钱，那就证明了我的实力，证明了我在这个世界上存在的价值。万一不行，大不了把本钱亏掉，那又怎么样？我没办法发达了，但我还有退路，回家去跟老爸伸手，又是好汉一条。

看起来你是进可攻退可守，先天条件优厚。再问你一个问题，如果你贴上五十万，就可以成为这一行顶级经纪的第一位，你会不会干？

做“大哥大”当然风光，也很诱惑，也可以满足我的虚荣心，不过做人还是要靠自己的真本事。何况我现在已经名列前茅，离最顶级不远，我不相信靠我的努力会达不到。

看来你十分自信。这份自信你来自什么力量？

以往的成绩。还有我的努力，还有我的年轻。

年轻绝对是本钱，我同意。照你这样，前途不可限量。再问你一个问题，如果你的女朋友嫌你没有什么学历，要你去外国读书，你怎么选择？

他的心忽然疼了一下，醒过神来才明白，刹那间他又想起了梦娜。梦娜已经远去，眼前的只有美琪，而美琪从来也没有向他提过这样的问题。她说，这个世界，只要能够赚到钱就行，读那么多书干什么？书越读得多越蠢。他嘴上哼了一声，那也不见得，读书读得多，只有好处没有坏处，现在的社会，像我这样的人不多了。心里却有些得意，做到这样的程度，我也算是个异数。

对不起，是不是我的问题问得不合适？如果你认为不合适，可以不答。

事无不可对人言，何况是靓女问的。我认为学历也并不是绝对的，没有学历又不能够成功，当然应该去拿学历。但如果成功了，有没有学历都不要紧，像我，反正好歹也是Top Sales① 了，读不读书有什么要紧？当然，钱赚够了，

① Top Sales：英语，顶级经理。

到三十岁吧，为了充实自己，如果我女朋友希望我去外国读书，我会考虑的。

为什么？

人的一生应该分好多阶段，在现阶段我认为赚钱最重要，但一辈子拼命赚钱也没有什么意思。到了某一个阶段，人就应该尝试另一种东西，以前没有机会尝试的东西。不断地变更不断地尝试，才不会停滞不前，人生才会变得绚丽多彩。我在这一行也混了八年，再过三年我三十岁，也差不多该转了。

芝莉把录音机关上，多谢你的合作，汤先生。

换来的是图文并茂的直击报道。

你是我的偶像，美琪腻声道。

是什么偶像？是因为我上了封面，还是因为我是性感偶像？他涎着脸挨近她。

你不要以为上了八卦杂志就是明星了，这么风骚！美琪横了他一眼，人家感兴趣的，是你口袋中的钱！

一语惊醒梦中人。

美琪说话这么飘忽，刚刚还安慰我不必担心被绑架，现在又说人家觊觎我的钱，前言不搭后语，是不是连她对我也没有一句真话？

他不肯相信她会这样无情，只因为他早就淹没在她的温柔乡里。但是，当初拉他买保险，隐隐约约却成了他心中的一根刺。当美琪柔情似海，他在海中泅泳，也会怀疑自己，到底是不是在商场呆得久了，慢慢就变得多疑起来？

虽然他并不是斤斤计较的人，开心的时候，跟顾客可以谈到手舞足蹈，口沫横飞。

老板也提醒过他，无论如何，你跟客人其实是对立的关系，虽然我不反对你和他们拉近距离，不然的话，生意怎么做？

但他有时为了表现自己的见识，说起话来不免滔滔不绝。

是一种表现欲吧？

其实那个女记者芝莉还问过他一个问题：按你的标准，名誉地位、金钱、家庭、爱情、朋友，如果要你安排个顺序，你怎么个排法？

这个问题太棘手，不过他不想回避，特别是对着这样的一位年轻靓女，免得人家误以为我没有智慧。

他清了一下嗓子，家庭第一，因为如果不是我家里有钱，我就不可能放胆去做，也不可能有今天的成绩。朋友第二，在家靠父母，出外靠朋友，靠朋友帮忙，我的事业才能够这样顺利。第三是女朋友，在商场上奋战，有时会很寂寞，女朋友的鼓励和支持，可以令我振作。第四是金钱，没有金钱，什么也都别谈，金钱不是万能，但是没有金钱万万不能。最后一个是名誉地位，因为它是身外之物，只不过是个附加的东西罢了。如果让我选择，我还不如要个快乐平安。

芝莉说，果然英雄出少年，连回答问题，你都有你的率直与特别之处。

那只伸过来的手柔若无骨，滑得几乎留不住，令他年轻的心腾起迷蒙的雾，这是写文章的手吗？

但回过头来，他仍要面对电脑面对地产市场面对各种面孔的客户。

没料到这段个人抉择没有刊出来。

他想想也好，他不是不知道那回答太过矫情，为了自己的公众形象。

跟老爸关系马马虎虎，跟后母邝玉霞几乎势成水火，我怎么会把家庭排在首位？朋友？商场上的朋友还不是跟红顶白见利忘义那一类？有好处大家称兄道弟吃吃喝喝没有什么所谓，一旦有利益冲突，又有谁会为朋友两肋插刀？一直以来还不是我孤军奋战！女朋友只是调味品，生活中的平淡与疲累，不能不调剂，但是女朋友也未必永恒，像梦娜不是一样飘走了？甚至美琪，我也不能说不爱她，但我总有一种捉摸不定的感觉。说来说去，金钱最重要，有钱能使鬼推磨，只要手中有了钱，还有什么事情办不到？世人们天天忙忙碌碌，还不是就为了这个让人眼开的金钱么？至于名誉地位，是一个人活在世上的价值肯定，就算虚浮，有谁能够绝对拒绝？

自己的标准答案根本站不住脚，芝莉没有把这一段登出来也好，免得有做戏的感觉。

哪里想到是分期，大概因为有噱头，不能一期就全部抛出吧？

至少，梦想发达的人，就非得追看不可。

他坐在办公室里，心不在焉地翻看那本杂志，艾达敲了敲门，送上一杯热腾腾香喷喷的咖啡，使得这个带着些微寒意的秋天早晨也顿时温暖起来。

他心满意足地呷了一口，这速溶咖啡，味道当然没“马天奴”的现煮咖啡那么好。那个冬天的晚上，寒流袭港，他跟梦娜在那里喝蓝山咖啡。那个晚上，成了他的初夜，也成了她的初夜，手忙脚乱却又充满了新鲜刺激的诱惑，他颤抖着，全力搂着她好像在茫茫夜海里泅泳，浑身乏力游向终点以为便是天长地久，哪里料到转眼间梦娜已在天涯成了陌路人。

他叹了一口气，没有蓝山咖啡，这速溶咖啡也凑合。到底是艾达善解人意，不用吩咐，她便会明白我的需要。

他也知道，大老板待他不薄，像他这样的职位，除了有独立的办公室外，还配备女秘书，差不多是总经理的派头了。美琪哼道，你以为你有宝呀？他这是在收买你，让你给他赚更多的钱！你别沾沾自喜，你老板在吃小亏占大便宜，到头来他是最大的赢家！

他又何尝不知道？不过人总是有虚荣心，人心是肉做的，老板待我好我当然要努力回报，何况水涨船高，回报的结果又反馈到我身上，我也得益呀！

你不如自己跑出来当老板，免得被老板剥削。

做老板也不那么容易，至少要有本钱，有眼光，有决断，还要有胆量冒险，哪像打工那样省事？

工字不出头，你没听说过？

看打什么工了，如果捱一份牛工①，那当然不干，可我是打工皇帝，比一般小老板还要威风得多，而且工作也驾轻就熟，我何乐而不为？美琪撇了撇嘴，没想到你这么没有上进心！

我不追求那虚名，而是讲究实利。老板的头衔听着挺好，但光好听没用，钱赚不到有什么用？

他心里很清楚，商场如战场一样讲究实力政策，你有实力便是举足轻重的人物。像我以顶级经纪的身份享受总经理一级的待遇，倒不是老板对我另眼相看，而是我是他手下很重要的一只棋。

即使要个总经理当一当，以他气势如虹的营业额，老板也绝对不会说个不字。

实际上大老板也试探过他，只要你愿意，你可以在一人之下，万人之上……

也就是当“副帅”了。

但他不想跟老板太贴近。这个老板太精明，别看一副求才若渴的样子，其实做起事来心狠手辣。倒还不如保持一点距离，雾里看花，我看他也好，他望我也美。

只要我能够给他赚钱，我的地位就绝对稳固。虚名有什么用？

是不是真的这样呀？美琪斜眼望着他，八卦杂志这样

① 牛工：粤语，粗活。

报道你，你看你很 enjoy 呀！如果你不在乎虚名，就不会有这样的表现了！莫非那个靓女记者……

他吃了一惊。美琪好像触到了什么要害，让他心虚。他强笑了一下，喂，你不要这么直接嘛！给我一点面子好不好？我也是凡人俗人，我当然不能不受诱惑，名利之心人人皆有，我能例外？只不过人有时不免要标榜一下自己，给自己留条后路，你不要让我没弯转……

看死你这个滑头！争名夺利又有什么不好，这个世界，人人都这样啦，除非你没有本事，只好对别人说，我不在乎名利！

随她怎么说，只要不穷追芝莉就可以了。

虽然跟芝莉绝对清白，甚至连一句暧昧的话也没有，不过他知道自己的内心在蠢蠢欲动。

在行动上没有表示，在思想上早已越轨。假若美琪揪住不放，只怕他也会方寸大乱，只因为心里有鬼。

话又说回来，那张封面相，倒把你的神态捕捉得恰到好处，怪不得那些妹妹仔都说：哗！白马王子呀！那张相到底是谁拍的？是那个靓女吗？

又是一惊，他忙说，我也不知道，应该不是吧，我记得那天她带了一个摄影记者一起来，我也不知道是什么时候拍的。管他谁拍的，反正与我无关……

其实那摄影记者是不存在的，芝莉在访问的空隙照相，他明明知道，而且还笑着说了一句，把我拍得靓仔一点，不要破坏我的形象。芝莉答道，那是我的工作，你放心。握手道别时，他还补上一句，拍的相片，能不能给我洗一份？

或许，这是潜意识地在设法维系联络的借口吧？

芝莉嫣然一笑，飘然而去。

那电梯门关上的一刹那，他看见她那一身苹果绿的套装一闪，便永驻在他心间。

## 5

美琪当然有她的魅力，不过，那个时候如果不是他爸爸突然失踪，令他在彷徨中无所适从，只想找个人依靠的话，恐怕也未必很快会堕入情网。

美琪闯入他的生活中，也是天时地利人和。

是绑架案吧，但是甚至勒索电话他都没有接到过。

他也问过他的后母，但邝玉霞只是嚎啕大哭，半晌才说，没有……

探员来来往往，进进出出，甚至派员在他们家驻守了好多天，但一点动静也没有。

他表示，只要能够救回我阿爸，钱无所谓。

虽然老爸对他并不特别好，但他作为独生子，却不能见父亲危险而见死不救。这个时候，父亲所有的不是已经从他的记忆中消退了，只剩下所有的好处。他有一种痛彻心肺的感觉。

但多少钱也找不回他父亲了，他父亲汤世成好像已经从人间蒸发了！

那时他才二十岁，进入地产代理这一行才一年。

二十岁的脆弱人生，他没有一个可以说话的人。

这时美琪闯了进来，是不是上天给他的一个安排，让他在深夜里寂寞与伤心侵袭而来的时候，疲累了有个肩膀可以靠一靠，流泪了有人帮着拭去？

不知不觉便已经七年了，那种感情好像也淡了下来，难道果真是“七年之痒”？

有时美琪也会嫌他不再浪漫，更不要说给她突然一个惊喜了。即使她生日，最多也就是吃饭罢了。

美琪说，不如去吃烛光晚餐吧！

但他也提不起兴趣。都老夫老妻了，随便吃一下就算了,我还要赶回去做事呀!

那份情怀已经远去。

他有时觉得,仍然和她厮守在一起,只不过是一种习惯,或者是一种义务。

美琪也不是没有暗示过应该结婚了,但他只是装作没有听懂她的话,逼得急了,他便以说笑的口气说,男人三十而立,我还没有三十……

也不知道她是不是听懂了,反正她不再提起,他也乐得相安无事。

有时候他也会问自己:美琪到底是不是自己结婚的对象?

但他也不能给予明确的回答。

也许是自己都还没有结婚的冲动吧!得过且过……

而父亲失踪的创痛,慢慢也就淡漠下来。偶然相及,他也会感到惊异:是不是再大的痛苦,经过时间长河的冲刷,也都可以归于平静?

起初他并不能够接受父亲突然无影无踪这个事实,他十分负气地对警方说,就算不能将我父亲救回,我也认了,但不能连他的尸体也没有呀!难道他在这个地球上就这样烟消云散,什么也没有留下?

警方回答,汤先生,我们明白你的心情,但是我们不是神仙,查案有许多时候要靠一点运气。一有消息,我们会以第一时间通知你们。

美琪将他拉走,低声道,你也太冲动了。

我是纳税人呀!我们有权要求警方努力办案,如果每个市民都可以这样失踪,我们活着还有什么保障?

说着说着,泪也掉下来了。

是一时的感触吧。

美琪柔声道,你要哭就哭出来吧,这样舒服一点,不要老是郁积在心头,那样伤身。

也是有美琪的陪伴，他才不至于特别孤独。

但是事过境迁，当初的千般温柔万般怜爱，原来就像一场春梦一样，即使没有完全消逝，却也不再那样浓烈。

当时他二十岁，她十八岁。

花一般的年华，只不过思想不够成熟。本来应该给自己多几年的自由，寻寻觅觅，或许可以找到更好的一个，例如马芝莉……

思潮在自由游移中碰到一个柔软的实体，他蓦然一惊，醒了过来。四周静悄悄，只有冷气机的声音轻轻响动，毕竟是秋天了，真的有些冷了，他将被盖拉到齐脖子处，却再也睡不回去了。

莫非是日有所思，夜有所梦？

美琪好像也惊醒了过来，迷迷糊糊地嘟哝了一句，怎么？还不睡……

他有些心虚，轻轻打着鼻鼾，假装又睡了回去。

美琪睡在他身边，他却想着另一个女人。

本来他叫美琪回家，但美琪说，太晚了，除非你送我，不然的话，我一个人不敢回去。

还不到十二点，本来也不算太晚。但既然她这么说了，不是送她回家，便是留她过夜。他觉得有些累，不想来回折腾，只好说，你留下吧。反正又不是第一次。

就算她愿意自己走，他也有些不放心，近来她家附近发生几宗非礼强奸案，万一……

他不能让自己陷于不义的境地。

第二天醒来，因为睡眠不足，他有些晕眩。

美琪说，你就休息吧！长命功夫长命做，你今天不上班，天也不会塌下来。

今天早上约了罗律师。

我怎么不知道？没听你说过。

不想你跟着我烦，所以不提。反正都是那些琐碎事情，可能会有一场官司，要跟家里人法庭上见，虽然是后母，但脸上也不好看。

他心里也有些惊异，我怎么就没有想要跟她说的欲望？假如时光倒流回到七年前……

时光一去永不回，往事只能回味……尤雅是这么唱的吧？是的，往事只能回味。

但罗律师语气严重，看来，你后母要大动干戈了。

原来，根据法律，一个活生生的人，如果失踪了七年毫无消息，也从来没有人见过他（她），那就可以按他（她）已经死亡处理。

问题在于你父亲的遗嘱。也许执行的结果，是要把旺角那家幸福快餐店也拨归你的后母，也就是你父亲的未亡人。

罗律师，我不是在乎那份财产，但是幸福快餐店有我的一份心血，也是我从商的第一步，是个重要的纪念品，我不能白白失掉它！

不过，法律上的东西，却未必如此，虽然我绝对同情你。罗律师叹了一口气，从表面证供看来，恐怕对你不利，不过我会尽力而为。

他不知道结果会怎么样，但他十分在意。

除了争一口气之外，也还因为他认为，胜败对他都具有某种象征意义。

既然如此，美琪望着他缓缓地说，你就去求你后母吧，好歹也是母子一场，她只不过发泄一下罢了，只要你愿意开口求她，我想她也不会做得太绝。

想想也只有走这条路了，他说，阿姨，你放过我吧，那家快餐店对我很重要。

邝玉霞似笑非笑地望着他，你从来不肯叫我一声阿妈。你早就自立门户了，而且捞得风生水起，怎么还会在乎这么一个小小的快餐店呀！

那也不能这么说，我想要保留它，不是出于经济上的原因，只是因为那有我的一份努力一份感情，不是可以用金钱来衡量的！

这个我不懂。我只知道我要维护我的合法权益，属于我的我一定要力争，不属于我的我绝对不要，事情就这么简单，我想你也会明白事理……

他不禁气上心来，但又拼命按捺住，沉声道，你要多少钱，开个价钱出来。

哟，大少，你以为我在敲你呀？那你就想错了。我知道你现在有大把钱，但我不稀罕，我刚才也都讲了，该是我的就是我的，不是我的我也不要。如果你也抱着和我一样的态度，那就天下太平啰！

真他妈说的比唱的还好听！

他知道大势已去，想要她回心转意，只怕比叫太阳从西边升起还难。不要再纠缠，他从牙缝里挤出了一句，那好，我们就在公堂上见个胜负！

邝玉霞好像胜券在握，嘿嘿笑道，我奉陪到底。

悻悻而去，他只觉得兵败如山倒，脸面也都失尽了。

回去跟美琪一说，美琪疑惑地睁大眼睛，你妈咪这么绝情？不会吧……

不是我妈咪，是我的后娘！

他心中甚至有些怪怨她出的主意，只不过他不好意思说出口罢了。

他说，我去找她，简直就是自取其辱！

美琪安慰他，一个人不能什么都好，不能太贪心。我听说一个人如果什么都太顺利的话，会遭到天谴。一向以来你都一帆风顺，如今可以平衡一下了。

他吃了一惊，莫非此话有什么玄机？

美琪又说了一句，岂能尽如人意，但求问心无愧。

怎么啦她今天，说起话来好像很深沉似的，跟她以往的应对不同。

只是他已经无心去深究，摆在他面前的官司，令他烦躁不已。

6

美琪一早便打电话给他，今天能不能陪我去呀，一个客人叫我去大屿山……

怎么要去那么远的地方？算了吧，少了这么一个顾客，也不一定是个损失。

那不行，这是我的工作，也不一定是钱的问题，我也要有成功的满足感。

但今天我不能陪你，今天我那间中学的同学会成立，议定我当会长，也就是出钱的啦！我不去不合适，人家会误以为我临阵退缩。

你不是说不想抛头露面吗？她幽幽地问了一句。

他有些惭愧，随即回了一句，做点好事嘛，回馈社会，也是必要的，倒不是为了我个人。

其实是有扬眉吐气的心理，他没有上大学，当时几乎所有的老师都看不起他，那些上了大学的同学也斜眼看他。如今他们都全体一致地仰望他，令他有衣锦荣归的感觉。此时再不抛头露面，更待何时？

美琪叹了一口气，算了，我自己去吧。

电话挂断了，他松了一口气。

反正是大白天，美琪一个人去，也不会有什么问题。

心中却惊异于自己的冷漠。假如是以前，他会放心让她一个人去吗？那个时候她去餐厅会客，他也会躲在一角另据一桌吃饭，为的是怕她吃亏。

那时她发现了，还很不开心，你监视我呀？

但现在好像一切也都颠倒了。有时他把一切归咎于

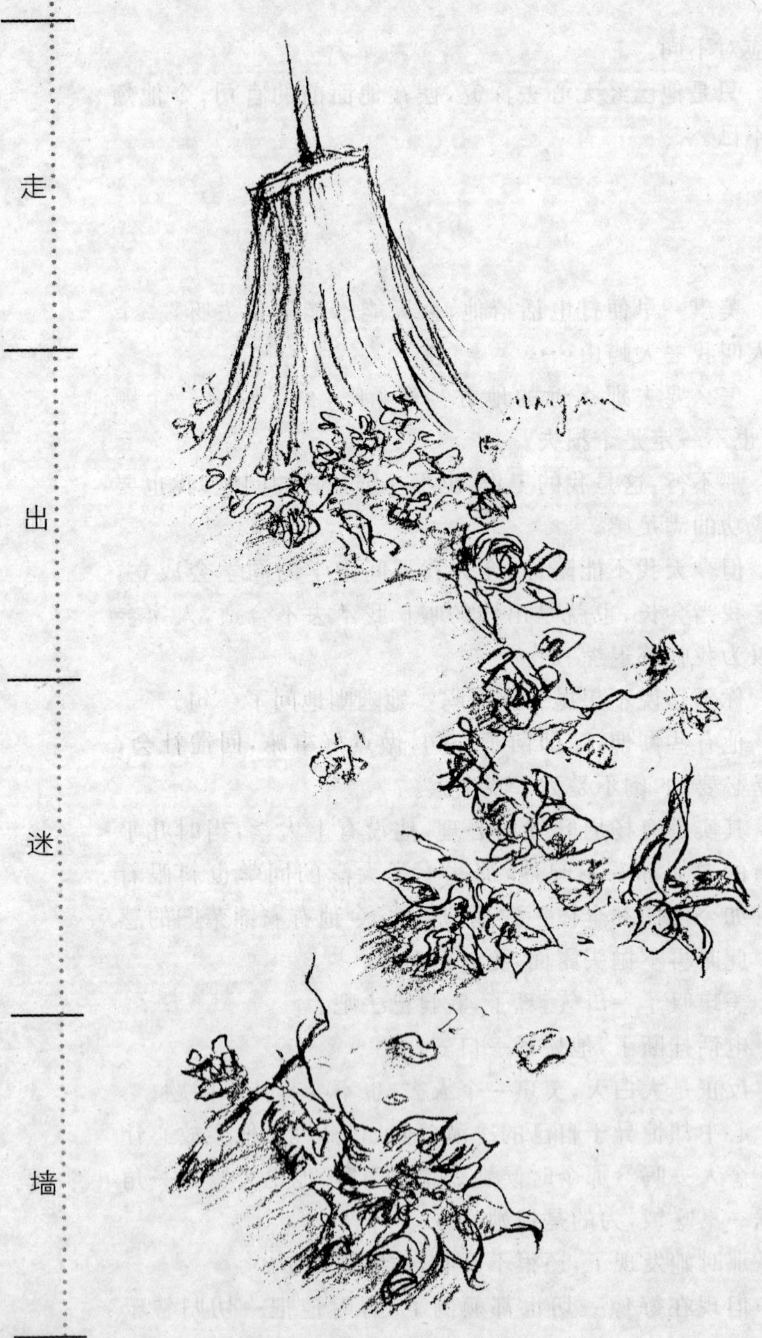

忙碌，却连自己也说服不了。

难道是一切都归于平淡？

但是假如他知道美琪竟会一去不复回，无论他如何分身无暇，他也会陪她走一趟。

临走前，美琪还赌气地扔下一句话，你又说人怕出名猪怕壮，我看你内心里还是热衷出名！

好像是一颗燃烧弹，她的这句话撩得他无名火起，他甩下电话筒。

是因为击中了要害，令他恼羞成怒吧？

如今他想要再对美琪说一声 sorry，也已经不可能了，美琪被人奸杀，弃尸在海湾。

他甚至连认尸的资格也没有。

凶手是个货车司机，即使被捕了，招供了一切，又有什么用？美琪再也不能睁开她美丽的双眼了！

一种疼痛的感觉在他的心湖蔓延，无论如何，他毕竟和她相恋了七年。

假如他陪她去，她就不会这样横死。那些猥琐的男人，只会欺负女流之辈。美琪也是真的，已经说了多少次了，叫她不要跟那些贼眉鼠眼的男人周旋，她偏不听！

那回他偶然撞见她跟一个男人打情骂俏，后来她解释道，那是一个保险顾问。

值得吗？就为了一份保险？

那有什么？让他在口头上吃吃豆腐，又不曾动真格，我也没有什么损失。这个世界上，有哪一个男人不好色？可能也有，一种是同性恋，一种是性无能……

但他一点也不觉得好笑。你迹近玩火，你以为什么事情也不会发生，可是有谁知道？你好像是利用男人心理，但你知不知道，也许你会给男人利用？到了那个时候，只怕你后悔也来不及了！

哪里想到竟一语成谶。

其实那时也只是一时的气话罢了,根本没有料到后果真会这般严重。

晚上躺在床上,一闭上眼睛,美琪的身影便飘飘而来。只不过几天前,美琪就睡在这张床上,侧着身子搂住他。她的体温,她身上的香气,似乎仍然缭绕在他身边,不肯散去。

那末,她的灵魂会不会回来再看我一眼?

他睁开眼睛,美琪似乎就坐在床边,一动不动。

你回来了?你没有死?他冲上前去抱住她。

美琪笑盈盈地,谁说我死了?我才不会死呢!我还没有跟你结婚,我还要跟你生孩子,我和你还有好多好多日子要一起过……

他不知道该说什么好。

半晌,他想拍拍她的肩膀,不料却扑空。

定睛一看,啊呀七孔流血!

他大叫一声,原来是一场噩梦。伸手一抹,满头都是汗,莫非这就是冷汗?

是因为心虚吧,他却告诉自己,不必有心魔……

他不知道为何要去当什么劳什子同学会会长,扬眉吐气又怎么样?也只不过是自我发泄自我满足罢了,谁会真的认为过去太小看人了?美琪都说了,要说有钱,你们那些同学当中,几时轮到你?也就是没有人愿意去当那冤大头,这才把你捉来硬充,偏偏你自己又自我感觉良好,那就没有办法了。他明知她说到要害处,却还是不肯认输,那也要我愿意!

或许这样的结局,是上天对我的惩罚,叫我因此而感到内疚?

马芝莉却说,不关你的事,你又何必硬往自己身上拉?你这样下去,不但苦了自己,恐怕郑小姐也不想见到。

他也没有想到,再见到芝莉,竟然是为了美琪。

芝莉说，我想采访你一下，因为你是在郑小姐遇害之前，最后联络的人。

他迟疑了一下，可不可以拒绝？

我们是朋友吧？芝莉柔声道，就当是朋友之间聊天好了，也不必准备什么，随便谈，OK？

他真的不知该怎么说，特别是面对马芝莉去谈郑美琪。至少，在他的内心里，关系十分微妙。

我要对老板交代，你就帮我这一回。

美琪遇害，已经成为一宗轰动的新闻，八卦杂志也在追踪报道，假如芝莉能够拿到独家访问，当然与众不同。问题是他肯不肯帮她这个忙？

我很难做呀，在你之前，好些记者都找过我，都被我拒绝了，如果我答应你……

这个世界，没有什么绝对公平，关键在于你怎么取舍。就算你认为不公平了，但人家仍然可以从不同的角度得出不同的结论，真的。你不如干脆给我独家，至少还有我这个具体的人感谢你。

他瞟了她一眼，把心一横，好吧！

他又再次成为她那份八卦杂志的封面人物，只不过美琪已经永远也看不到了。

夜深人静的时候咀嚼人生，他也会感到满嘴满心的苦涩。美琪认识他是为了拉保单，而芝莉认识他是为了采访。她们也都是为了各自的饭碗，才会跟我纠缠的，假如没有任何利害关系，只在某种场合邂逅，又会有什么样的结果？

他这样问芝莉，是在九龙香格里拉酒店的 Napa 一起吃晚饭的时候。

他甚至不知道，他到底和她处于什么样的阶段。

郑美琪已经化入尘埃，没有想到却成就了他与马芝莉的往来。

他一直认为，他没有太过伤心，是因为有芝莉安慰他。那个时候，她一有空便来电话，我陪你散散心吧，免得你一个人又胡思乱想。

一接到她的电话，他便满心欢喜。

也许美琪还在的时候，他便已经有了异心，只不过一直在瞒着自己罢了。毕竟他一直注重自己的形象，他不能在背后给人非议。

甚至连芝莉也说他，你是什么男子汉，这么畏首畏尾！你以为你可以讨好全世界呀？你知不知道，有些对你笑脸相迎的人，一转过脸只怕骂你骂得最凶了！

说的也是，我汤炳麟顶天立地，手中有钱，又不必看别人的眼色行事，何必这般窝囊！

岂料上天给他扫清了道路，郑美琪消失了，马芝莉出现了。这样的安排，简直就是天衣无缝。

看来，命运待我不薄。就算是芝莉当初有利用我的成分，但对我也没有构成什么伤害呀！

芝莉哼道，你知道就好了！枉我对你这么好！

我只是有些疑惑罢了。

缘分这东西很难说，我不知道我还会再去采访你，我更不知道我会代替郑美琪的位置。

世事如棋，还没有走到最后一步，谁都不知道结局到底如何。

他甚至有些庆幸，他终究没有对美琪说分手。也许这句话他迟早都会说，为了马芝莉，但结果不用他说出来，一切难题也都迎刃而解，他既不用背上抛弃女朋友的罪状，却又可以如愿以偿，两全其美。

芝莉说，郑小姐真可惜，红颜薄命，无福消受。

他举起那杯红酒一饮而尽，或许这就是命运的安排吧，许多事情冥冥中已经注定。美琪连同他与她的恋情已经去如黄鹤，只有眼前的芝莉最具体、最真实，轻言浅笑活色生香。

你在想什么？芝莉瞪了他一眼。

没什么，我想起投资问题。

你这个人呀，和我吃晚饭，也心不在焉。不知道是你的职业习惯太严重，还是你根本不把我放在心上？

没有那么严重吧？

他轻轻把问题滑过，心中其实在想着，原来人生爱情也是一场赌博，只不过收获可能都在另一方面。例如和美

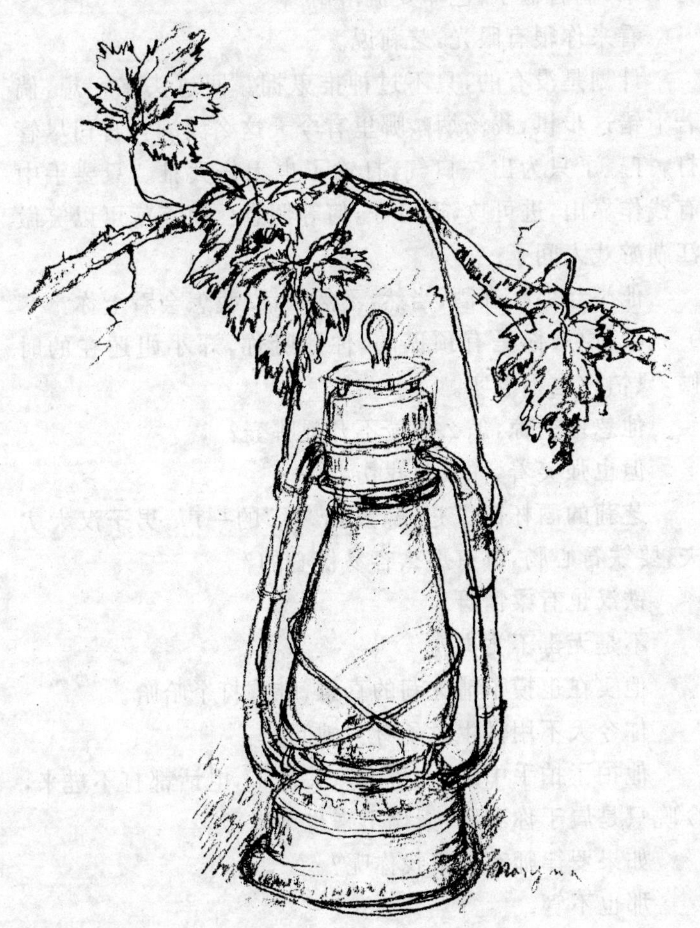

琪相处好像就是投注，哪里料到跑出来的却是芝莉。

但以后呢？以后会不会有地久天长？

眼前是马芝莉与他相伴，稍后会不会有李芝莉或者是赵芝莉加入？

人生无常……

不然的话，他可能永远也是太子爷，或者永远也是快餐店的小老板。

也好在没有满足于快餐店生涯，不然的话，这场官司打下来，倘若输了，岂非要流落街头？

看来你很有眼光，芝莉说。

计划是没有的，只不过神推鬼拥。回过头来一想，倘若下错这步棋，我汤炳麟哪里有今天这么潇洒？官司尽管打，打赢了只为出一口气，打输了也无伤大雅。只要手中有钱作靠山，进可攻，退可守，何等惬意！简直就可以笑傲江湖游戏人间了……

他举起那杯红酒，当然，不然的话，我怎会看上你？

哦，原来你是有预谋的，你死呀你，郑小姐还在的时候，只怕你也不老实。

他忽地一惊，怎么哪壶不开提哪壶？

但也强笑着，你真叫我伤心……

芝莉的酒杯碰了过来，发出“叮”的一声，男子汉大丈夫，要铁石心肠，哪有那么容易伤心的？

铁汉也有柔情呀！

不是无毒不丈夫？

他实在也摸不清芝莉的真意，唯有打个哈哈。

你今天不用做生意了呀？她问。

他拍了拍手中的“大哥大”，关机了，电话都打不进来，今晚只是属于你和我，天塌下来也不管了。

如果罗律师有急事找你呢？

那也不管。

是一个自我放逐的夜晚，可能会有损失，但任何事情都不可能没有耕耘就有收获。

他给芝莉再倒一杯酒，也给自己再倒一杯酒。

在现场乐队演奏的悠扬旋律中，他有些醉眼朦胧，今夜不醉无归……

也不知道是为了谁。

1998 年 1 月

# 后记

## 世俗凡尘的故事

陶然

说是"走出迷墙"，其实，红尘滚滚，到处是迷雾，世事难料，人心脆弱，想要奋身离去，哪有那么容易？

全是因为诱惑太多，或者人生的羁绊太多。

在概括这一册的时候，我觉得可以称之为"都市情话"。自然，这"情话"，并非专指情场情事，虽然在小说创作中，爱情是永恒的主题之一，但并不是唯一的题材。对于时空的无奈、对于权力霸语的怨恨、对于人间不平的关注等等，我觉得也都是都市情话的范畴，甚至可以说，它包括了在都市发生的一切故事，也许，框架可以是爱情，也可以是别的一些什么，而最核心的旨意，是世事风云，是人的内心变幻或者落差。

收在这一册的五个中篇，应该说是我偏爱的较近期的作品。《天外歌声哼出的泪滴》和《走出迷墙》是在《星岛晚报》连载，《没有帆的船》和《记忆尘封》在《文汇报》连载，而《岁月如歌》则在《香港文学》月刊刊载。九十年代中期以前，香港报纸副刊的小说连载发达，但后来便一个接着一个阵亡，如今提起连载，就好像是上个世纪的梦幻；因为失去阵地，香港中长篇小说遭到重创：在没有出路的阴影下，依然执著的人，毕竟极少。这种文学生态的萎缩，真叫人不知如何是好。

从一开始写小说，都市风云的题材，便涌到我笔下。当然，开始的时候，我初来乍到香港，在新鲜感之外，由于自身在北京所受的教育，也由于本身在茫茫人海中彷徨无助的处境，心中难免不平衡，对于香港的种种社会现象，便带着批判的眼光。后来，“新移民”的身份逐渐为“老居民”所取代，心态也平和起来，比较能够用宽容的眼光看问题。反映在小说创作上，从强调外在的冲突，转向内心的波澜；也就是在人性上作出更深入的探究。当然，对于人间不平事的关注，绝对重要，写作者不能没有同情心。

也因为我所受的文学教育，开始写作，自然走写实主义的创作路线，努力于“经典小说模式”，一直到上世纪八十年代中期至九十年代初，才走向“个人化叙述”。我以为，不论什么样的小说技巧，都必有它的好处；为我所用，便可以大大拓展自己的艺术视野。但任何技巧只是形式，必须与内容相配合，才会相得益彰。但不管技巧如何花样翻新，小说也不宜写成像天书一样，如果连行内人都看不懂，怎能期望一般读者明白？晦涩不一定就代表有深度，而通畅也不意味着没内涵；我觉得，接近生活现实接近人生百态的作品，其生命力必不脆弱。

香港的都市生活，有人说是光怪陆离，有人说是丰富多彩，故不论哪种讲法更接近事实，香港确是有许多可以成为小说题材的故事，不论是大故事或者是小故事。

香港既不是天堂，也不是地狱，是人间。正因为是人间，香港才有人间的一切好处和坏处；好好坏坏，我们也都只能接受了。

2004年6月12日，周末中午12：35，阴天，28℃，香港